Boris Meyn, Jahrgang 1961, kennt sich als promovierter Kunst- und Bauhistoriker bestens in der Geschichte seiner Heimatstadt Hamburg aus. Sein erster historischer Roman, «Der Tote im Fleet» (rororo 22707), avancierte in kurzer Zeit zum Bestseller («spannende Krimi- und Hamburglektüre», so die taz). Auch die Romane «Der eiserne Wal» (rororo 23195), «Die rote Stadt» (rororo 23407) und «Der blaue Tod» (rororo 23894) entführen den Leser ins 19. Jahrhundert. Daneben sind von Boris Meyn mehrere in der Gegenwart angesiedelte Kriminalromane erschienen, «Die Bilderjäger» (rororo 23196), «Der falsche Tod» (rororo 23893), «Tod im Labyrinth» (rororo 24351) und «Das Haus der Stille» (rororo 24534).

BORIS MEYN

Die Schattenflotte

EIN HISTORISCHER
KRIMINALROMAN

Rowohlt Taschenbuch Verlag

Originalausgabe
Veröffentlicht im Rowohlt Taschenbuch Verlag,
Reinbek bei Hamburg, September 2008
Copyright © 2008 by Rowohlt Verlag GmbH,
Reinbek bei Hamburg
Umschlaggestaltung any.way, Cathrin Günther
(Foto: akg-images)
Abbildungen im Innenteil:
Staatsarchiv Hamburg, Plankammer, und
Bildarchiv Blohm + Voss, Hamburg
Lektorat Werner Irro
Satz Caslon 540 PostScript (InDesign) bei
Pinkuin Satz und Datentechnik, Berlin
Druck und Bindung Druckerei C. H. Beck, Nördlingen
Printed in Germany
ISBN 978 3 499 24705 7

«*Das Verhalten der Passagiere kam mir eigenartig vor. Sie blieben in einer Reihe an der Heckreling, sie starrten achteraus wie bereuende Auswanderer, gestikulierten manchmal und zeigten mit den Fingern. Da jetzt keine Spur vom Festland mehr zu sehen war, kam ich zu dem Schluss, dass sie über den Leichter sprachen – und auf den Augenblick, da mir dieses klar wurde, datiere ich mein Erwachen (...). Ich war Zeuge einer Probe für ein größeres Schauspiel, das vielleicht in naher Zukunft inszeniert werden sollte.*»

Erskine Childers, The Riddles of the Sands, 1903

―― *Abschied* ――

Sören fröstelte. Er vergrub seine Hände noch mehr in den Manteltaschen, obwohl er wusste, dass es nicht am Wetter lag. Am Morgen hatte das Thermometer bereits acht Grad angezeigt, und nun schimmerte die tief stehende Wintersonne durch den nebligen Wolkenteppich hindurch. Wie schon so häufig in den letzten Tagen wanderten seine Gedanken durch die Jahrzehnte zurück bis in seine Kindheit, aber er konnte sich nicht erinnern, jemals einen so milden Neujahrstag erlebt zu haben.

«War es ihr Wunsch?» Martin Hellwege legte seinem Freund behutsam die Hand auf die Schulter.

Sörens Blick folgte der sich kräuselnden Rauchfahne, die sich aus dem zinnenbekrönten Backsteinschlot ihren Weg in den Himmel bahnte, als wäre es ein Sinnbild der Jahre seines Daseins. Er spürte erneut einen Kloß im Hals.

«Ja, sie war seit Jahren schon Mitglied in einem Verein für Feuerbestattungen. Wir haben die Unterlagen bei ihrer letzten Verfügung gefunden. Gesprochen hat sie nie darüber.» Sören schluckte. «Das ist ... das war typisch für sie. So modern ... Sie war ihrer Zeit immer einen Schritt voraus.»

Martin Hellwege nickte stumm.

«Man schiebt die Gedanken an den Tod doch gewöhnlich immer weit von sich. Nicht so bei ihr.»

«Mit zweiundachtzig wird sie anders darüber gedacht haben, Sören. Was für ein stolzes Alter! – Dein Vater ist auch über achtzig geworden», fuhr er fort, als Sören nichts erwiderte. «So, wie es aussieht, wird auch dir ein langes Leben beschieden sein.»

Sören merkte, dass ihn sein Freund auf andere Gedanken bringen wollte. «Dem Verein ist sie schon vor über fünfzehn Jahren beigetreten, alles ist ganz akribisch festgelegt. Stell dir vor, selbst die Kosten für die Einäscherung, achtzig Mark, hatte sie längst beglichen. Dabei war sie wirklich alles andere als müde. Vor vier Tagen waren wir noch gemeinsam im Stadttheater. Es gab ‹Die lustigen Weiber von Windsor›. Du glaubst nicht, wie sie sich amüsiert hat. Und nun ... Es scheint so endgültig.»

«Das ist es doch auch», entgegnete Martin.

«Ich meine das Verbrennen. Nichts bleibt ...»

«Es ist dir unheimlich?»

Sören schaute seinen Freund an. «Irgendwie schon. Andererseits ... Ich besitze genug Vorstellungskraft und Wissen, um mir den Verfallsprozess des menschlichen Körpers in einem Sarg in der Erde plastisch vor Augen zu führen. So betrachtet erscheinen mir die Flammen des Krematoriums geradezu erlösend.»

Sein Blick fiel auf das Gebäude vor ihnen. Ein Zentralbau aus rotem Backstein mit weiß verputzten Wandflächen und romanischen Bögen. In seiner Gestalt war es den Sakralbauten, wie sie etwa im nördlichen Italien zu finden waren, nicht unähnlich. Selbst die Form des freistehenden Campanile hatte man – allerdings zweckentfremdet – mit dem Schornstein aufgegriffen. Was für ein friedliches Ensemble für einen nüchternen Zweckbau. Genau genommen handelte es sich ja nur um einen Ofen mit einem angegliederten Andachtsraum. Sören überlegte kurz, warum man viele moderne Zweckbauten mit altertümlichen Formen verkleidete. Aber die Antwort hatte er sich soeben selbst gegeben. Zumindest in diesem bestimmten Fall verliehen Erscheinung und Zierrat der Verbrennung etwas Würdevolles, milderten Beklemmung und Furcht, welche die Betrachter mit diesem Vorgang verbanden.

Am Eingang des kleinen Urnenfriedhofs hatte sich ein Teil der Trauergesellschaft zusammengefunden. Sören hatte viele der Anwesenden vor Beginn der Einäscherung nur schemenhaft wahrgenommen. Jetzt erst wurde ihm bewusst, wie viele Gäste mit Rang und Namen Clara Bischop die letzte Ehre erweisen wollten. Neben Justus Brinckmann und Alfred Lichtwark, der gemeinsam mit Martin gekommen war, entdeckte Sören Edmund Siemers und Senator von Melle. Keiner von ihnen machte ein Aufsehen um seine Person oder gesellschaftliche Stellung. Man versammelte sich hier zu Ehren von Sörens Mutter, die bis zuletzt Mitglied in zahlreichen kulturellen und wissenschaftlichen Fördervereinen der Stadt gewesen war. Sie hatte sich stets eingemischt, ihre Aktivitäten waren deutlich über die Teilnahme an Kaffeekränzchen hinausgegangen. Auch politisch. Nur wenige Schritte abseits stand eine kleine Gruppe von Mitgliedern der Partei, die Sörens Eltern im Stillen unterstützt hatten. Unter ihnen entdeckte Sören auch Otto Stolten. Die anderen Gäste mussten ihn ebenfalls erkannt haben, aber erstaunlicherweise hielten sich selbst die Damen der Gesellschaft zurück. Nicht einmal ein Gemurmel oder Getuschel war zu vernehmen. Niemand ließ sich etwas anmerken, denn obwohl die Sozialdemokraten in der ganzen Nation immer mehr Zulauf bekamen und einen Reichstagssitz nach dem anderen besetzten, hatten sie hier in der Stadt nach wie vor kein politisches Mitspracherecht. Mehr noch: In Hamburgs bürgerlichen Kreisen galten Sozialdemokraten auch 1902 noch als zwielichtiges, kriminelles Pack.

Auch aus diesem Grund verhielt sich Sören, wie es bereits seine Eltern während der Sozialistengesetze gehandhabt hatten. Erst spät war er darauf gestoßen, dass Hendrik und Clara Bischop die Sozialdemokraten schon sehr früh unterstützt hatten, ohne der Partei jemals selbst anzugehören. Die Zuwendungen mussten über die Jahre offenbar das Übliche überschritten haben, anderenfalls wäre die Partei am heutigen Tag nicht durch einen ihrer führenden Köpfe vertreten gewesen. Immerhin war Stolten der erste Sozialdemokrat in der Hamburger Bürgerschaft. Aber Sören stand nicht der Sinn nach Rechtfertigung, er war schließlich nicht dafür verantwortlich zu machen, mit wem seine Mutter Umgang gepflegt hatte. Sollten die Trauergäste doch selbst eine Erklärung dafür finden, warum Sozialdemokraten anwesend waren.

Sören selbst hielt in der Öffentlichkeit Distanz zur Partei. Sein gesellschaftlicher Stand und Beruf ließen es nicht zu, sich als Befürworter der Sache zu erkennen zu geben. Im Gegensatz zu Tilda, die sich seit ihrer Hochzeit schwer genug damit tat, gesellschaftlichen Verpflichtungen nachzukommen. Aber sie hatte durchaus verstanden, dass Sören mehr für die Sache tun konnte, wenn er aus dem Hintergrund agierte. Viele seiner Klienten waren Sozialdemokraten – allerdings legte er tunlichst Wert darauf, dass niemand ihren Anteil an der Gesamtzahl seiner Mandate erfuhr. Seine Einkünfte wären ohne die vielen Pflichtmandate weitaus höher gewesen, doch reichte es auch so für ein gutes Auskommen und einen Lebensstil, der deutlich über dem des Großteils der Bevölkerung lag. Mathilda hatte sich schnell an das Leben gewöhnt, das Sören ihr bot, allerdings achtete sie nachdrücklich darauf, dass es darin keinen Überfluss gab. Es war nicht so, dass Sören ein Leben in Saus und Braus führen wollte, dennoch war Tildas Maß der Bescheidenheit noch einmal deutlich unter seinem angesiedelt, und sie war es, die ihn immer häufiger mit der Frage zügelte, ob für diese oder jene Ausgabe wirklich eine Notwendigkeit bestand.

Er brauchte nicht lange nach seiner Frau zu suchen. Tilda stand mit Henriette von Borgfeld zusammen, der Vorsitzenden eines Vereins für gefallene Mädchen aus dem benachbarten Altona. Clara Bischop war Ehrenmitglied des Vereins gewesen, nachdem sie eine beträchtliche Summe für den Neubau einer Mädchenherberge durch Spenden zusammengetragen und die restlichen Kosten schließlich selbst übernommen hatte. Tilda trug den schwarzen Winterpaletot, den Sören bei Renck & Co. am Graskeller beim Inventur-Ausverkauf erstanden und ihr zu Weihnachten geschenkt hatte. Es stand ihr phantastisch. Genauso wie die Knopfstiefel aus Chevreauxleder, ebenfalls ein Kauf in einer vorweihnachtlichen Vorteilswoche. Erst hatte sie ihn tadelnd angeschaut, wie sie es fast immer tat, wenn er ihr etwas Luxuriöses zukommen ließ, aber als Sören ihr den Preis verraten hatte, hatte sie versöhnlich gelächelt. Er hatte sie bei Gustav Elsner am Neuen Wall zum Schnäppchenpreis von 7,90 Mark erworben. Sie sah einfach umwerfend darin aus, stellte er wieder fest, auch wenn er sich einen anderen Anlass für diese Beobachtung gewünscht hätte.

Im gleichen Augenblick fragte er sich, warum ihm gerade jetzt so nichtssagende Dinge durch den Kopf gingen. Mit einem unwillkürlichen Stechen in der Brust musste er daran denken, was ihnen bevorstand. Wenn Tilda das Engagement in Berlin tatsächlich annehmen sollte – er mochte den Gedanken nicht zu Ende führen.

Ein Vierteljahr, eine Spielzeit getrennt von ihr ... Der Gedanke schmerzte. Aber er konnte, nein, er wollte es ihr nicht verbieten. Da war das Versprechen, das er ihr gegeben hatte, als er Tilda vor zehn Jahren einen Antrag gemacht hatte. Er erinnerte sich noch genau an seine Worte. Niemals wolle er ihr Fesseln anlegen, und immer solle sie die Möglichkeit haben, sich beruflich frei entfalten zu können. Nun war es also so weit. Man wollte sie als Erste Geige. Die Anfrage aus Berlin war ihre Chance.

Für Ilka würde die Trennung besonders schwer werden. Sie hatten zwar das Kindermädchen, aber Agnes war bislang nur den halben Tag für ihre gemeinsame Tochter da. Wenn Tilda keine Proben hatte oder Konzerte gab, wollte sie sich selbst um ihre Tochter kümmern. Und mit ihren acht Jahren war Ilka inzwischen ein ziemliches Programm gewohnt. Ein buntes und abwechslungsreiches Programm, das im gemeinsamen Musizieren mit ihrer Mutter gipfelte. Auch wenn er Agnes bestimmt überreden konnte, für eine gewisse Zeit den gesamten Haushalt zu übernehmen, es würde ihr fehlen. An den Wochenenden würden sie dann gemeinsam nach Berlin fahren, vorausgesetzt, er konnte es beruflich einrichten. Sören versuchte, den Gedanken zu verdrängen. Es waren noch zwei Monate, bis sie sich entscheiden mussten.

Tilda hatte sich nichts anmerken lassen, aber er wusste, wie schwer es ihr selbst heute gefallen war, eine Probe ausfallen zu lassen. Morgen war Hauptprobe für das philharmonische Konzert im großen Saal des Convent Garten. Händel, das Concerto grosso, Beethoven, Schubert und Haydn wurden gespielt. Auch wenn Sören sich große Mühe gab, die genauen Bezeichnungen der Musikstücke waren ihm immer noch nicht so geläufig. Er erinnerte sich nur daran, dass die Sinfonie von Haydn die mit dem Paukenschlag genannt wurde. Und er wusste, dass die Hauptperson des Abends neben dem Dirigenten Richard Barth ein junger, vierzehnjähriger russischer Pianist namens Rubinstein war. Er wünschte sich, dass Mathilda eines Tages genauso im Rampenlicht stehen und auf der Bühne brillieren würde. Gerade deshalb war Berlin so wichtig für sie.

Doch wie Sören es auch drehte, sein Kopf war voller Dinge, die dort momentan nicht hingehörten. Er empfand es schon als schlimm genug, dass er während der letzten Tage die teilweise akuten Probleme seiner Mandanten vernachlässigt hatte, um sich an den Feiertagen seiner Familie etwas mehr widmen zu können. Der plötzliche Tod seiner Mutter hatte dann alles aus den Fugen geraten lassen. Und in zwei Tagen kam auch noch David aus Hannover, um bei diesem Architekten vorstellig zu werden. Sören fiel nicht einmal mehr der Name ein, so unkonzentriert war er. Jedenfalls war der Termin für Davids Zukunft in etwa so wichtig wie das Engagement in Berlin für Tilda. Eine Anstellung in diesem Büro bedeutete neben einem guten Verdienst vor allem ein Sprungbrett für eine berufliche Karriere. Mit dreiundzwanzig, hatte sein Ziehsohn ihm erklärt, sei es an der Zeit, dass er endlich eigenes Geld verdiene.

Ja, David hatte sich gemacht. Sören hatte anfangs nicht daran glauben wollen, dass es David schaffen könne, alle Defizite, die er durch seine problematische Kindheit und den späten Einstieg ins Schulleben gehabt hatte, zu überwinden. Sören und Tilda hatten den Jungen mit vierzehn Jahren adoptiert. Bis dahin hatte er als Waisenkind, begleitet von Elend und Armut, in einer jugendlichen Räubergang gelebt, und eine kriminelle Zukunft war ihm so gut wie sicher gewesen. Aber David war aufgetaut, hatte innerhalb kürzester Zeit alle schulischen Versäumnisse nachgeholt und erwies sich zudem als dankbarer Schüler, dem das Lernen Spaß machte. Vor vier Jahren hatte er die Aufnahmeprüfung ans Polytechnikum in Hannover geschafft, und nun hatte er den Abschluss mit Auszeichnung bestanden. Sören war auf Davids Leistungen stolz und ein wenig auch auf sich selbst.

Und nun würde er sich auch noch um das Haus in der Gertrudenstraße kümmern müssen, das bis unters Dach mit kostbarem Inventar vollgestellt war, darunter die Bibliothek seines Großvaters, Conrad Roever. Sie barg medizinische und naturwissenschaftliche Handbücher und Folianten von unschätzbarem Wert. Seine Mutter hatte sich nie davon trennen können, wahrscheinlich weil immer noch die Hoffnung in ihr schlummerte, Sören könnte irgendwann zur Medizin zurückfinden. Aber das Kapitel war längst abgehakt. Er würde die Bücher einem Institut oder einer Universität als Spende zukommen lassen. Dennoch konnte Sören sich nicht mit dem Gedanken abfinden, das Geburtshaus seiner Mutter zu verkaufen. Er wollte es zur Erinnerung behalten. Und was sollte aus Lisbeth werden? Die einstige Köchin und Hauskraft seiner Mutter war bereits selbst in den Sechzigern. In diesem Alter fand sie keine Anstellung mehr, und auf die Straße setzen konnte er sie nicht. Bis zuletzt hatte Lisbeth die Funktion einer intimen Gesellschafterin und Vertrauten innegehabt. Vielleicht konnte er sie übergangsweise für Ilka …? Sören verwarf den Gedanken schnell. Lisbeth war nicht mehr in dem Alter, in dem man sie mit Kinderbetreuung belästigen konnte. Und Tilda hätte sich niemals damit einverstanden erklärt, ihre Tochter von einer alten Frau erziehen zu lassen. Er musste eine andere Lösung finden.

Doch zunächst einmal musste er endlich die Gäste bewirten. Sören hatte Punsch und gefüllte Berliner Pfannkuchen beim Warenhaus Tietz im Großen Burstah geordert. Für dreißig Trauergäste zu sieben Pfennig das Stück, inklusive Anlieferung nach Ohlsdorf. Das Problem war nur, dass er vorhin mehr als fünfzig Gäste gezählt hatte. Während er darüber nachdachte, wie er sich am elegantesten aus der Affäre ziehen konnte, bemerkte er die Droschke, die an der Alsterdorfer Straße hielt. Das Mädchen mit der dunklen Haube, das ihr entstieg, war eindeutig Agnes. Was hatte das nun wieder zu bedeuten? Irgendetwas musste vorgefallen sein, sonst hätte sie sich nicht über seine Anweisungen hinweggesetzt und wäre nach Ohlsdorf gekommen. Dazu noch mit Ilka, die ihren Vater längst ausgemacht hatte und ihm mit unbeholfenen, stolpernden Schritten, Agnes hinter sich herziehend, entgegengelaufen kam. Noch bevor er Agnes zur Rede stellen konnte, hatte sich Ilka an ihn geschmiegt. Sören blickte hilfesuchend zu Tilda, die über die Situation genauso erstaunt zu sein schien wie er.

«Aber wir hatten doch verabredet ...» Sören gab sich Mühe, freundlich zu bleiben. Er runzelte die Augenbrauen und holte tief Luft.

«Ja, Doktor Bischop. Es ist mir auch ... Wenn es nicht einen Anlass gäbe, glauben Sie mir ...»

Er hatte ihr schon tausendmal gesagt, sie solle ihn nicht ständig mit Doktortitel anreden, aber Agnes ignorierte es beharrlich. Vor etwas mehr als sechs Jahren hatten sie Agnes als Alleinmädchen ins Haus geholt. Das war etwa die Zeit gewesen, als Mathilda aufgehört hatte, Ilka zu stillen, und sich wieder ganz der Musik zugewendet hatte. Anfangs war es ihr gar nicht recht gewesen, so etwas wie ein Alleinmädchen zu beschäftigen, das zudem noch im

Hause lebte. Aber Sören hatte darauf bestanden, und Tilda hatte sich schnell an die Vorteile gewöhnt. Außerdem war Agnes trotz ihrer jungen Jahre eine hervorragende Köchin und kannte die Plätze, wo man wirklich frische Waren zu einem erträglichen Preis erstehen konnte.

Sie selbst war eine dieser tragischen Gestalten, wie sie Sören häufig genug vor Gericht vertrat. Durch Armut bedingter Diebstahl, Anzeige, Prozess. Tatsächlich hatte er damals ihr Mandat übernommen, gegen ihre Verurteilung konnte er jedoch nichts unternehmen. Sie hatte sich einfach zu dumm angestellt. Vielleicht war es diese unschuldige Naivität gewesen, die irgendeinen Schutzinstinkt in ihm geweckt hatte. Jedenfalls beglich er ihre Strafe aus eigener Tasche und gab ihr zudem die Möglichkeit, ihre Schulden mit anständiger Arbeit in seinem Haus abarbeiten zu können. Zusätzlich sorgte er dafür, dass sie Gelegenheit erhielt, so etwas wie eine Ausbildung zu absolvieren. Den Kontakten seiner Mutter war es schließlich zu verdanken gewesen, dass Agnes neben der Arbeit im Hause Bischop eine halbtägliche Stelle in der Kleinkinderbewahranstalt in Eimsbüttel bekam. Wenn Ilka aus dem Gröbsten heraus war, würde sie ihr Auskommen haben.

«Ich erhielt soeben eine Nachricht ...» Agnes war völlig außer Atem. «Es handelt sich um Ihren ... Ihren Sohn.» Sie tat sich immer noch schwer mit dem Umstand, dass David nicht das leibliche Kind ihrer Herrschaften war. Wohl auch, weil David etwa in ihrem Alter war, fiel ihr das Wort Sohn schwer.

«Was ist mit David?», fragte Sören. «Er kommt doch erst in zwei Tagen.»

«Wenn es nur das wäre, Doktor Bischop. Man sagte mir, er sei verhaftet worden.»

«Verhaftet?»

«Ja», schluchzte Agnes aufgeregt.

«Was wirft man ihm vor?»

Sie blickte ihn ängstlich an. «Er soll ..., er soll ...» Plötzlich schossen Tränen aus ihren Augen. «Er soll einen Mann erschlagen haben.»

――― *In Untersuchungshaft* ―――

Was um alles in der Welt machte David schon jetzt in Hamburg? Und warum wusste er nichts davon, dass er in der Stadt war? Wie lange war er überhaupt schon hier? Vor lauter Fragen, die Sören durch den Kopf gingen, kam er gar nicht dazu, zu überlegen, was eigentlich geschehen war. Er hatte kaum Informationen darüber erhalten, was man David vorwarf, und es machte keinen Sinn zu spekulieren. Er würde es in der nächsten Stunde schwarz auf weiß vor sich haben. Allerdings war unklar, ob man ihn bereits zu David vorließ. Das war allein die Entscheidung des Staatsanwalts. Sören kannte das Prozedere und die Formalitäten genau. Er war kein Außenstehender, was die Sache zumindest vereinfachen sollte. Aber heute war Feiertag, und das war keine gute Voraussetzung für einen beschleunigten Amtsweg. Er würde sich dennoch direkt auf den Weg zum Untersuchungsgefängnis machen.

Als die Droschke in der Feldbrunnenstraße hielt, überlegte Sören kurz, ob er den Fahrer bitten sollte, vor dem Haus auf ihn zu warten, bis er sich umgezogen hatte. Doch dann entschied er sich dafür, das Rad zu nehmen, wie er es jeden Tag machte, wenn das Wetter es zuließ. Ihren Einspänner hatten sie bereits vor drei Jahren verkauft, als die Elektrifizierung der Ringlinie abgeschlossen war – mit der Straßenbahn fuhr es sich einfach günstiger, wenn auch nicht ganz so komfortabel. Übers Jahr gerechnet kosteten die Fahrscheine der Bahn nicht einmal die Hälfte von dem, was sie für den Unterhalt des Pferdes gezahlt hatten. Und ein noch größerer Vorteil war, dass die ewige Suche nach Stell- und Parkplätzen ein Ende hatte. Während der Geschäftszeiten war in der Innenstadt kaum ein Parkplatz zu finden, und seine Kanzlei in der Schauenburgerstraße verfügte über keine eigene Remise.

Sören wählte den kurz geschnittenen, knielangen Volantpaletot aus winddicht gewebter Wolle, setzte seine Schirmmütze mit den Ohrenklappen auf, klemmte die Hosenbeine mit zwei Wäscheklammern zusammen und schob das Fahrrad aus der alten Remise auf die Straße. Schon bald blickten ihm die ersten Passanten nach. Die Zeit der alten Hochräder war zwar seit Jahren vorüber, und Fahrräder mit zwei gleich großen Gummireifen sah man immer häufiger im Straßenbild, aber Sörens Rad stach allein durch seine extravagante, lang gestreckte Form mit dem geschwungenen Lenker und der großen Karbidlampe hervor. Er hatte das Fahrrad im Frühjahr letzten Jahres bei Seidel & Naumann's Nähmaschinenmanufaktur in der Admiralitätsstraße erworben. Es war nicht billig gewesen, und Tilda hatte mal wieder mit den Augen gerollt, aber er hatte ihr schnell vorrechnen können, wie viele Billetts für die Straßenbahn er damit einsparen würde. Inzwischen spielte sie sogar selbst mit dem Gedanken, sich auch so ein Vehikel zuzulegen. Sören konnte es kaum erwarten, gemeinsam mit ihr auf eine sonntägliche Tour zu gehen. Bis zum Sommer musste er sich allerdings noch gedulden. Auch wenn der Winter bislang mild war, die Temperaturen luden dennoch nicht zum Verweilen im Freien ein. Und außerdem stand diesem Vorhaben noch Tildas möglicher Aufenthalt in Berlin im Wege.

Sören radelte über die Schulstraße, die man in Andenken an den ehemaligen Senator neuerdings in Tesdorpfstraße umbenannt hatte, und weiter über die Gänseweide in Richtung Dammtordamm. Ein frischer Wind wehte ihm ins Gesicht. Vor ihm breitete sich die Baustelle des zukünftigen Bahnhofs aus. Der mächtige Sockel aus großen Steinquadern war so gut wie fertig, das eigentlich Imposante an der Erscheinung war jedoch das unheimliche Geflecht filigraner Stahlstreben, die sich wie das Gerippe eines riesigen Walfisches in den Himmel streckten. Selbst heute standen die Arbeiter auf den hohen hölzernen Gerüsten und waren damit beschäftigt, die stählernen Profile miteinander zu verbinden. In wenigen Tagen mussten sie den Scheitelpunkt der zukünftigen Bahnhofshalle erreicht haben. In Gedanken sah Sören bereits den Qualm der Lokomotiven vor sich, wie er langsam unter der gläsernen Tonne emporstieg.

Hinter dem Bahndamm bog er rechts ab und nahm die Abkürzung durch den Botanischen Garten, wohl wissend, dass das Befahren der Wege eigentlich nicht gestattet war, aber trotz der Verbotsschilder war er von den hier patrouillierenden Ordnungshütern bislang noch nie ermahnt worden. Es mochte daran liegen, dass er mit dem neuen Rad einfach zu schnell fuhr. Bis die Wachtmeister ihre Pfeife hervorgeholt hatten, war er längst außer Hörweite. Dabei waren einige Abteilungen der Polizei vor vier Jahren mit Dienstfahrrädern ausgestattet worden. Aber an diesem Ort hielten sich vornehmlich Beamte der Sittenpolizei auf, denn die entlegenen, nachts unbeleuchteten Trottoirs an den Bassins des ehemaligen Stadtgrabens waren seit einigen Jahren immer mehr zum Tummelplatz verbotener Gelegenheitsprostitution geworden. Die Zahl der Sittenwächter hatte sich seither verdoppelt. Meist waren sie in Zivil gekleidet, und wenn doch mit Pickelhaube und Uniform, dann hoch zu Ross, aber nie auf einem Rad.

Auch heute blieb Sörens kleines Vergehen ungeahndet, und er erreichte die Straße Bei den Kirchhöfen ohne Zwischenfälle. Das Untersuchungsgefängnis ließ er zunächst auf der Linken liegen und radelte weiter zum Strafjustizgebäude, auf dessen gegenüberliegender Seite sich das Pendant für zivile Angelegenheiten schon seit mehr als drei Jahren im Bau befand. So, wie es aussah, war mit einer Fertigstellung auch in diesem Jahr noch nicht zu rechnen. An das entsprechende Gedränge im Gerichtshof hatten sich mittlerweile alle gewöhnt, man hatte zwei ganze Flure und zwei Verhandlungssäle vorübergehend abtreten müssen. Das Provisorium dauerte nun schon so lange, dass eigentlich niemand mehr mit einer Änderung rechnete. Heute empfand es Sören das erste Mal als vorteilhaft, dass aufgrund der beengten Platzverhältnisse bestimmte Angelegenheiten und Verfahren selbst an Sonn- und Feiertagen abgehandelt werden mussten.

Wie immer herrschte reger Betrieb im Landgericht. Als Erstes steuerte Sören das Vorzimmer von Direktor Fohring an. Bei einem Tötungsdelikt war es mehr als wahrscheinlich, dass sich gleich die Große Strafkammer mit dem Fall befasste. Und mit einer schriftlichen Bewilligung des Präses der Kammer waren alle weiteren Formalitäten ein Kinderspiel.

Sören hatte Glück. Nach einer knappen Stunde hatte er alles beisammen, was er benötigte. Einen offiziellen Bericht gab es noch nicht, dafür waren die Geschehnisse zu jung. Auch eine Anklageschrift war noch nicht verfasst worden, aber zumindest den vorläufigen Polizeibericht hatte er einsehen dürfen. Demnach saß David ganz gehörig in der Patsche.

«Wieder zu Loose?» Der Hauptwärter am großen Tor des Untersuchungsgefängnisses warf Sören einen fragenden Blick zu und deutete im gleichen Atemzug auf das Besucherbuch auf dem Tisch.

Sören schüttelte den Kopf. «Nein, heute nicht.» Er trug Namen und Anliegen in die entsprechenden Spalten ein. Der Wärter kannte ihn gut, und so brauchte Sören sich nicht auszuweisen. Vergangene Woche war er das letzte Mal hier gewesen. Bei besagtem Loose, den er vertrat. Olaf Loose war Elektrotechniker in einer Reparaturwerkstatt der Hamburg-Amerika Linie, einer galvanischen Anstalt, die für das Ver- und Entsilbern von Leuchtern, Bestecken und ähnlich kostbaren Ausrüstungsstücken auf den Schiffen der Reederei zuständig war. Man warf ihm vor, unter der Hand große Mengen Reinsilber veräußert zu haben, was er abstritt. Seiner Aussage nach sei ihm zwar klar gewesen, dass bestimmte Arbeiten und Vorgänge nicht rechtens gewesen sein konnten, aber er habe im Auftrag seines Werkmeisters gehandelt, der ihm anderenfalls mit Entlassung gedroht habe. Der stritt alles ab. Eine gewisse Mitschuld war nicht von der Hand zu weisen, aber in erster Linie ging es darum, ob Loose Anstifter oder Verführter war. Seit mehr als fünf Monaten saß Loose in Untersuchungshaft. Ihm drohte, sollte er wegen Hehlerei verurteilt werden, eine empfindliche Haftstrafe sowie mindestens zwei Jahre Ehrverlust. Der Werkmeister des Betriebes arbeitete hingegen unbehelligt weiter und bezog ein Jahresgehalt von 2500 Mark.

«Ein Verwandter von Ihnen?», fragte der Wärter und runzelte eine Augenbraue, als er den Namen des Häftlings mit der Haftliste verglich.

«Ja, leider», meinte Sören, und schlagartig wurde ihm bewusst, dass er gerade dabei war, einen Kodex seiner

Zunft zu missachten: Man vertrat niemanden vor Gericht, der einem nahesteht. Aber so weit war es ja noch gar nicht. Das mahlende Geräusch des großen Schlüssels, mit dem der Wärter das Schloss der eisernen Gittertür freigab, holte ihn in die Gegenwart zurück. Vor ihm öffnete sich einer der trostlosen langen Gänge mit unzähligen Zellentüren. Sören kannte den Anblick nur zu gut, aber es war das erste Mal, dass es ihn schmerzte.

Er erschrak, als man David hereinführte. Weniger wegen der Hand- und Fußfesseln, die man ihm umgelegt hatte; das war hier Vorschrift, wenn Gefangene aus den Zellen in die Besprechungszimmer gebracht wurden. Nein, David sah schrecklich aus, müde und übernächtigt. Haare und Bart wirkten ungepflegt. Er blickte verlegen auf den Boden.

«Keinen Körperkontakt mit den Inhaftierten», brummte der Wärter Sören mahnend an, als er David zu nahe kam.

«Ich weiß schon», fauchte Sören zurück und setzte sich auf den Stuhl an der gegenüberliegenden Tischseite. Es dauerte einen Moment, bis sich ihre Blicke trafen. «David. Was ist passiert?» Am liebsten hätte er ihn an den Schultern gepackt und geschüttelt.

«Ich habe nichts Verbotenes getan», stammelte David. «Ganz im Gegenteil. Ich beteuere dir meine Aufrichtigkeit. Wir wollten doch nur helfen.»

Sören hatte bereits dem Polizeibericht entnommen, dass man David nicht alleine beschuldigte. Demnach sollte er mit einer Gruppe junger Männer zusammengewesen sein, von denen einige polizeibekannt waren. Unter anderem Peter Schulz, genannt der rote Peter, der sich allerdings, genau wie die übrigen Personen, der Verhaftung entziehen konnte. Schulz galt in der Stadt als Anarchist. Er hatte seinen Spitznamen bekommen, weil er wiederholt Ehren- und Denkmäler mit roter Farbe und sozialdemokratischen Parolen beschmiert hatte.

«Helfen?», fragte Sören. «Der Tod dieses Mannes, den ihr vermöbelt habt, ist ja wohl eine Tatsache.» Den Zeugenaussagen nach sollte David mehrfach auf das spätere Opfer eingeschlagen haben. «Wie kommst du überhaupt mit solchen Individuen zusammen?»

David blickte ihn entgeistert an. «Ich habe der Polizei bereits gesagt, dass wir nur schlichten wollten. Aber man hat meiner Aussage keinen Glauben geschenkt. Man gab mir nur zu verstehen, dass es einen Zeugen gebe, der anderes behauptet. Deswegen sitze ich nun hier.»

«Du hast den Mann also nicht geschlagen?»

David zögerte einen Augenblick. «Doch ... natürlich. Er wollte ja nicht von dieser Frau ablassen.»

«Von einer Frau steht nichts im Protokoll.»

«Die ist dann ja auch weggerannt, als ich mir den Typen vorgeknöpft habe. So, wie der sich aufgespielt hat, war das bestimmt ein ganz übler Louis. Er hatte die Frau am Handgelenk gepackt und wollte sie mit sich ziehen ... aber das war ihr nicht recht. Sie schrie die ganze Zeit auf ihn ein, er solle sie gefälligst loslassen. Steht das nicht im Protokoll? Ich habe es bei der Vernehmung alles erzählt.»

«Nein.» Sören schlug sein Notizbuch auf. «Am besten ist es wohl, du erzählst von Anfang an. Und versuche, möglichst kein Detail auszulassen. Was machst du überhaupt schon in der Stadt? Ich habe dich erst übermorgen erwartet.»

«Es war doch Silvester. Ich bin mit zwei Kommilitonen gekommen, Jan und Willi. Zum Feiern natürlich.»

Sören warf dem Wärter, der neben der Tür stand, einen fragenden Blick zu, dann schob er David einen Zettel über den Tisch. «Schreib die Namen auf.»

«Wir sind gegen Mittag angekommen und erst mal bei Onkel Tom eingekehrt. Es regnete ja Bindfäden ...»

«Bei Onkel Tom, so so.» Sören runzelte die Stirn. Die Wirtschaft galt auswärtigen Parteigenossen unter der Hand als zentrale Anlaufstelle. Nach den Unruhen während des Hafenstreiks vor fünf Jahren standen die Räumlichkeiten unter besonderer Beobachtung durch Polizeivigilanten.

«Ist als Genosse doch naheliegend.»

Sören seufzte. «Wann bist du der Partei beigetreten?», fragte er. «Hast du dich bei deiner Verhaftung als Sozialdemokrat zu erkennen gegeben?»

«Vor drei Jahren.» David nickte. «Ja, man hat ja meine Papiere durchsucht. Und das Parteibuch führe ich stets bei mir.»

Kein Wunder, dass man Davids Aussage kaum Glauben schenkte, dachte Sören bei sich. Wenn man als bekennender Sozialdemokrat mit dem Gesetz in Konflikt geriet, war das doppelt schlimm. Vor allem hier in Hamburg. Die Kriminalpolizei arbeitete Hand in Hand mit der Politischen Polizei, und Sozialdemokraten galten den Gesetzeshütern immer noch als aufrührerisches Pack. «Erzähle weiter», forderte ihn Sören auf.

«Wir haben dort ein paar Biere getrunken und sind so um neun Uhr zum Jungfernstieg gelaufen, wo bereits eine große Menge Schaulustiger stand. Es war ein richtiges Gedränge hinter den Absperrungen. Ich hatte nicht erwartet, dass sich so viele Menschen dort einfinden würden, aber inzwischen hatte es aufgehört zu regnen, und immer mehr Menschen strömten heran. Obwohl man die ganze Straße für den Verkehr gesperrt hatte, kam es immer wieder zu lautstarken Auseinandersetzungen zwischen den Schutzleuten und einigen Droschkenfahrern, die sich über die Sperrung hinwegsetzten, weil sie ihre Fahrgäste direkt bis zu den anliegenden Hotels chauffieren wollten. Die Stimmung war ausgelassen, und die Menge johlte jedes Mal, wenn wieder ein Wagen versuchte, sich einen Weg durch die Menge zu bahnen. So ging das weiter bis Mitternacht. Vom Feuerwerk waren wir, wie die meisten, eher enttäuscht. Es mag daran gelegen haben, dass die Luft zu feucht war. Jedenfalls löste sich die Menge danach relativ schnell auf, und wir beschlossen, nach St. Pauli weiterzuziehen. Auf dem Spielbudenplatz haben wir dann den Peter und seine Freunde getroffen. Willi, einer meiner Begleiter, hat uns mit ihm bekannt gemacht. Dann sind wir gemeinsam in einigen Spelunken und Kneipen gewesen, aber immer nur kurz. Höchstens auf ein oder zwei Biere, danach sind wir weitergezogen. Tja, und schließlich sind wir in der Thalstraße gelandet. Hans, ein Bekannter von Peter, meinte, er kenne jemanden, der als Koberer für ein besseres Etablissement arbeite, und der könne uns reinschleusen. Zuerst müsse er aber mal die Lage peilen. Und so warteten wir in einem Torweg auf Hans. Ja, und dann hörten wir die Schreie. Anfangs denkt man sich ja nichts, schließlich waren wir auf dem Kiez, wo lautstarke Auseinandersetzungen und Schreiereien normal sind, aber dann sahen wir einen ziemlich kräftigen Kerl, der eine Frau am Handgelenk gepackt hielt und mit sich zerrte. Sie schrie laut und versuchte ständig, nach ihm zu treten und sich loszureißen, was ihr aber nicht gelang. Ehrensache, dass wir uns ihm in den Weg stellten. Du weißt, ich bin nicht zimperlich, und so einem Louis gegenüber schon gar nicht. Er hatte ungefähr meine Größe, aber selbst dass wir so viele waren, schien ihn nicht zu beeindrucken. Ganz im Gegenteil. Ohne die Frau loszulassen, packte er mich an der Schulter und versuchte, mich wegzustoßen. Das wäre ihm auch gelungen, wenn Peter ihm nicht im selben Augenblick den Arm auf den Rücken gedreht hätte. Daraufhin ließ der Kerl endlich von der Frau ab, die sofort davonlief, glaube ich. Der Kerl schlug aber wie wild um sich. Mich hat er am Kinn getroffen, also holte ich aus und gab ihm einen auf die Zwölf. Ich schlage mich nicht häufig, aber das Ding saß, und er sackte zusammen.»

«Wo hast du ihn genau getroffen?», unterbrach ihn Sören.

«Wie er's bei mir auch versucht hat.» David fasste sich an den Bart. «Aufwärtshaken, klassisch. Aber meiner verfehlte seine Wirkung nicht.»

«Kann man so sagen», entgegnete Sören zynisch. «Er ist schließlich tot.»

«Nein, nein, nein!», erwiderte David hektisch. «Doch nicht hiervon.» Er blickte auf seine Faust, und die Handketten klirrten. «Er ist ja wieder aufgestanden. Wir haben noch eine Weile dagestanden, weil wir nicht recht wussten, was wir mit ihm machen sollten. Und nach ein paar Minuten ist er zu sich gekommen, hat irgendetwas Unverständliches gemurmelt, und dann hat er sich aus dem Staub gemacht.»

«Und ihr? Was habt ihr dann gemacht?»

«Wir haben noch auf Hans gewartet, aber als der nicht wieder auftauchte, sind wir in die nächstbeste Kneipe.»

«Zum kleinen Fässchen», ergänzte Sören. «Wo man dich schließlich verhaftet hat. »

David nickte.

«Und was ist mit den anderen geschehen?»

David zuckte mit den Schultern, und seine Fesseln klirrten erneut. «Keine Ahnung. Ich war ja auch nicht mehr ganz nüchtern. Ich erinnere mich nur, dass es plötzlich hieß, die Polente sei im Anmarsch. Dann ging alles drunter und drüber. Peter, Willi und Adolph, das war der andere Kumpel von Peter, müssen sich aus dem Staub gemacht haben. Jan Hauer hatte sich schon am Spielbudenplatz verabschiedet, weil er zu irgendeinem Verwandten wollte.»

«Und dich haben sie hopsgenommen. Mensch, Junge, das war keine gewöhnliche Razzia – die Polizisten haben gezielt nach euch gesucht, weil ihnen jemand was gesteckt hat.»

«So ein kleiner Hagerer mit einem Stock. Ja, ich erinnere mich. Der stand dabei und hat mit dem Finger auf mich gezeigt.» Er schüttelte angewidert den Kopf. «Was für Widerlinge es doch gibt. Dabei habe ich wirklich nichts Unrechtmäßiges getan. Glaube mir. Ich schwöre es dir bei allem, was mir heilig ist.»

«Man hat den Toten in genau dem Hof gefunden, in dem du ihn niedergeschlagen hast. Das hat zumindest der Zeuge ausgesagt. Er war hinter Müllsäcken versteckt.»

«Aber er hat noch gelebt», entgegnete David. «Du musst mir glauben! Ich weiß nicht, wie er da hingekommen ist.»

«Ich glaube dir ja. Nur leider haben wir bisher niemanden, der deine Variante der Geschehnisse bestätigt. So, wie es aussieht, war es deinen Kollegen erst mal wichtiger, die eigene Haut zu retten. Schöne Freunde, die du da hast. Von Peter Schulz wirst du nicht erwarten können, dass er sich der Polizei stellt. Er steht bereits auf der Fahndungsliste. Der ist sich selbst der Nächste. Und bei seinen Kumpanen wird es bestimmt nicht viel anders aussehen. Kennst du ihre Familiennamen?»

«Natürlich nicht», antwortete David resigniert.

«Und dieser Willi, dein Kommilitone?»

«Heißt Schmidlein», flüsterte David. «Eine Adresse

habe ich nicht, aber er hat eine Empfehlung, mit der er sich dieser Tage bei Blohm + Voss vorstellen will. Ich habe seinen Namen aber beim Verhör nicht verraten.»

Sören notierte den Namen und zeigte David den Zettel, um sich zu vergewissern, dass er ihn richtig geschrieben hatte. «Dann können wir nur hoffen, dass er freiwillig bei der Polizei auftaucht und eine Aussage macht oder dass ich ihn ausfindig mache.»

«Nach allem, was wir bislang wissen, sieht es eher nach einer gewöhnlichen Auseinandersetzung aus, wie wir sie fast täglich auf dem Kiez erleben. Allerdings nicht mit Todesfolge.» Dr. Göhle rückte seinen Binder zurecht und strich sich langsam durch den mächtigen Bart, der bereits stark von grauen und weißen Haaren durchwachsen war. Solange Sören ihn kannte, war Göhle bei der Zweiten Strafkammer des Landgerichts. Und er würde es bis zum Ende seiner beruflichen Laufbahn wohl auch bleiben, denn die sechzig hatte er bereits hinter sich gelassen. Warum ihm der Stand eines Oberstaatsanwalts verwährt geblieben war, darüber konnte Sören nur spekulieren. Oft hatten sie sich im Gerichtssaal gegenübergestanden, aber trotz der teils heftigen Wortgefechte, die sie sich dort geleistet hatten, war Dr. Göhle ihm stets korrekt und jovial gesinnt begegnet. Anders als sein Kollege Dr. Steinicke von der Ersten Strafkammer, der während eines laufenden Verfahrens nie ein überflüssiges Wort mit Sören sprach. Er wusste nicht, ob ihm das in diesem Fall einen Vorteil verschaffte, denn so integer Göhle auch sein mochte, er wusste genau zwischen Freundlichkeit und Vorschriften zu unterscheiden.

«Sie erinnern sich an die wüste Messerstecherei in der Großen Freiheit vor zwei Monaten, als Jugendliche und junge Männer unterschiedlicher Nationalitäten des Nachts aneinander gerieten und ihre Messer zogen?»

«Natürlich.» Sören nickte. «Aber mit Verlaub, die gestrigen Geschehnisse scheinen wohl einen anderen Hintergrund zu haben.»

«Sind Sie sich dessen so sicher?», fragte Dr. Göhle. «Das Opfer ist ein Jude.»

«Womöglich ein Zuhälter», warf Sören ein, aber Göhle schüttelte den Kopf.

«Dafür gibt es bislang keinerlei Anhaltspunkte.»

«Die Frau, die er mit Gewalt mit sich zog ...»

Ein wissendes Lächeln zeichnete sich auf Göhles Gesicht ab, aber er blickte zu Boden und schüttelte verneinend den Kopf. «Ich habe die Aussage Ihres ... Ihres ...»

«Sohnes», bekräftigte Sören.

«Gut, also Ihres Sohnes. Ich habe sie natürlich gelesen. Allerdings ...» Er blickte Sören in die Augen. «Ich will Ihnen da keine falschen Hoffnungen machen. Sie sind lange genug dabei, um den Wert solcher Aussagen zu kennen. Wir haben die Aussage eines Zeugen, der zweifelsohne glaubwürdig erscheint, und da ist von einer Frau keine Rede. Die Leute hingegen, in deren Gesellschaft sich Ihr ... Ihr Sohn befand, sind der Polizei bekannt.»

«Aber doch wohl nicht in Zusammenhang mit Mord und Totschlag.»

«Richtig. Bislang nicht. Und glauben Sie mir, die Fahndung nach den Burschen läuft. Die Vigilanten der Kriminalpolizei halten die Augen auf. Der rote Peter ist schließlich kein Unbekannter. Auch wenn er und seine Kameraden untergetaucht sind, es wird nicht lange dauern ...»

«Und wenn sie die Aussage meines Sohnes bestätigen?»

«Dann heißt das noch lange nichts», entgegnete Dr. Göhle. «Soweit wir wissen, handelt es sich ausnahmslos um Sozialdemokraten. Und die halten zusammen.» Bevor Sören etwas erwidern konnte, fügte er hinzu: «Natürlich prüfen wir alle Aussagen sehr akribisch und bewerten sie unabhängig davon, welche politische Gesinnung die Zeugen haben. Es ist nur eine gewisse Erfahrung, die mich bestimmte Dinge vermuten lässt. Und meistens liege ich mit meinem Instinkt nicht völlig falsch, wie Sie wissen sollten.»

«Meistens», wiederholte Sören. «Aber das heißt nicht immer. – Sie sagten, das Opfer sei Jude?»

Es war besser, an dieser Stelle das Thema zu wechseln. Er brauchte dringend einige Informationen, die ihm eigentlich noch nicht zustanden. Vor allem – das musste er sich eingestehen –, weil ein Fünkchen Zweifel in ihm glimmte. Zweifel an dem, was David ihm erzählt hatte. Erstens war er nach eigenen Angaben ziemlich betrunken gewesen, und zweitens besaß sein Adoptivsohn eine latente Aggression, die nicht von der Hand zu weisen war. Dem stand ein ausgeprägter Gerechtigkeitssinn gegenüber, aber der war stark durch seine eigentliche Herkunft bestimmt. Und die wurzelte in einer Sippschaft kleinkrimineller Ganoven. Ein Umfeld, aus dem er David im Jugendalter herausgeführt zu haben glaubte. Sören ärgerte sich maßlos über sich selbst, darüber, dass er David nicht wirklich vertraute.

«Ein gewisser Simon Levi aus …» Während Dr. Göhle die Akten auf seinem Tisch durchblätterte, schien ihm einzufallen, dass er eigentlich noch keine Informationen preisgeben durfte.

«Nicht aus der Stadt?», fragte Sören nach.

«Nein. Von daher ist die Annahme, er habe sich hier

als Lude verdingt, für uns auch völlig abwegig.» Göhle lächelte. «Man fand in seinen Taschen ein Transitpapier für eine Überseepassage. Levi wollte am 12. Januar nach New York reisen. Mit der Pretoria, einem Dampfer der Hapag.»

«Ein Auswanderer also?»

Dr. Göhle lächelte ihn ausdruckslos an.

«Bekomme ich eine Abschrift der Protokolle?»

«Wenn Sie das Mandat übernehmen, sicher», antwortete der Staatsanwalt.

«Bis zur Anklageschrift keine Akteneinsicht?»

«Sie kennen das Gesetz.»

«Und der Name des Zeugen?» Sören wusste, dass es aussichtslos war.

Wie erwartet schüttelte Dr. Göhle mit einem freundlichen Lächeln den Kopf. Dann blickte er zur Tür, die sich vorsichtig geöffnet hatte.

«Ja, was gibt es denn?», fragte er laut. «Sie sehen doch, dass ich in einer Besprechung ...» Der Gerichtsdiener betrat den Raum und reichte dem Staatsanwalt eine Notiz. «Der Herr Senator? Aber sicher kann ich einen Augenblick an den Apparat ...» Er wendete sich seinem Gast zu. «Sie entschuldigen mich einen Moment? Ein dringendes Telefonat.»

Sören hatte keine Einwände. Ganz im Gegenteil. Er war sich bewusst, dass er Verbotenes tat, aber er nutzte die Zeit. Als die schwere Eichentür ins Schloss fiel, trat er an Göhles Schreibtisch und blätterte geschwind durch die Akte. Es waren nicht viele Seiten, und er fand schnell, was er suchte. Den vorläufigen Polizeibericht, den Namen des Zeugen und einen Hinweis auf den Ort, wohin man den Leichnam gebracht hatte. Dann fand er noch etwas, was ihn stutzig machte. Die Meldeadresse des Opfers war zwar nicht so ungewöhnlich für diese Stadt, aber wenn sie tatsächlich stimmen sollte, dann hatte Simon Levi auf der Reeperbahn wirklich nichts zu suchen gehabt.

—— *Die Stadt in der Stadt* ——

*D*oktor Reuter vom Hafenkrankenhaus blickte nur flüchtig auf das Papier, das Sören ihm vorgelegt hatte und das ihn angeblich dazu berechtigte, den Leichnam selbst in Augenschein nehmen zu dürfen. Er war etwa in Sörens Alter, und nachdem sie einige Worte gewechselt hatten, musste er den Besucher wohl für einen Kollegen halten, was genau genommen sogar richtig war. Obwohl Sören ein abgeschlossenes Medizinstudium vorweisen konnte, hatte er nie als Arzt praktiziert. Ausdrucksweise und Fachtermini waren ihm hingegen immer noch geläufig. So etwas vergaß man nicht. Reuter begleitete ihn persönlich hinab in die Kellergewölbe, wo auch die Leichenhalle untergebracht war.

«Von einer Öffnung haben wir Abstand genommen», erklärte der Arzt, während er zielstrebig zu einem der Rollwagen ging, die an der Kellerwand aufgereiht standen. «Verletzung und Todesursache waren eindeutig durch äußeren Augenschein feststellbar.» Er inspizierte den Zettel am Gestell des Wagens und verglich die Nummer mit seinen Unterlagen. «Da haben wir ihn, Simon Levi. Alter sechsundzwanzig.» Er zog das Tuch vom Leichnam. «Fraktur der hinteren Schädelplatte.»

Sören beugte sich über den Toten und inspizierte die Wunde. Ein süßsaurer Geruch stieg ihm in die Nase, eine Mischung aus organischen Sekreten und Formalin. Der Duft des Todes, wie es einer seiner Professoren einmal genannt hatte. Eine Sache hatte ihn schon immer fasziniert, und auch jetzt konnte er der Versuchung nicht widerstehen. Mit der Fingerspitze drückte er die Haut des Toten am Oberarm. Es sah aus, als wenn sich Haut und Fleisch in Wachs verwandelt hätten. Die Vertiefung an der Druckstelle blieb. Sören widmete sich wieder der Wunde. Zwischen den Knochensplittern konnte er Teile der Hirnmasse erkennen.

«Der Täter muss zweimal zugeschlagen haben», erklärte Doktor Reuter. «Mit einer Eisenstange oder einem anderen stumpfen Gegenstand.»

Sören drehte den Kopf des Toten zur Seite und untersuchte sein Kinn. Schließlich fand er, wonach er gesucht hatte.

«Ein leichtes Hämatom», bestätigte der Mediziner. «Vielleicht von einer Schlägerei. Für uns unmaßgeblich.»

Wie es aussah, hatte David ihn nicht angelogen. «Findet das in Ihrem Bericht Erwähnung?»

Reuter nickte. «Ich werde den Bericht heute im Laufe des Tages schreiben.»

«Der Mann wurde also von hinten erschlagen. Irgendwelche sonstige Auffälligkeiten?», fragte Sören.

Der Mediziner schüttelte den Kopf. «Nein, keine weiteren körperlichen Auffälligkeiten bis auf seine Beschneidung, aber das ist bei Juden als normal anzusehen.»

«Wurde der Leichnam fotografisch festgehalten?»

«Von uns nicht», erklärte Reuter. «Dafür sehe ich auch keine Notwendigkeit. Ob die Polizei eine Aufnahme am Tatort gemacht hat, entzieht sich meiner Kenntnis.»

«Und die Kleidung des Toten sowie die Habseligkeiten, die er bei sich führte?»

«Verwahren wir natürlich.» Reuter griff unter den Wagen und zog einen Wäschesack hervor. «Was den Ausweis und sonstige Dokumente betrifft, müssen Sie sich allerdings an die Polizei wenden.»

Die Kleidung des Toten sowie die wenigen Dinge, die er in dessen Taschen gefunden hatte, brachten keine neuen Erkenntnisse. Bemerkenswert war allenfalls die Tatsache, dass die Schuhe von Simon Levi nass und schlammverschmiert waren, seine restlichen Kleidungsstücke hingegen trocken und weitgehend sauber. Aber das konnte alle möglichen Gründe haben. Während er die Seewartenstraße entlangging, studierte Sören die beiden Lotteriescheine, ausgestellt von Julius Gertig, welche die Polizei übersehen haben musste. Er hatte sie in der Westentasche des Toten gefunden. Dem Aufdruck nach unterhielt Gertig drei Ausgabestellen, am Steindamm, am Großen Burstah und hier an der Reeperbahn. Gegenüber vom Köllisch Universum am Spielbudenplatz wurde Sören schließlich fündig. Simon Levi hatte die Scheine tatsächlich hier erworben, wie das Mädchen am Stand anhand der Losnummern feststellte, aber sie konnte Sören nicht sagen, wann die Lotteriescheine genau verkauft worden waren. Sören bedankte sich und kaufte am Nachbarstand ein druckfrisches Exemplar des Hamburger Fremdenblattes. Auf der ersten Seite ging es mal wieder um die Koweitfrage und die militärischen Drohgebärden zwischen England und Russland am Persischen Golf. Wenn der Hafen von Koweit nicht der Endpunkt der geplanten deutschen Bagdadbahn hätte werden sollen, hätte sich bestimmt niemand in der Stadt dafür interessiert, mutmaßte Sören und blätterte weiter.

Er überlegte, wie er an ein Foto des Toten gelangen konnte. Ursprünglich hatte er es David zur Identifizierung vorlegen wollen. Aber durch das Hämatom am Kiefer des Toten war die Möglichkeit, dass der Mann, den David geschlagen hatte, vielleicht gar nicht Simon Levi war, hinfällig geworden. Solche Zufälle gab es nicht. Dennoch war ein Foto für die weiteren Nachforschungen einfach notwendig.

Zwei Seiten weiter stolperte Sören über eine Anzeige der Hamburger Gaswerke, die grobe Cokes im gehäuften Maass per Doppelhektoliter frei auf den Wagen für nur zwei Mark anboten, und er überlegte, wie viel Vorrat sie noch im Keller hatten. Wenn es weiterhin so mild blieb, brauchte er sich darum keine Sorgen zu machen. Hinter den veröffentlichten Spendenlisten zahlreicher Vereine und Stiftungen sowie der Ablösung der Neujahrskarten fand er endlich, wonach er gesucht hatte. Die offiziellen Hamburg-Altonaer Fremdenlisten, eine Aufstellung aller in der Stadt verweilenden Fremden, die in einem Hotel abgestiegen waren, sortiert nach Hotel und Familiennamen. Diese Listen waren ein exzellentes Hilfsmittel, wenn man einen Auswärtigen in der Stadt finden wollte. Schon häufiger hatte Sören von dieser Möglichkeit Gebrauch gemacht. Sofern Waldemar Otte mindestens ein Hotel zweiter Klasse bewohnte, war es eine Kleinigkeit, seinen Aufenthaltsort herauszufinden. Allerdings waren es fast vier Seiten. Sören setzte sich ins Café Melgenberger und bestellte ein Kännchen Kaffee mit zwei belegten Rundstücken. Das Frühstück war heute Morgen ausgefallen, weil Agnes am Donnerstag immer Frühdienst in Eimsbüttel hatte und bereits gegen vier Uhr früh das Haus verließ, und nun knurrte sein Magen.

Eigentlich war der heutige Tag ganz anders geplant gewesen. Vor allem Ilka hatte ein enttäuschtes Gesicht gemacht, als er ihr erklärt hatte, dass es mit dem versprochenen Besuch der Eisbahn auf dem Heiligengeistfeld schon wieder nichts werden würde. Die Schlittschuhe, die sie zu Weihnachten bekommen hatte, waren immer noch nicht eingeweiht, dabei freute sie sich schon so sehr, sie endlich ausprobieren zu können. Erst war es der überraschende Tod seiner Mutter gewesen, der all ihre Planungen zunichte gemacht hatte, und nun diese Geschichte mit David. Ein Kind in Ilkas Alter hatte für die Sorgen und den Kummer, die solche Dinge mit sich brachten, natürlich kein Verständnis. Andererseits war es gerade dies kindliche Gemüt und die unbekümmerte Ausgelassenheit seiner Tochter, die Sören darüber hinweghalfen, dass er seine Mutter verloren hatte. Zudem hatte Clara Bischop ein erfülltes Leben gehabt, und sie hatte nicht leiden müssen. Sören versuchte, die schmerzhafte Erinnerung und den Kloß im Hals herunterzuschlucken. Dann musste er an David denken. Es sah wieder einmal so aus, als ziehe ein schreckliches Ereignis gleich das nächste nach sich. Sören hätte sich, wenn überhaupt, wirklich jede andere Ablenkung von seiner Trauer gewünscht. Zum Beispiel mit Tilda und Ilka auf die Eisbahn zu gehen. Wären es andere Beweggründe gewesen, hätte er vielleicht ein schlechtes Gewissen gehabt. Aber so ... Tilda hatte die Tränen ihrer Tochter gerade noch mit einem improvisierten Alternativprogramm bändigen können, als Sören kurz vor Sonnenaufgang das Haus verlassen hatte. Das Fahrrad hatte er zu Hause gelassen, denn für die geplante Fahrt auf die Veddel war der Weg bei den Temperaturen doch zu weit.

Sören hatte es schon fast aufgegeben, aber schließlich entdeckte er den gesuchten Namen doch noch. Waldemar Otte aus Danzig, wohnhaft im Hotel Victoria am Hühnerposten. Er überlegte einen Moment, welche Folgen es haben konnte, wenn er einen Zeugen befragte, ohne ein

Mandat vorweisen zu können, und ob es nicht gescheiter wäre, ihn offiziell in die Kanzlei zu laden. Bei dem, was er ausgesagt hatte, war es zwingend erforderlich, ihn noch einmal zu befragen, denn seine Schilderung des Geschehens wich deutlich von dem ab, was David ihm erzählt hatte. Da man nicht wusste, wie lange Otte sich in der Stadt aufhielt, war es besser, wenn er keine Zeit verstreichen ließ. Vielleicht konnte er ihm auf dem Rückweg von der Veddel einen Besuch abstatten. Aber zuerst musste er klären, was es damit auf sich hatte, dass Simon Levi überhaupt in der Stadt gewesen war. Soweit er wusste, durften die Bewohner der neu erbauten Auswandererstadt das Gelände bis zu ihrer Abreise aus Gründen der Quarantäne nicht verlassen. Sören zahlte und machte sich auf den Weg zur nächsten Haltestelle.

Auf halbem Weg vernahm er hinter sich schon das laute Rattern einer Straßenbahn, die in seine Richtung fuhr, und automatisch hob er den linken Arm, um den Fahrer zum Halten zu bewegen. Im gleichen Augenblick fiel ihm ein, dass es den Fahrern inzwischen verboten war, Fahrgäste zwischen den Haltestellen aufzunehmen. Durch das ständige Halten und Anfahren war es in den letzten Jahren immer wieder zu schweren Unfällen mit Passanten gekommen, die beim Queren der Straße zwischen die Waggons und häufig genug unter die Räder geraten waren. Der Volksmund nannte die Bahn seither Straßenguillotine. Dennoch hielt die Straßenbahn, und er stieg zu. Früher waren fünf Pfennig neben dem Billettpreis der normale Kurs fürs Halten gewesen. Die Fahrer spielten das Spiel anscheinend immer noch mit, denn sie wussten, dass die Schaffner aufgrund ihres geringen Lohns auf dieses Trinkgeld angewiesen waren.

Ratternd setzte sich die Bahn wieder in Bewegung, und

der Schaffner ließ die Geldstücke in die Rocktasche gleiten. «Zweimal umsteigen», erklärte er mit einem freundlichen Lächeln, als Sören ihn nach der besten Verbindung fragte. An die Nummerierung der einzelnen Linien, mit der man im vorletzten Jahr begonnen hatte, hatte sich Sören immer noch nicht gewöhnt. Ständig kamen neue Linien hinzu. «Einfacher ist es, wenn der Herr am Berliner Bahnhof in die Dampfbahn wechselt», ergänzte er noch. «Aber ich weiß nicht, ob Sie dort Anschluss haben.»

Die Auswandererhallen waren erst im Dezember eröffnet worden, und Sören war gespannt, was ihn erwartete. Obwohl er schon mehrere Zeitungsberichte darüber gelesen hatte, war er bislang noch nicht vor Ort gewesen. Es hieß, es sei eine richtige kleine Stadt, mit Kirche, Empfangsgebäude, Verwaltung, Speisehallen. Bei den Unterkünften sollte es sich um einfache Baracken mit großen Schlafsälen für die mittellosen Auswanderer sowie um Logierhäuser für die Passagiere der zweiten und dritten Klasse handeln. Soweit er wusste, galten für alle diese Auswanderer jedoch die gleichen, strengen Quarantänevorschriften.

Seit der großen Choleraepidemie vor zehn Jahren befürchtete man nicht nur in der Stadt ein erneutes Auftreten der Seuche. Vor allem in der Neuen Welt, dem Ziel fast aller Auswanderer, die sich von Hamburg aus auf den Weg machten, fürchtete man ansteckende Krankheiten. Auf Ellis Island, der kleinen Insel vor New York, wo die Passagiere erneut in Quarantäne genommen wurden, hatte man seither die Kontrollen für die Einreiseerlaubnis verschärft. Nicht nur die medizinischen. Die Immigranten mussten zahlreiche Prüfungen über sich ergehen lassen und Fragebogen ausfüllen, damit Sprache, Bildung und Herkunft kontrolliert werden konnten. Neuerdings überprüfte dort eine Armada von Polizeiinspektoren die Ausweispapiere der Einwanderer an den Landungshäfen, nicht nur um Anarchisten fernzuhalten. Die Kontrollen waren verschärft worden, seit der amerikanische Präsident Roosevelt in einer öffentlichen Rede die übermäßige Zahl chinesischer Einwanderer thematisiert hatte. Man befürchtete, dass die billigen Arbeitskräfte aus Asien das Lohnniveau im Lande maßgeblich beeinflussen könnten.

Wie dem auch war, die Bedingungen für die Auswanderer hatten sich in den letzten Jahren dramatisch verändert. Und damit natürlich auch die Vorgaben für diejenigen, die am Auswanderergeschäft verdienten. In erster Linie waren das die Reedereien, in der Stadt namentlich die Hapag, die Hamburg-Amerika Linie, die den Großteil der Auswanderer mit ihren Dampfern in die Neue Welt brachte. Von daher war es verständlich, dass man alle Risiken ausschließen wollte. Und aus diesem Grund hatte die Hapag auch die Auswandererhallen erbaut. Auf einem Terrain abseits der Stadt, aber dennoch nahe genug an den Liegeplätzen ihrer Schiffe.

Schon in den achtziger Jahren des letzten Jahrhunderts hatte die Hamburg-Amerikanische Packetfahrt-Actien-Gesellschaft, wie sich das Unternehmen ursprünglich genannt hatte, eigene Unterkünfte für die Auswanderer erbaut. Es waren einfache Baracken gewesen, die man direkt am Amerikaquai aufgestellt hatte. Aber mit dem Ausbruch der Cholera im Jahr 1892 war das Auswanderergeschäft zum Erliegen gekommen. Und auch in den Folgejahren tat man sich in der Stadt schwer damit, der Hapag die erforderlichen Genehmigungen zu erteilen. Die Reederei hatte die Abfertigung ihrer Schnelldampfer erst nach Southampton, dann nach Wilhelmshaven verlegt, und die Zwischendecker, jene Auswanderer, welche die kostengünstigste Überfahrt gewählt hatten, wurden in Stettin an Bord der Schiffe genommen. Erst als die Direktion der Hapag öffentlich damit drohte, das gesamte Geschäft notfalls nach Bremerhaven zu verlegen, knickte der Hamburger Senat ein. Kein Wunder, war die Hamburg-Amerika Linie doch ein kapitalträchtiges Unternehmen. Löhne und Steuern zusammen genommen ließ die Hapag Jahr für Jahr mehr als sechzig Millionen Mark in der Stadt. Dieses Argument wog weit mehr als alles andere.

Wie von der Hapag verlangt, stellte die Stadt dem Unternehmen das Terrain für den Bau der Auswandererstadt kostenlos zur Verfügung. Noch im selben Jahr errichtete die preußische Regierung entlang der deutsch-russischen und der österreichisch-ungarischen Grenze mehrere Kontrollstationen für Auswanderer und übergab sie den Vereinten Dampfschiffsgesellschaften, das waren in erster Linie der Norddeutsche Lloyd aus Bremen und eben die Hapag, zur Verwaltung. Bereits nach wenigen Jahren lief das Geschäft besser als je zuvor. Die Hapag verlegte ihre Abfertigung an den Petersenquai im Baakenhafen, erwarb am O'Swaldkai noch zusätzliche Anlagen im Hansahafen und baute seit 1898 die riesigen Seehäfen auf Kuhwärder aus, die im kommenden Jahr in Betrieb genommen werden sollten. Man hätte denken können, das Unternehmen wolle langsam den gesamten Hamburger Hafen verschlingen.

«Sie wünschen?» Der uniformierte Beamte musterte Sören aufmerksam. Wahrscheinlich war ihm aufgefallen, dass Sören nun schon zum zweiten Mal die Anlage umrundet hatte, wobei er vor allem dem hohen Bretterzaun, der die Auswandererstadt palisadenförmig umschloss, seine Aufmerksamkeit geschenkt hatte.

«Ich habe am Petersenquai an einer Schiffsbesichtigung teilgenommen», log Sören, «und man sagte mir, auch hier gebe es Führungen für Interessierte.» Nicht nur die Hapag, nein, auch die Stadt selbst warb inzwischen mit der vorbildlichen Anlage. Neben dem neuen Rathaus, dem Panopticum, einer Alsterfahrt, der Stadtwasserkunst mit den neuen Filtrierbecken und den Filtrationsanlagen, dem Hafenblick vom Stintfang aus sowie Hagenbecks Tierpark am Neuen Pferdemarkt hatte man die Auswandererstadt sofort in die offizielle Liste der städtischen Sehenswürdigkeiten aufgenommen.

Der Mann rückte seine Uniform zurecht. «Dafür melden Sie sich bitte in der Verwaltung.» Er deutete auf einen hell verputzten, zweigeschossigen Bau mit flachem Walmdach. Dann zog er eine Taschenuhr hervor. «Sie haben Glück. In einer halben Stunde sollte wieder eine Führung beginnen.»

Kurze Zeit später fand sich Sören in einer Gruppe von Besuchern wieder, die von einem forsch dreinblickenden, ebenfalls uniformierten Beamten der Reederei begrüßt wurde. Den zweireihigen Uniformrock mit den auffallend großen silbernen Knöpfen trug er offensichtlich mit dem gleichen Stolz wie die Schirmmütze, an deren Spitze ein kleiner Anker glänzte. An seiner Seite standen zwei Männer in Zivil, ihrer Erscheinung und Körperhaltung nach zu urteilen, gehörten sie ebenfalls zum Personal der Reederei. Beide trugen eine schlichte schwarze Melone, der Ältere der beiden zudem einen langen weißen Kittel über dem Rock.

«Wir dürfen Ihnen nun mit einem Rundgang durch die Anlage Schritt für Schritt den Weg zeigen, den auch die Auswanderer während ihres Aufenthalts in dieser vorzüglichen Einrichtung durchschreiten. Wir möchten

Sie darauf hinweisen, dass Sie im Bereich der unreinen Seite keinen Körperkontakt mit Auswanderern haben dürfen. Ebenso ist es nicht erwünscht, Gespräche mit den fremdländischen Individuen zu führen. Sollten Sie Fragen zum Ablauf bestimmter Dinge sowie zu technischen Details haben, wenden Sie sich bitte an Herrn Müller vom Verwaltungsbüro oder an Dr. Framke, der für die hygienischen Einrichtungen sowie die medizinische Versorgung verantwortlich ist.» Die beiden Männer blickten wortlos in die Runde. «Sollten Herrschaften von der Presse zugegen sein, erlaube ich mir, darauf hinzuweisen, dass wir am Ende des Rundganges einige Broschüren in gedruckter Form vorbereitet haben. Wenn Sie mir nun bitte folgen wollen ...»

Direkt gegenüber der Verwaltung begann die Führung. Dort, wo der Palisadenzaun unterbrochen war und ein kleines, hölzernes Wachhaus stand, befand sich das Empfangsgebäude, ein nach außen einfach gehaltener Bau in Form einer eingeschossigen Baracke, an dessen angedeutetem Giebel in großen Lettern der Name der Reederei stand: Hamburg-Amerika Linie. Sie betraten die Empfangshalle durch eine der beiden Türen und standen in einem kargen Raum mit Bänken und Tischen, von dem zu beiden Seiten Flure abgingen. Vor den Korridoren und am Ende der Halle gab es mehrere hölzerne, hüfthohe Absperrgatter, die den Weg markierten, den man zu gehen hatte. «Die Männer rechts, die Frauen nach links», erklärte der Beamte. «Es wird auf strikte Trennung der Geschlechter Wert gelegt.»

Sören betrachtete die Gestalten, die, zusammengekauert und in dicke Mäntel oder Decken gehüllt, an den Tischen saßen und darauf warteten, dass man sie aufrief und zu den Schreibpulten vorließ, wo Männer mit weißen

Hemden und gestärkten Kragen standen und die Personalien in die Bücher übertrugen.

«Formalitäten, die allein deshalb sehr viel Zeit in Anspruch nehmen, da viele des Lesens und Schreibens nicht mächtig sind. Vor drei Stunden ist ein Zug mit sechzig Auswanderern aus Russland angekommen, vornehmlich jüdischer Religion. Darauf werde ich im Laufe des Rundgangs noch mehrfach zu sprechen kommen. Wir haben Dolmetscher eingestellt, welche die wichtigsten Dinge übersetzen können, damit den Leuten die Angst genommen wird. Sie kommen von weit her und wissen nicht, was sie hier erwartet, bevor sie ihr Schiff besteigen können», fuhr der Beamte fort. «Die Hapag holt sie mit speziellen Zügen von den Kontrollstationen an den Grenzen direkt hierher, aus Bajohren, Eydtkuhnen, Iltosso, Prostken und Ottlotschin.»

Einige der Wartenden blickten kurz auf, als er die Namen aufzählte, dann senkten sie wieder ihren Blick. «Die Züge fahren mit speziellen Waggons, und die Fahrt über werden die Reisenden von Mitarbeitern der Reederei begleitet. Der Transport hierher ist im Passagepreis inbegriffen. Da die Auswanderer an den Kontrollstationen bereits medizinisch untersucht wurden», erläuterte er weiter, «beschränkt sich die hiesige Gesundheitsinspektion auf die wesentlichen Verdachtsfälle. Wir befinden uns hier im unreinen Bereich der Anlage. Nach Aufnahme der Personalien und Zuordnung der Unterkünfte und Schiffe, also der Registrierung, durchlaufen die Auswanderer das Prozedere der Desinfektion und einer nochmaligen Untersuchung, bevor sie den reinen Teil der Anlage betreten dürfen.»

Er wendete sich dem rechten Korridor zu und forderte die Gruppe auf, ihm zu folgen. Überall standen uniformierte Mitarbeiter und kontrollierten, wer wohin ging. Sie passierten eine Gruppe Stiefel und Pelzkappen tragender Männer mit mächtigen Bärten, die in Reih und Glied vor einer kleinen Tür warteten. «Doktor Framke, wenn Sie so freundlich wären ...»

Der Mann mit dem weißen Kittel trat vor die Besucher und räusperte sich mehrmals. Dann öffnete er eine weitere Tür, hinter der eine Art Waschküche lag. «Bei der Desinfektion arbeiten wir mit den allerneuesten Produkten. Sie sehen hier unsere Schimmel'schen Desinfektionsapparate, die mit strömendem Dampf arbeiten und so vor allem eine hohe Durchgangsrate ermöglichen. Pro Stunde lassen sich mit dieser Anlage mehr als fünf Doppelzentner textiler Kleidung desinfizieren.»

Es folgte ein weiterer Vortrag über die hauseigenen Dampfmaschinen sowie die gesamte Energie-, Strom- und Wasserversorgung der Anlage. Die Duschen, Wannen und Umkleideräume waren von der Besichtigung ausgeschlossen, da sie gerade in Benutzung waren. Nachdem sie einen Blick in die medizinischen Untersuchungsräume geworfen hatten, erklärte ihnen Dr. Framke, worauf die vier angestellten Ärzte der Hapag besonders achteten: Trachoma. Es handelte sich um eine bestimmte Art einer ansteckenden Bindehautentzündung, die vor allem bei der Einreise in Amerika kontrolliert wurde. Deshalb reichten hier bereits leicht gerötete Augen, um vorerst auf der Untersuchungsstation unter Beobachtung zu bleiben.

Endlich verließen sie das Empfangsgebäude und gelangten auf die reine Seite der Auswandererstadt. Sören war überrascht, wie viele Menschen sich zwischen den Gebäuden im Freien aufhielten. An einigen Stellen herrschte ein regelrechtes Gedränge; Männer und Frauen jeglichen Alters, die meisten trugen ihre Habseligkeiten in hellen Leinensäcken oder Stoffbündeln bei sich. Bärtige Männer mit seltsamen Kopfbedeckungen, breitkrempigen Hüten oder Fellkappen, viele von ihnen Pfeife rauchend, die Frauen fast ausschließlich bunte Kopftücher tragend, häufig ein oder mehrere Kinder an der Hand oder Kleinkinder auf dem Arm. Aber nicht nur die merkwürdige Kleidung verwies auf ihre Herkunft, auch in den Gesichtern spiegelten sich die fremdländischen Kulturen entfernt gelegener Regionen, und in ihren Blicken erkannte Sören die ganze Bandbreite zwischen Hoffnung und Angst, Stolz und Ungewissheit.

Während sie die Gassen zwischen den einzelnen Pavillons durchschritten, erklärte der Verwaltungsbeamte die baulichen Vorzüge der neuen Anlage. Wie ein Hufeisen gruppierten sich die einzelnen Bauteile um einen Platz, in dessen Mitte eine Kirche stand. An fast jedem Gebäude hingen Schilder in mehreren Sprachen und verwiesen auf Sinn und Zweck bestimmter Anlagen oder belehrten in Auszügen über die Hausordnung. Russisch und Hebräisch waren allein durch ihre Schriftzeichen zu identifizieren, bei den anderen Sprachen musste es sich um Polnisch und Ungarisch handeln, spekulierte Sören.

Mit neugierigen Blicken beäugte man die Besuchergruppe, andere blickten verschämt zu Boden. Zwischen all den Auswanderern patrouillierten immer wieder Beamte der Hapag und wiesen die Menschen auf dieses oder jenes hin. Sören beobachtete, wie ein Aufsichtsbeamter mit Hilfe eines Dolmetschers einer Gruppe verwegen dreinblickender Männer zu erklären versuchte, dass es nicht erlaubt sei, auf dem Boden Feuer zu machen. Die jungen Männer, der Kleidung nach Kosaken aus der Ukraine, schüttelten verständnislos die Köpfe.

«Wer es sich leisten kann, zahlt hier eine Mark pro Tag

für Zimmer, Verpflegung, Bad und Desinfektion sowie die ärztliche Behandlung. Für diejenigen, die nichts außer der bezahlten Passage besitzen, übernimmt die Hapag die Kosten des Aufenthalts», erklärte Herr Müller und beantwortete die erste Frage, die an ihn gestellt wurde. «In der Regel bleiben die Auswanderer vierzehn Tage in der Anlage. Sollte es aus medizinischen Gründen notwendig sein, auch länger.»

Sie warfen einen kurzen Blick in eine der Doppelbaracken, in denen die Auswanderer untergebracht waren. Durch einen Windfang gelangte man in den Aufenthaltsraum, von dem zu beiden Seiten jeweils zwei Schlafsäle mit 22 Betten abzweigten. Vom Aufenthaltsraum aus gelangte man auch zu den sanitären Anlagen, über welche je zwei Pavillons miteinander verbunden waren. «Es wird bei der Unterbringung natürlich auf die strikte Trennung der Geschlechter geachtet», kommentierte Müller und fügte hinzu, dass die Menschen nach Möglichkeit auch nach Herkunft und Religion getrennt untergebracht würden, da sich das Unternehmen von dieser Maßnahme weniger Auseinandersetzungen zwischen den Auswanderern versprach. «Fast die Hälfte der Auswanderer ist jüdischen Glaubens. Von daher haben wir auch zwei voneinander getrennte Speisehallen, zu denen ich Sie jetzt begleiten darf.»

Als sie die Logierhäuser passierten, welche die Speisehalle zu beiden Seiten flankierten, und Müller darauf hinwies, dass dort die betuchteren Reisenden in Vierbettzimmern untergebracht seien sowie die alleinstehenden Frauen, für deren Tugend man extra Hausmütter zur Betreuung angestellt habe, konnte sich Sören die Frage, ob es den Bewohnern gestattet sei, die Anlage zu verlassen, nicht mehr verkneifen. «Nein», antwortete Müller, schränkte aber sogleich ein, dass das Unternehmen darüber nachdenke, den Reisenden der zweiten und dritten Klasse das Verlassen der Anlage zukünftig zu gestatten, soweit sie nicht aus russischen Gebieten kämen, denn für Transitreisende aus anderen Ländern gebe es ja auch keine Unterbringungspflicht in der Auswandererstadt. Dann hielt er einen kurzen Vortrag darüber, dass es früher häufig so gewesen sei, dass Auswanderer in städtischen Logierhäusern und durch überhöhte Preise in Nippes- und Warengeschäften sowie Spelunken regelrecht um ihre Ersparnisse gebracht worden seien und sie sich schließlich die Passage in die Neue Welt nicht mehr hatten leisten können und mittellos in der Stadt herumvagabundiert seien. Den Versuchungen der Stadt habe man mit dieser vorbildlichen Anlage ebenfalls einen Riegel vorgeschoben.

Der Vortrag klang ein wenig wie ein auswendig gelernter Text aus einer Werbebroschüre, fand Sören und verzichtete auf weitere Fragen. Die Tugend alleinreisender Frauen, die strikte Trennung der Geschlechter, die Berücksichtigung der Religionen, alles zum Wohl der Auswanderer und natürlich alles auf Kosten der Hapag. Wahrscheinlich kamen häufig Presseberichterstatter von auswärts, denen man mit solchen Aussagen das ach so selbstlose Anliegen des Unternehmens verkaufen wollte. Die Realität sah sicher anders aus. Wahrscheinlich verdiente die Reederei an den Passagepreisen so viel, dass es keine Rolle mehr spielte, ob man hier noch eine Mark pro Tag zusätzlich Gewinn machen konnte. Simon Levi war im Besitz einer Zwischendeckpassage gewesen. 160 Mark hatte er dafür bezahlt, inklusive des Transfers von der russischen Grenzstation hierher. Und ihm war gelungen, was angeblich nicht möglich war: Er hatte die Anlage verlassen.

Wie, das musste herauszufinden sein. Sören hatte vorhin schon im Verwaltungstrakt der Anlage gesehen, dass es eine eigene Polizeistation in der Auswandererstadt gab. Er war einigermaßen überrascht, dort auf ein ihm bekanntes Gesicht zu stoßen.

«Oberwachtmeister Völsch, wenn ich mich richtig erinnere?» Völsch war vor einigen Jahren bei der Aufklärung eines Falles behilflich gewesen, bei dem man einem seiner Mandanten unterstellt hatte, bei Reparaturarbeiten Feuer auf einem auf Halde liegenden Schiff gelegt zu haben. Bei den Nachforschungen hatte sich der junge Oberwachtmeister der Hafenpolizei selbst in Lebensgefahr gebracht, aber letztendlich hatte er herausfinden können, dass es in Wirklichkeit ein Heizer gewesen war, der wertlose Reste von Diebesgut im Kohlenbunker des Schiffes hatte verschwinden lassen wollen.

«Sie erinnern sich richtig, Dr. Bischop. Nur dass ich inzwischen im Rang eines Polizeileutnants stehe.» Er reichte Sören die Hand. «Habe die Ehre.»

«Na dann, Gratulation, Herr Polizeileutnant. Und bei der Hafenpolizei sind Sie auch nicht mehr.»

«Aber den Schiffen immer noch sehr nah. Welches Anliegen führt Sie hierher?»

«Ein Verbrechen, Polizeileutnant. Sagt Ihnen der Name Simon Levi etwas?»

Völsch nickte spontan. «Ja, wir wurden gestern Abend informiert. Simon Levi aus Haus 4. Die Kollegen von der Kriminalen waren bereits hier und haben sich seine Sachen aushändigen lassen.»

«Hat Levi hier Angehörige?»

«Nein, soweit wir wissen, war er alleinreisend. Er kam mit der zweiten Gruppe für die Pretoria. Abfahrt am 12. Januar.» Völsch verzog das Gesicht. «Schreckliche Sache.»

«Was mich interessiert», sagte Sören, «Simon Levi muss die Auswandererstadt verlassen haben. So etwas sollte doch eigentlich nicht möglich sein.» Er betonte dabei das Wort *eigentlich*.

Völsch presste die Lippen aufeinander. Seine Worte klangen etwas verlegen: «Ja, das kann sich hier auch niemand erklären.»

―――― *Fenstersturz* ――――

*D*as Geländer der neuen Elbbrücke verschwamm hinter der Scheibe zu einem bizarren Muster. Weit dahinter konnte Sören auf dem Strom die zerfurchte Kiellinie eines flachen Schaufelraddampfers erkennen, der die Elbe mühsam aufwärts schipperte. Im Licht der Nachmittagssonne glänzte der weiße Rumpf fast unwirklich hinter den dunklen Rauchschwaden, die stoßweise aus dem mächtigen Schornstein quollen. Sören versuchte, die Geschehnisse zu einem sinnvollen Ganzen zusammenzufügen, aber es wollte ihm nicht gelingen. Über allem schwebte die Frage, wie Simon Levi es geschafft hatte, die Auswandererstadt zu verlassen, und vor allem: warum. Die Bewohner setzten sich nicht über die gegebenen Verbote hinweg, hatte Völsch gesagt. Sie hatten schlichtweg Angst, dass sich ihre Passage in die Neue Welt dadurch verzögern könnte, wenn sie irgendwelche Schwierigkeiten machten. Warum also sollte Levi dieses Risiko eingegangen sein? Für ein paar Stunden Amüsement, wo er doch über die Silvesterfeierlichkeiten und den Trubel in der Stadt kaum Kenntnis gehabt haben konnte? Niemand sonst wurde in der Auswandererstadt vermisst. Er musste irgendeinen Grund gehabt und sich allein auf den Weg gemacht haben. Aber wie?

Das mahlende Schleifen der Räder veränderte seinen Klang, als der Wagen auf die Billhorner Brückenstraße rollte und kurz darauf den Oberhafenkanal querte. Auf der linken Seite erschienen die Poller des Billhafens, rechts in der Ferne konnte Sören Rothenburgsort und den hohen Turm der städtischen Wasserkunst erkennen, bevor die Bahn ruckelnd nach links in die Banksstraße abbog. Gedankenversunken malte Sören mit der Fingerspitze einige Kreise auf die beschlagene Scheibe. Bei allem, was er in der Auswandererstadt erfahren hatte, sehr viel weiter war er mit den Informationen nicht gekommen. Genau genommen hatte er von Völsch nur bestätigt bekommen, was er ohnehin schon vermutet hatte. Allerdings hatte der Polizeileutnant zum Schluss ihres Gesprächs, so freundlich und zuvorkommend er ihm gegenüber gewesen war, seltsam distanziert gewirkt. Es mochte daran liegen, dass er als Ordnungshüter eben dafür mitverantwortlich war, dass nicht geschah, was geschehen war. Bestimmt lag darin der Grund, dass er Sörens Nachfragen mehrfach abgeblockt hatte.

Während die Straßenbahn parallel zu den Gleisen der Dampfbahn am Hammerbrook entlangratterte, versuchte Sören, sich einen Plan zurechtzulegen. Er brauchte mehr Informationen. Die Angaben, die er bislang erhalten hatte, widersprachen sich völlig, und Aufklärung konnte eigentlich nur ein Gespräch mit den ermittelnden Kriminalbeamten liefern. Aber ohne Mandat ließ sich das nur schwer bewerkstelligen. Seit Gustav Roscher vor neun Jahren Leiter der Kriminalpolizei geworden war, hatte sich viel verändert. Der ehemalige Staatsanwalt hatte den ihm unterstellten Polizeiapparat völlig umgekrempelt und eindeutig militärisch ausgerichtet. Nicht nur, was die Organisation betraf, sondern auch das Personal. Das Konstablerkorps und die Schutzmannschaft rekrutierten sich in erster Linie aus Unteroffizieren aus Heer und Marine. Und zu diesen Leuten hatte Sören keine engeren freundschaftlichen Kontakte mehr. Bis Anfang der neunziger Jahre hatte er in Polizeisekretär Ernst Hartmann, dem damaligen Leiter der Kriminalpolizei, noch einen ihm freundschaftlich gesinnten Ansprechpartner gehabt. Aber diese Zeiten waren nun vorbei. Roscher selbst kannte er nur flüchtig, und mit den ihm unterstellten Polizeiräten Rosalowsky und Schön war Sören schon häufiger im Gerichtssaal aneinandergeraten. Vor allem Rosalowsky, dem Leiter der Politischen Polizei, musste Sören ein Dorn im Auge sein, denn häufig genug verteidigte er genau die Leute aus der Hamburger Arbeiterschaft, auf die Rosalowsky seine Wirtschaftsvigilanten als Spitzel angesetzt hatte. Auch aus Sicht von Polizeirat Schön stand Sören auf der falschen Seite. Selbst wenn Schön eigentlich an Aufklärung gelegen war, wirkte sein Vorgehen immer so, als könne er im allerletzten Augenblick noch einen Trumpf aus dem Ärmel ziehen. An Kooperation war jedenfalls nicht zu denken. Es lief alles darauf hinaus, dass er David wirklich selbst vertreten musste. Nur so konnte er an die ihm wichtigen Informationen gelangen. Auch war fraglich, ob die Kollegen, selbst wenn sie das Mandat übernehmen würden, mit vergleichbarem Engagement bei der Sache sein würden. Aber zuerst wollte er mit diesem Otte sprechen.

Am Berliner Bahnhof stieg Sören aus. Ein unangenehmer Wind aus Richtung Brookthorhafen wehte über den Bahnhofsplatz, und Sören rückte seinen Schal zurecht. Es war richtig gewesen, heute aufs Fahrrad zu verzichten. Als er den großen Platz in Richtung Klostertorbahnhof überquerte, frischte der Wind nochmals auf. Kleine Windhosen wirbelten den Staub und Unrat von der Straße empor, Mäntel blähten sich auf, Schirme klappten um, und mehreren Passanten wurden die Hüte vom Kopf geweht. Sie lieferten sich über das Pflaster rollend ein Wettrennen mit alten Zeitungen und Kartonagen. Alles schien in Bewegung geraten, nur die Pferde vor den Wagen verharrten mit angelegten Ohren in trotziger Regungslosigkeit.

Hinter dem Gebäude des alten Klostertorbahnhofs schwenkte Sören nach rechts und warf einen Blick auf die blattlosen Grünanlagen des ehemaligen Stadtwalls, dessen Verlauf hier bis über den Steintorplatz hinaus noch sichtbar war. Spätestens wenn man im nächsten Jahr mit dem Bau des geplanten Zentralbahnhofs begann, würde auch dieses Relikt aus dem alten Hamburg verschwinden und die ehemalige Vorstadt St. Georg endgültig mit der Altstadt verschmelzen. Das ganze Areal zwischen neuem Schauspielhaus, Steinthor und Schweinemarkt würde dann sein Gesicht verändern und im Schatten der zukünftigen Bahnhofshalle liegen. Dort, wo die bisherige Bebauung es zuließ, entstanden bereits vornehme Hotels, deren Fassaden auf den späteren Bahnhof ausgerichtet waren. Ganz anders die Gegend rund um den alten Münzplatz. Keine Spur reger Bautätigkeit, wie man sie etwa an der Kirchenallee beobachten konnte. Als wolle man die weitere Entwicklung erst einmal abwarten, waren Pracht und Herrlichkeit vergangener Jahre hier deutlich verblasst.

Auch das Hotel Victoria bei dem Hühnerposten, in dem Waldemar Otte abgestiegen war, musste schon bessere Jahre gesehen haben. An der Fassade zeigten sich bereits Risse, die Farbe an den Fensterrahmen war spröde und blätterte an einigen Stellen ab, und von den schmiedeeisernen Geländern und Brüstungen liefen kleine, rostfarbene Rinnsale an den Mauern herab. Die Gäste schien es nicht zu stören. Beim Eintreten las Sören ein Schild, auf dem stand, dass man vollständig belegt sei.

Auch das Entree wirkte etwas verstaubt, bei weitem

aber nicht so heruntergekommen wie das Äußere des Hauses. An der Rezeption entschuldigte sich der Empfangschef bei einem vornehm gekleideten Herrn, der das Schild am Eingang übersehen haben musste und hartnäckig nach einem Zimmer verlangte. Sören wartete, bis der Mann schließlich aufgab und leise fluchend das Hotel verließ. Der Empfangschef räusperte sich verlegen, nestelte am oberen Knopf seiner Livree und wendete sich dann Sören zu.

Sören kam einer Entschuldigung zuvor. «Ich habe gelesen, dass Sie belegt sind, und ich möchte auch kein Zimmer.» Er reichte dem Empfangschef seine Karte. «Wenn ich richtig informiert bin, wohnt bei Ihnen ein Herr Otte aus Danzig. Ist er im Hause?»

Der Empfangschef warf nur einen flüchtigen Blick auf die Karte, dann schaute er aufs Schlüsselbrett und nickte. «Zimmer 43. Herr Otte erwartet Sie bereits.»

Sören kam nicht dazu, seiner Verwunderung Ausdruck zu verleihen und die Verwechselung aufzuklären. Ein Page drängte hinter den Tresen und forderte die Aufmerksamkeit des Empfangschefs.

«Auf der vierten Etage», fügte er an Sören gerichtet hinzu, reichte ihm die Karte zurück und deutete auf die geschwungene Treppe in der Empfangshalle. Dann verließ er die Rezeption und folgte dem jungen Pagen.

Sören steckte die Karte ein und zögerte einen Augenblick. Wen auch immer Waldemar Otte erwartete, er war es bestimmt nicht. Aber dieses Missverständnis verschuldete eindeutig das Hotel, und darauf konnte er sich im Notfall berufen. Wenn Waldemar Otte nicht mit ihm sprechen wollte, dann war es eben so. Also entschloss sich Sören, die Gelegenheit zu nutzen, und machte sich auf den Weg nach oben.

Auf dem ersten Podest drängte sich eine dicke Frau an Sören vorbei. Hinter ihr folgte ein Page, der einen schweren Überseekoffer auf einer Sackkarre Stufe für Stufe nach unten beförderte. Aus der Tiefe des Flures vernahm Sören fremdländische Stimmen, dann gingen zwei junge Damen an ihm vorbei und tuschelten aufgeregt. So selten, wie er selbst in Hotels verkehrte, wunderte er sich stets aufs Neue, mit wie viel Leben diese Häuser gefüllt waren.

Ab der dritten Etage wurde die Treppe etwas schmaler. Ein Zimmermädchen kam ihm mit einem Wäschesack entgegen, blickte ihn verstohlen an und verschwand sogleich wieder durch eine kleine Tür, die sich in einer Nische hinter einem dunklen Vorhang verbarg. Auf den unteren beiden Etagen waren deutlich mehr Leben und Verkehr gewesen, je höher Sören stieg, desto seltener begegnete ihm jemand. Auch waren die Stimmen nur noch entfernt zu vernehmen.

Sören überlegte, ob Waldemar Otte ihm überhaupt Gehör schenken würde, wenn er erfuhr, wer Sören war. Er musste dem Mann ja nicht verraten, in welchem Verhältnis er zu demjenigen stand, der aufgrund seiner Aussage verhaftet worden war. Dann vernahm er plötzlich polternde Schritte auf der Treppe, die sich rasch näherten. Bevor er ausweichen konnte, war es auch schon geschehen. Der Mann, der um die Ecke gehastet kam, starrte ihn für den Bruchteil einer Sekunde überrascht an, dann traf ihn dessen Körper mit voller Wucht. Sören spürte den Aufprall an der Schulter, taumelte rückwärts, stieß gegen das Treppengeländer und konnte sich erst im letzten Moment festhalten und einen Sturz vermeiden.

Den anderen hatte es in der Abwärtsbewegung schlimmer erwischt. Der Mann war bäuchlings auf den Stufen gelandet und bis zum Ende der Treppe hintergerutscht. Wahrscheinlich hatte er sich die Rippen gebrochen, schoss es ihm durch den Kopf, vielleicht sogar das Genick, denn für einen Moment blieb der Mann regungslos liegen und gab keinen Mucks von sich. Doch dann rappelte er sich auf, griff nach der ledernen Mappe neben sich und blickte Sören fassungslos an. Der Inhalt der Mappe lag verstreut auf allen Treppenstufen.

«Da haben Sie aber Glück gehabt», sagte Sören und bückte sich, um die losen Blätter und Papiere aufzusammeln. Insgeheim wartete er auf eine Entschuldigung, schließlich hatte ihn der Mann über den Haufen gerannt. Aber es kam anders. Der Mann raffte ein paar Blätter, die direkt neben ihm auf dem Boden lagen, zusammen und stopfte sie in seine Mappe, und anstatt ein Wort des Bedauerns zu äußern, drehte er sich einfach um und eilte die Treppe im gleichen Tempo wie schon zuvor nach unten.

«Hallo! Sie …!» Sören blickte ihm verdutzt nach und schüttelte verständnislos den Kopf. Dann sammelte er die restlichen Schriftstücke auf, faltete sie ordentlich und steckte sie ein. Er würde sie nachher an der Rezeption abgeben.

Der Flur der vierten Etage wurde nur durch eine schwächliche Gasfunzel an der Decke beleuchtet. Etwa zehn Räume mochten von hier abgehen. Die Zimmernummern standen in goldenen Ziffern an den Türen. Sören brauchte nicht lange zu suchen. Ottes Zimmer war das dritte auf der linken Seite. Und die Tür stand halb offen.

«Herr Otte?» Sören klopfte zweimal, aber niemand antwortete. «Herr Otte!» Ein ungutes Gefühl beschlich ihn. Zuerst die Verwechselung an der Rezeption, dann der

Mann auf der Treppe, der von hier aus dem vierten Stock gekommen war und sich mehr als merkwürdig verhalten hatte. War es vielleicht Waldemar Otte selbst gewesen, mit dem er zusammengestoßen war?

Sören öffnete die Tür und betrat den Raum. Niemand war zu sehen. Das Zimmer wirkte aufgeräumt, das Bett war gemacht. Eigentlich gab es nichts Auffälliges, und dennoch spürte Sören, dass etwas nicht stimmte. Es mochte am Gehrock liegen, der ordentlich gefaltet über der Stuhllehne lag. An der Melone, die am Garderobenhaken auf der Rückseite der Tür hin und her baumelte, Nicht zu vergessen der Stock, der wie zufällig am Sekretär lehnte. Es war eher unwahrscheinlich, dass jemand ohne diese Utensilien das Hotel verließ. Im selben Augenblick, als Sören sich dessen bewusst wurde, bemerkte er den geöffneten Fensterflügel, der leise quietschend vom Wind auf und zu gedrückt wurde. Noch bevor er das Fenster erreicht hatte, hörte er von der Straße her einen hysterischen Schrei.

Ein kurzer Blick aus dem Fenster genügte Sören, um zu begreifen, was geschehen war. Zugleich durchfuhr es ihn, dass er selbst ziemlich in der Patsche saß. Zumindest dann, wenn der Mann, dessen verbogene menschliche Umrisse er eben auf dem Pflaster der Straße erblickt hatte, Waldemar Otte war. Für eine Schrecksekunde konnte Sören keinen klaren Gedanken fassen. Der Tote dort unten ..., der Kerl auf der Treppe, der es auffallend eilig gehabt hatte ... Keine Frage, er war soeben Zeuge eines Verbrechens geworden.

Das Herz schlug Sören bis zum Hals. Er verfluchte augenblicklich seinen Beschluss, hierherzukommen. Niemand würde ihm Glauben schenken. Dem Anwalt Dr. Sören Bischop vielleicht, aber nicht dem Vater von David, der aufgrund von Ottes Aussage in Untersuchungshaft saß. Und nun war dieser Zeuge vermutlich tot. Aus dem Fenster geworfen – von ihm, dem Besucher. Das zumindest würde der Empfangschef behaupten. Auch wenn es absurd war, denn wenn man jemanden töten wollte, dann stellte man sich wohl nicht mit seiner Visitenkarte an der Rezeption vor. Aber man würde ihn womöglich beschuldigen, den Gast im Streit aus dem Fenster gestoßen zu haben.

Das Geschrei von der Straße wurde lauter. Sören überlegte nicht lange. Er musste hier raus. Und zwar schnell. Als Sören die Treppe erreicht hatte, hörte er bereits aufgebrachte Stimmen von unten. Er vernahm, wie mehrere Leute mit eiligen Schritten die Treppe herauf liefen. Man durfte ihn nicht erwischen. Es widerstrebte ihm, aber in diesem Fall hatte er keine andere Wahl. Die kleine Tür in der Treppenhausnische, die das Zimmermädchen vorhin benutzt hatte, war unverschlossen.

Rätselhafte Papiere

Die frische Luft tat gut. Sören blieb einen Augenblick stehen und atmete tief durch. Das Zittern hatte sich etwas gelegt, aber sein Herz schlug wie wild. Bisher war er nicht aus der Gefahrenzone. Sören blickte auf die Tordurchfahrt, die ihn von dem Tumult auf der Straße trennte. Er kam sich vor wie ein Verbrecher auf der Flucht. Aber es schien ihm niemand gefolgt zu sein. Niemand hatte bemerkt, wie er sich über das kleine Nebentreppenhaus mit der engen Wendeltreppe davongemacht hatte. Jetzt nur kein auffälliges Verhalten zeigen. Wenn er auf die Straße trat, musste er neugierig wirken. So, wie jeder andere auch. Sören hoffte, dass das Gedrängel um den leblosen Körper groß genug war und dass ihn niemand aus dem Hotel wiedererkannte. Der Empfangschef etwa. Ein Fehler, sich ihm vorzustellen, wie er sich jetzt eingestehen musste. Aber hätte er da schon ahnen können, was folgte? Vielleicht erinnerte er sich gar nicht an seinen Namen. Vielleicht. Sören schlug den Kragen hoch und schritt auf die Straße.

Es war, wie er vermutet oder vielmehr gehofft hatte. Eine beträchtliche Anzahl Passanten stand im Kreis um den zerschmetterten Körper auf dem Pflaster und diskutierte aufgeregt. Sören vernahm die Frage einer älteren Frau, ob der Mann tot sei. Ein jüngerer Mann, der sich über den Körper gebeugt hatte, bejahte das. Andere kamen und stellten die gleichen Fragen. Jeden Augenblick musste eine Sanitätsmannschaft oder ein Wachtmeister auftauchen. Von den Hotelbediensteten war niemand zu sehen.

Immer noch strömten Passanten aus der Nähe neugierig zum Ort des Geschehens, um einen Blick auf den Unglücklichen zu werfen. Die meisten wendeten sich danach zwar schockiert ab, blieben aber gleichwohl vor Ort, um das weitere Geschehen mitverfolgen zu können. Sören zwang sich ebenfalls zu bleiben, bis sich die Neugierde gelegt hatte und die Menge sich auflöste. Immer wieder suchte sein Blick die Menschentraube nach einem Gesicht von jemandem ab, der ihn erkannt haben konnte. Und dann sah er ihn. Den Mann von der Treppe.

Er stand etwas abseits und blickte teilnahmslos auf den Toten. Vorhin hatte er ihn nicht so genau in Augenschein nehmen können, alles war zu schnell gegangen. Doch Sören fiel es schwer, irgendwelche Besonderheiten an der Person zu erkennen. Hose und Gehrock aus schwarzer Wolle, eine unscheinbare Erscheinung, ein Allerweltsgesicht mit Kaiserbart, wie ihn fast jeder trug. Buschige Augenbrauen, der Ansatz einer Hakennase, etwas zu kleine Ohren, mehr Auffälligkeiten gab es eigentlich nicht. Der kurze Moment, in dem sich ihre Blicke vorhin getroffen hatten, hatte jedoch ausgereicht, um ihn zweifelsfrei wiederzuerkennen.

Plötzlich blickte der Kerl auf und schaute Sören mit funkelnden Augen an. Sörens Hals war wie zugeschnürt. Er wagte nicht, sich zu rühren, erwartete jeden Moment, dass der Kerl mit dem Finger auf ihn zeigen und rufen würde: Der da! Der hat's getan! Aber nichts desgleichen geschah. Der Mann blickte ihn nur an. Es war ein stechender, durchdringender Blick. Sören war sich augenblicklich sicher, ihn nie vergessen zu können. Dann zeichnete sich der Anflug eines Lächelns auf den Lippen des Mannes ab. Es war ein Lächeln, das einem Eingeweihten galt.

Aber was hatte Sören gegen ihn in der Hand? Er war es, den man verdächtigen würde, sollte er jetzt die Hand heben und die Leute auf den Kerl aufmerksam machen. Nein, ihn selbst würde man als denjenigen identifizieren, den man zu Waldemar Otte aufs Zimmer geschickt hatte. Und der Blick des Kerls signalisierte, dass er das auch wusste.

Während Sören überlegte, wie er dem Mann am unauffälligsten folgen konnte, entdeckte er auch den Empfangschef des Hotels, der inzwischen auf die Straße gekommen war. Er stand direkt neben dem Kerl, der sich ihm in diesem Moment zuwendete und ihn ansprach. Dann streckte der Mann mit der Melone den Arm aus und deutete mit dem Finger in Sörens Richtung. Sören überkam Panik. Am liebsten wäre er sofort losgerannt, aber er zwang sich zur Ruhe. Die Menschentraube begann sich aufzulösen, und Sören nutzte die Gelegenheit, mischte sich unter die Menge und machte sich so unauffällig wie möglich aus dem Staub.

Erst nachdem er sich mehrfach vergewissert hatte, dass ihm wirklich niemand gefolgt war, betrat er seine Kanzlei an der Schauenburgerstraße und ließ sich völlig erschöpft und gleichwohl erleichtert in den großen Lehnstuhl vor der Bücherwand fallen. Es war ihm, als könne er erst jetzt wieder richtig durchatmen. Gedankenversunken massierte er seine Schläfen und versuchte, die Geschehnisse Revue passieren zu lassen. Sören ärgerte sich maßlos über sich selbst, über seine unbegründete Panik, sich bloß nicht am Tatort erwischen zu lassen. Mit seiner Flucht hatte er sich nur noch verdächtiger gemacht. Niemand würde ihm Glauben schenken, wenn er den Versuch unternahm, im

Nachhinein die Geschehnisse ins rechte Licht zu rücken. Und der Empfangschef würde sich ganz bestimmt an ihn erinnern. Spätestens bei einer Gegenüberstellung – und dass man auf ihn, den Vater desjenigen, der aufgrund einer Aussage von Otte in Untersuchungshaft saß, kommen würde, lag auf der Hand. Es war eine bloße Frage der Zeit. Er saß ganz gewaltig in der Patsche.

Erst das Schlagen der Standuhr riss ihn aus seinen Grübeleien. Es war bereits fünf Uhr. Zu lange durfte er nicht bleiben. Wenn sich der Empfangschef an die Adresse auf seiner Karte erinnerte, dann würde es nicht lange dauern, bis die Polizei eintraf. Fräulein Paulina war bereits gegangen und hatte die Korrespondenz wie immer auf seinen Schreibtisch gelegt. Sören kontrollierte rasch die Umschläge, ob etwas Dringendes darunter war, dann löschte er das Licht und machte sich auf den Weg. Eine knappe halbe Stunde später betrat er den Convent Garten über den Eingang an der Fuhlentwiete, der zum unteren Saal führte. Wenn die Probe noch nicht vorbei war, dann konnte er Tilda hier am besten abfangen.

«Und was gedenkst du nun zu tun?», fragte Tilda, nachdem sie sich einigermaßen beruhigt hatte. Es kam selten vor, dass sich Sorgenfalten auf ihrem Gesicht abzeichneten. Jetzt blickte sie Sören fast ängstlich an.

«Ich weiß es nicht. Ich zermartere mir schon die ganze Zeit den Kopf, aber ich kann überhaupt keinen klaren Gedanken fassen.»

«Glaubst du, man wird dich verhaften?»

Natürlich bestand diese Möglichkeit, aber er wollte Tilda nicht unnötig ängstigen. Sie wirkte so zerbrechlich in diesem Moment. Schützend legte er den Arm um sie und zog sie sanft zu sich heran. «Nein», flüsterte er. «Wir müssen abwarten. Vorerst sind mir die Hände gebunden.»

Sie presste den Kopf an seine Brust. «Du musst dir etwas einfallen lassen.»

«Sicher, das werde ich. Lass uns nach Hause fahren und in Ruhe überlegen ...»

«Kommt überhaupt nicht in Frage», fiel Tilda ihm ins Wort. «Dort wird man zuerst nach dir suchen. Am besten ist es, du tauchst erst einmal unter.» Sie entzog sich seiner Umarmung und sah ihn nachdenklich an. «Lass mich überlegen ... Du könntest doch für eine Weile im Haus deiner Mutter unterkommen. Ich werde mich mit Agnes schon arrangieren.»

Sören schüttelte den Kopf. «Das ist doch lächerlich.»

«Nur für ein paar Tage.»

«Und was soll ich Lisbeth sagen?»

«Sie wird zu dir halten.»

«Ich bin doch kein Verbrecher.»

«Oder zu Martin.» Tilda blickte ihn flehentlich an. «Bitte.»

«Daran habe ich auch schon gedacht», sagte Sören, und es war nicht gelogen. Er musste mit jemandem sprechen, Abstand gewinnen, einen klaren Kopf bekommen. Martin hatte die nötige Distanz. Und zudem würde Tilda erst einmal beruhigt sein, wenn sie ihn in Sicherheit wusste, zumal sein Aufenthaltsort dann nur eine Häuserecke entfernt lag.

«Dann lass uns gleich aufbrechen. Weißt du, ob er zu Hause ist?»

«Nein», entgegnete Sören. «Aber ich weiß notfalls, wo der Schlüssel liegt.»

Martin Hellwege war zu Hause. Zuerst hatte Sören gedacht, er habe vielleicht Besuch, denn die Villa in der Alten Rabenstraße war hell erleuchtet, aber dem war nicht so. Da Martin sich aus unerfindlichen Gründen weigerte, Hausbedienstete einzustellen, kam er selbst zur Tür. Er merkte sofort, dass etwas nicht stimmte, denn Tilda verabschiedete sich noch in der Halle von Sören und versprach, sich sofort zu melden, falls sich jemand nach ihm erkundigen sollte.

«Ist ja schon ein paar Jährchen her, dass ich dich als Gast in meiner bescheidenen Junggesellenhütte beherbergt habe», meinte Martin und hängte Sörens Rock in der Garderobe auf. «Darf ich nach dem Grund fragen, oder wäre das indiskret?»

«Ich stecke ziemlich in Schwierigkeiten, Martin.»

«Aber zwischen dir und Mathilda ist alles in Ordnung, wie ich gesehen habe.»

«Es könnte nicht besser sein», antwortete Sören.

«Na, du wirst mich schon aufklären. Komm, ich habe noch ein gutes Dutzend frischer Whitstable Natives von Kempinski in der Küche. Die sollten für uns beide reichen. Und eine dazu passende Flasche Champagner wird sich auch noch finden.»

Diese Unbekümmertheit war typisch für Martin. Bevor man sich daranmachte, irgendwelche Probleme zu erörtern, musste erst einmal für das leibliche Wohl gesorgt sein. Wenn Sören nicht überraschend aufgetaucht wäre, dann hätte Martin sicherlich in einem Restaurant gegessen und den restlichen Abend in seinem Club, der Gesellschaft Harmonie, verbracht. Mangels Familie hielt ihn abends nicht viel im eigenen Haus, wie er sich auszudrücken pflegte. Früher hatte Sören immer über Martins Junggesellendasein und die damit verbundene ewige

Unternehmungslust gespöttelt, bis ihm sein Jugendfreund dann eines Tages den wahren Grund für sein außergewöhnliches Leben verraten hatte. Auch wenn das nun schon mehrere Jahre her war, hatte Sören immer noch Schwierigkeiten bei der Vorstellung, dass sich Martin lieber mit Männern als mit Frauen umgab – nicht nur gesellschaftlich, sondern eben auch körperlich. Martin erwähnte keine Einzelheiten, und Sören fragte nicht weiter nach. Die Verschwiegenheit, die sich zwischen ihnen ausgebreitet hatte, betraf aber ausschließlich Martins Liebesleben. So schwer es Sören auch fiel, die Gefühlswelt seines Freundes nachvollziehen zu können, Vertrauen und Freundschaft hatten zu keiner Zeit darunter gelitten.

Martin Hellwege lebte das Leben eines Genussmenschen. Er konnte es sich leisten, denn er war der letzte Spross einer wohlhabenden Hamburger Familie: luxuriöses Essen, elegante Kleidung stets nach der neuesten Mode, kulturelle Veranstaltungen und Empfänge allerorts sowie ausgedehnte, teils exotische Reisen. Natürlich in Begleitung, aber darüber sprach Martin nicht mit ihm. Wenn er Martin in Gesellschaft eines guten Freundes, wie er selbst seine Beziehungen nannte, begegnete, dann machte er sie zwar ganz unverfänglich miteinander bekannt, verabschiedete sich jedoch in der Regel recht schnell wieder. Warum, konnte Sören nur vermuten. Vielleicht war es Martin doch unangenehm, in Gesellschaft von einem Eingeweihten beobachtet zu werden.

Eine Zeit lang mussten seine Beziehungen wohl immer nur von kurzer Dauer gewesen sein, denn ständig hatte er Sören neue gute Freunde vorgestellt. Hin und wieder war er Martin auch in Begleitung hochgestellter Persönlichkeiten aus dem öffentlichen Leben begegnet, was ihn stets etwas verunsichert hatte, denn anscheinend war die Neigung seines Freundes doch viel verbreiteter als von ihm angenommen. In der letzten Zeit hatten sie sich jedoch immer seltener bei offiziellen Anlässen getroffen, und wenn doch, dann war Martin ohne Begleitung gewesen. Sören verkniff es sich, Martin darauf anzusprechen.

Nachdem sie die Austern verspeist hatten, wechselten sie vom Champagner zu Rotwein. Martin hatte immer ein paar gute Flaschen im Keller vorrätig, Jahrgänge, die sich Sören nicht hätte leisten können. Nicht nur, weil Tilda Einspruch erhoben hätte.

«Du kannst bleiben, so lange du willst», meinte Martin trocken, nachdem ihm Sören in groben Zügen geschildert hatte, was vorgefallen war. Kein Vorwurf, keine Nachfrage. So war er.

«Ich will dich da keinesfalls mit reinziehen ...»

«Dieses Problem sehe ich weniger. Zumindest nicht, solange du das Haus nicht verlässt.» Er grinste. «Ich werde allerdings nur bis Anfang nächsten Monats hier sein. Am 9. Februar starte ich von Genua aus zu einer 44-tägigen Orientfahrt mit einem Doppelschraubenschnelldampfer der Hamburg-Amerika Linie. Hatte ich dir davon erzählt?»

Sören schüttelte den Kopf. «So lange hatte ich nicht vor, zu bleiben. Ich dachte eher so an ...» Er zögerte. «... morgen oder übermorgen. Halt so lange, bis eine Reaktion seitens der Polizei absehbar ist. Wenn man mich wirklich verdächtigt, etwas mit der Sache zu tun zu haben, und man zudem meine Identität kennt, dann werde ich mich der Sache wohl oder übel stellen müssen. Was hältst du im Übrigen davon? Du hast bis jetzt noch gar nichts dazu gesagt.»

Martin goss Wein aus der Karaffe nach. Dann öffnete

er eine hölzerne Kiste und nahm eine dicke Zigarre heraus. «Du auch eine?»

Sören winkte ab und beobachtete Martin dabei, wie er das Mundstück der Zigarre mit einem speziellen Messer einkerbte. Erst jetzt fiel ihm auf, dass sein Freund deutlich zugenommen hatte. Er war ja schon immer etwas beleibter gewesen, aber so, wie er jetzt dasaß und genüsslich an der Zigarre leckte, hatten seine Gesichtszüge schon fast etwas Feistes. Seine fleischigen Wangen hingen schlaff herab, und wenn er den Kopf etwas neigte, zeigte sich über dem Kragen der Ansatz eines Doppelkinns.

«Was soll ich schon groß dazu sagen?» Martins Kopf verschwand für einen Moment in einer Wolke aus Tabakqualm. Als sie verflogen war, schaute er Sören fragend an. «Was David betrifft, kann ich nur hoffen, dass er dir die Wahrheit gesagt hat. In diesem Alter kommt man schon mal auf dumme Gedanken. Dazu noch in einer Gruppe ...»
Er wartete auf einen Einwand von Sören, aber der schwieg beharrlich.

«Gut, also nehmen wir mal an, es war so, wie er es dir geschildert hat. Es gibt mehrere Zeugen für das, was geschehen ist. Der Belastungszeuge scheint ja nun tot zu sein und kann seine Aussage nicht revidieren. Also liegt es an Davids Begleitern, die Sache ins rechte Licht zu rücken. Ohne deren Aussage wird es schlecht für ihn aussehen.»

Sören nahm einen Schluck Wein. Er wusste, dass Martin recht hatte.

«Mehr ist dazu eigentlich nicht zu sagen. Und ob dieser Jude sich dort aufhalten durfte oder nicht, ist für die Tat doch wohl völlig unerheblich. Entscheidender ist, was er dort gemacht hat und ob es diese ominöse Frau wirklich gegeben hat, die er misshandelt haben soll. Denn wenn dem so war, dann hätten David und seine Kumpane sich redlich und ehrenwert verhalten. Aber du kannst es drehen und wenden, wie du willst, es läuft alles darauf hinaus, dass sie eine Aussage machen und Davids Version der Geschehnisse bestätigen müssen. Oder sehe ich das falsch?»

«Das siehst du richtig. Nur kann ich mich nicht auf die Suche nach ihnen machen ... Zumindest momentan nicht. Und was sagst du zu der Sache im Hotel?»

«Sehr mysteriös, wenn du mich fragst. Es ist schon ein komischer Zufall, dass der Hauptbelastungszeuge in einer Mordsache einen Tag nach seiner Aussage aus einem Hotelzimmer geworfen wird.» Martin machte einen tiefen Atemzug und räusperte sich. «Dass dein Verhalten dumm war, brauche ich dir wohl nicht zu sagen.»

«Das ist mir inzwischen auch klar. Ich hatte einfach Panik. Aber ich konnte doch nicht ahnen, dass der Kerl so dreist ist, den Spieß einfach umzudrehen.»

«Ist jetzt auch nicht mehr zu ändern. – Was anderes: Hast du schon die Möglichkeit in Erwägung gezogen, dass vielleicht die Kumpane von David ...»

«Ja, daran habe ich auch schon gedacht. Aber das wäre doch idiotisch, denn ein Toter kann keine Aussage zurücknehmen. Und außerdem sah der Kerl, den ich gesehen habe, nicht aus wie ein sozialistischer Anarchist. Eher im Gegenteil. Du hättest diesen Blick sehen sollen.»

«Wie hoch schätzt du die Wahrscheinlichkeit ein, dass sich der Mann von der Hotelrezeption an deinen Namen erinnert?»

«Keine Ahnung. Er hat nur einen flüchtigen Blick auf die Karte geworfen. Aber wenn es zu einer Gegenüberstellung kommt, erinnert er sich bestimmt.»

«Muss nicht sein. So viele Leute, die da täglich im Hotel ein und aus gehen ...»

«Aber es wird dort nicht jeden Tag ein Hotelgast aus dem Fenster geworfen.»

«Auch richtig. Aber bedenke mal, der Kerl, der dich auf der Treppe angerempelt hat ...»

«Angerempelt? Der hat mich fast umgerannt!»

«Egal. Was ich sagen will, ist: Der muss doch auch am Empfang vorbeigekommen sein. Es sei denn, der Tote auf der Straße war gar nicht dieser ... Wie war der Name?»

«Otte. Waldemar Otte.»

«Genau. Was weißt du eigentlich über ihn?»

«Nicht viel, nur dass er aus Danzig stammt. Aber in dem Hotelzimmer hingen seine Sachen, sein Rock, ein Gehstock und seine Melone. Und der Kerl, der mir gefolgt ist, war mindestens einen Kopf größer.»

«Gut, also gehen wir meinetwegen davon aus, dass der Tote dieser Otte ist. Stellt sich die Frage, warum der andere Kerl auf dich gezeigt hat. Er glaubt, dass du ihn wiedererkennen könntest, richtig?»

Sören erschrak. Worauf Martin hinauswollte, war, dass er selbst ein wichtiger Zeuge war. Er hatte zwar das Verbrechen nicht beobachtet, aber er hatte den Täter gesehen und konnte ihn notfalls identifizieren. Der Kerl wusste wahrscheinlich gar nicht, dass Sören auf dem Weg zu Waldemar Otte gewesen war, als sie sich auf der Treppe getroffen hatten. Allein dadurch, dass er ihn gesehen hatte, stellte er für den Mann nun eine Gefahr dar. Sören schauderte bei dem Gedanken. Vor seinem geistigen Auge sah er wieder diesen hinterhältigen Blick. Der Kerl hatte nur auf eine Gelegenheit gehofft, einen unliebsamen Zeugen aus dem Weg räumen zu können. Hatte er deshalb den Empfangschef auf Sören aufmerksam gemacht? Eine innere Stimme sagte ihm, dass das nicht der alleinige

Grund gewesen sein konnte. Dann fiel es Sören plötzlich ein, und er fuhr hoch.

«Ich Idiot!», rief er und rannte zur Garderobe. Die Schriftstücke steckten immer noch in der Innentasche seines Rockes.

«Interessant», murmelte Martin und versuchte, die Dokumente ihrem Zusammenhang nach zu ordnen. «Schade, dass du nicht alle Seiten hast. Das reinste Puzzlespiel. Ein Kostenvoranschlag, Korrespondenz mit einer Werft, Vorgaben für den Bauplan eines Schiffes ... Allerdings wissen wir jetzt, was er beruflich gemacht hat. So, wie es aussieht, war er Bevollmächtigter einer Schiffswerft, der Schichau-Werft in Danzig.»

«Ich habe zusammengerafft, was runtergefallen war. Vollkommen zufällig.»

Martin war auf einen Schlag wie verwandelt. Neugierig beugte er sich über die Dokumente, als gelte es, ein Rätsel zu entschlüsseln. Schließlich schüttelte er den Kopf. «Was ich diesen Fragmenten entnehmen kann, klingt alles völlig normal und unspektakulär. Der Mann war ein Handlungsreisender, der mit der Hapag über den Bau von Schiffen verhandelt hat. Aus einzelnen Blättern werde ich zwar nicht schlau, aber das Zeugs hier scheint mir keinen besonderen Wert zu haben.»

«Immerhin hat er die Unterlagen aus dem Zimmer entwendet. Und den Briefköpfen nach müssen sich die Dokumente vorher im Besitz von Waldemar Otte befunden haben. Warum also hat er sie mitgenommen? Vielleicht steht sogar etwas darin, das erklärt, warum Otte sterben musste.»

Martin zuckte mit den Schultern. «Nur was? Gehen wir mal systematisch vor. Als Verteiler des einen Schreibens tauchen noch die Vulcan-Werft in Stettin, die Seebeck-Werft in Geestemünde sowie Blohm + Voss hier in der Stadt auf. Es könnte also sein, dass es sich um eine Ausschreibung handelt.»

«Und man sich mit Otte eines unliebsamen Konkurrenten entledigt hat? Wohl kaum. So ein Kostenvoranschlag ist doch nicht an eine Person gebunden. Die Schichau-Werft würde einen neuen Agenten zur Verhandlung schicken.» Sören tippte auf eines der Dokumente. «Die Angaben über das Schiff sind jedenfalls nicht vollständig. Daraus ist nicht mal zu erkennen, ob es sich um einen Frachtdampfer oder ein Passagierschiff handelt. Nur die geplante Länge von 160 Metern ist genannt.»

«Dazu könnte allerdings die Blaupause mit der eingezeichneten Skizze hier passen, wo die Schichau-Werft darauf hinweist, dass bei einer geforderten Durchschnittsgeschwindigkeit von 24 Knoten entsprechend einer Maschinenleistung von angestrebten 50 000 PS der Einsatz spezieller Turbinen notwendig sei.» Er deutete auf ein dünnes Seidenpapier, dessen unteres Drittel abgerissen war. «Laut beigefügtem Kostenvoranschlag ... Tja, der ist nicht vollständig. Und wir wissen auch nicht, an wen das Schreiben gerichtet ist. Fehlanzeige.»

«Ich nehme doch mal an, an die Hamburg-Amerika Linie.» Sören fuhr mit dem Finger über die Zeilen, als wolle er sich vergewissern, dass er sich nicht verhört hatte. «24 Knoten. Donnerlittchen! Sieht so aus, als wenn sich die Hapag mal wieder auf ein Rennen mit dem Norddeutschen Lloyd einlassen will. Dabei dachte ich, dass man die Wettfahrten über den Atlantik inzwischen aufgegeben hätte.»

Er zog ein weiteres Dokument hervor. «Dies scheint dazuzugehören. Ein Antwortschreiben einer Werft aus Irland, Harland & Wolff, ... *bezüglich Ihrer Anfrage nach*

Erfahrungen im Einsatz von Turbinen vom Typ Parsons bei Drei- und Vierschraubenschiffen ... wird sich einer unserer Mitarbeiter mit Ihnen in Verbindung setzen .... ein Treffen in Hamburg zu arrangieren. Interessant.»

Martin entzündete ein Streichholz und feuerte seine Zigarre erneut an. «Der Kerl auf der Treppe ... Hat er ein Wort gesagt? Oder vielleicht geflucht? Ich meine, könnte der Mann Engländer respektive Ire gewesen sein?»

Sören versuchte, sich daran zu erinnern. Nein, der Kerl hatte ihn nur verdutzt angeschaut und keinen Laut von sich gegeben. Er zuckte mit den Schultern und schüttelte den Kopf. «Der Empfangschef erwähnte nur, dass Waldemar Otte jemanden erwarte. Das kann natürlich jemand von dieser Werft gewesen sein – jedenfalls hielt er mich für denjenigen ...»

Martin starrte auf die Papiere, die ausgebreitet auf dem Tisch vor ihnen lagen. «Gut, da kommen wir nicht weiter. Was haben wir noch? Hier, eine Aufzählung verschiedener Kreditinstitute. Ein Schreiben der Hapag, gezeichnet von Albert Ballin. Wechselverfügungen und Konten der Norddeutschen Bank, der Warburg-Bank, der Berliner Handelsgesellschaft, der Diskontogesellschaft sowie der Deutschen Bank Berlin. Keine Ahnung, was das soll, aber das sollte für mich eine Kleinigkeit sein, herauszufinden, was es mit dieser Aufstellung auf sich hat. Schließlich arbeite ich eng mit dem Direktorium der Norddeutschen Bank zusammen. Ich werde mich gleich morgen darum kümmern. – Dann hier ... noch ein Schreiben von Ballin. Das ist das einzige Schriftstück in unserer Sammlung, das vollständig zu sein scheint. *An Waldemar Otte, Schichau-Werft, Hotel Victoria, Bei dem Hühnerposten 18* ... Das ist seine hiesige Anschrift. *Sehr geehrter Herr Otte* ... blablabla ... die übliche geschäftliche Vorrede ... aber jetzt: ... *können wir dem von Ihnen gewünschten Entgegenkommen bezüglich der im Jahre 1898 für den Norddeutschen Lloyd ausgelieferten Kaiser Friedrich aus verständlichen Gründen nicht nachkommen, da unser Unternehmen trotz zwischenzeitlicher Nutzung des Schiffes keinerlei vertragliche Verpflichtung Ihrer Werft gegenüber eingegangen ist* ... und so weiter ... *bitte ich Sie, sich an die Direktion des Norddeutschen Lloyd zu wenden* ... *und verbleibe mit dem Wunsch einer guten Zusammenarbeit sowie einem angenehmen Aufenthalt in der Stadt* ... *hochachtungsvoll* ... *Ballin.* Hast du eine Ahnung, worum es da gehen könnte?»

«Nein.» Sören schüttelte den Kopf.

«Tja, alles andere scheint mit seinen hiesigen Geschäften nicht viel zu tun zu haben. Private Briefe, die letzte Seite eines Schreibens vom Nachrichtenbureau des Reichsmarineamtes, gezeichnet von Tirpitz, und dann noch diese handschriftlichen Notizen.» Martin reichte Sören drei aus einem Notizblock herausgerissene Seiten. «Der Skizze nach könnte es eine Wegbeschreibung sein, aber ich kann es nicht entziffern.»

Sören studierte das Gekritzel. «Ich erkenne die Worte *Ferdinand* und *Klingel*. Der Rest ist völlig unleserlich. Das kann alles Mögliche bedeuten.»

Martin schob die Blätter zusammen. «Das war alles. Du wirst dich an die Hapag wenden müssen, um Näheres zu erfahren. Wie wäre es, wenn du dich direkt an Ballin wendest? Er wohnt doch gleich hier um die Ecke.»

«Ja, in der Heimhuderstraße. Tilda ist mit seiner Frau bekannt», meinte Sören, schränkte aber sogleich ein: «Na ja, bekannt ist übertrieben, aber sie hatte eine Zeit lang Kontakt zu Marianne Ballin, als es um die Adoption von David ging. Ballins haben ja auch ein Kind adoptiert. Ihre Tochter Irmgard, eine Cholerawaise aus der Familie von Ballins Frau.»

Martin verzog den Mund zu einem Schmunzeln. «Ballin selbst soll sie ja Peterle nennen, habe ich gehört. Ein Sohn wäre ihm wohl lieber gewesen.» Er lachte kurz auf. «So mächtig er als Generaldirektor der Hapag auch sein mag, privat hat er da wohl weit weniger zu bestellen. Hast du die beiden einmal nebeneinander gesehen? Er reicht seiner Frau ja gerade mal bis zur Schulter.»

Er deutete auf das Schachbrett, das wie gewohnt auf dem kleinen Tisch am Fenster stand. «So, jetzt aber genug der ganzen Spekulationen. Lass uns noch eine gute Flasche aufmachen und eine Partie spielen, so wie wir es früher immer gemacht haben. Und den Rest verschieben wir auf morgen.»

Sören hatte keine Einwände. Er bezweifelte zwar, dass er seine Gedanken und Sorgen würde ausblenden können, aber der Tag war aufregend genug gewesen. Von daher kam ihm Martins Vorschlag ganz recht.

―― *Unter Verdacht* ――

Sören betrachtete sich eine Weile im Spiegel des Badezimmers. Länger als sonst. Die grauen Haare an den Schläfen nahmen langsam überhand. Er reckte den Hals und strich mit der Hand über die Haut. Ein paar Falten, nun gut, immerhin waren noch keine Altersflecken auszumachen. An Martin waren die Jahre weniger schonend vorbeigegangen. Sein Freund sah gut und gerne zehn Jahre älter aus, obwohl sie nur wenige Monate trennten. Entschlossen griff Sören nach dem Tiegel und seifte sein Gesicht ein. Dann zog er den Stahl mehrmals über das Leder. Tilda würde begeistert sein. Sie hatte den Bart nie leiden können. Nicht nur, weil er eben kein kaisertreuer Geselle war, wie sie es spaßeshalber auszudrücken pflegte, sondern weil sie der Bart beim Küssen kratzte. Doch dies war nicht der wirkliche Grund für seinen Entschluss. Behutsam setzte er die Klinge an und führte sie über die Haut. Es hatte ja nichts Endgültiges. Einen Bart konnte man schließlich nachwachsen lassen. Vielleicht in anderer Form.

Nachdem er den restlichen Schaum aus dem Gesicht gewaschen hatte, betrachtete er sich erneut. Das Ergebnis überraschte ihn mehr, als er erwartet hatte. Vorsichtig strich er über die nackte Haut. Es war ein ungewohntes Gefühl, ungewohnt wie sein Aussehen. Seine Gesichtszüge wirkten plötzlich schmal, und Sören überlegte, wie lange er den Bart getragen hatte, konnte sich aber nicht genau entsinnen. Mit einem Alaunstift stoppte er die Blutung an der Oberlippe und nickte zufrieden. Wenn er sich schon selbst kaum wiedererkannte, würde es anderen ebenso schwerfallen. Er war gespannt, was Martin sagen würde. Der Nachricht zufolge, die er vor Sörens Zimmertür gelegt hatte, wollte er in einer halben Stunde zurück sein. Mit frischen Brötchen. Sören zog sich an und ging hinunter in die Küche, um den Frühstückstisch zu decken.

«Du bist schon auf?», fragte Martin und blickte amüsiert zur Uhr, als er sich an den gedeckten Tisch setzte. Es war bereits nach zehn, und Sören knurrte allmählich der Magen. «Es tut mir leid, dass ich mich verspätet habe, aber ich hatte noch einen Behandlungstermin und musste endlos lange im Wartezimmer sitzen.»

«Etwas Ernstes?» Sören nahm die Brötchentüte entgegen. Nur mit einem Stirnrunzeln hatte Martin die Veränderung von Sörens Aussehen quittiert.

Martin schüttelte den Kopf. «Nein, ich habe zweimal wöchentlich Behandlungen in dem neuen Institut an der Rothenbaumchaussee. Ich hatte dir doch von meinen ständigen Kopf- und Nackenschmerzen erzählt. Das zieht sich nun schon mehr als ein halbes Jahr hin. Und seit man mir dort mit dieser Influenzmaschine zu Leibe gerückt ist, verspüre ich schon eine deutliche Besserung.»

«Influenzmaschine?»

«Ja, hast du davon noch nichts gehört? Influenzmaschine und Oszillator. Mit deren Hilfe lässt sich die normale Bewegungsschwingung der körperlichen Zellen wiederherstellen. Wenn die nämlich aus dem Lot geraten ist, kann es zu allen möglichen körperlichen Beschwerden kommen. Ich habe vor einigen Wochen einen Vortrag über diese Schwingungstheorie gehört. Das ist etwas ganz Neues, und diese Heilkunst funktioniert wunderbar.»

«Aha.» Sören verdrehte die Augen. Wöchentlich las man in den Zeitungen irgendwelche Anzeigen über neue Heilkünste und medizinische Erkenntnisse. Dabei schien die Zeit der einfachen Scharlatane, Wunderheiler und Handaufleger vorbei zu sein. Nun präsentierte man sich im weißen Kittel und rückte den Patienten mit irgendwelchen martialischen Maschinen zu Leibe. Welchem Hokuspokus sein Freund da auch aufgesessen war, Sören war sich sicher, dass Martin bestimmt ein halbes Vermögen für die Behandlungen ausgeben musste. Nun, es traf wenigstens keinen Armen. Und wenn es tatsächlich half, hatte die Sache ja zumindest teilweise ihren Zweck erfüllt, auch wenn sich Sören sicher war, dass es wohl eher der Glaube an die Behandlungsmethode war, der für die Linderung der Beschwerden sorgte. «Nein, davon habe ich tatsächlich noch nichts gehört.»

«Höre ich da etwa ein Fünkchen Ironie aus deinen Worten?»

«Wie käme ich dazu?» Sören musste unweigerlich grinsen.

«War nur so eine Idee.» Natürlich hatte Martin ihn längst durchschaut. Sie kannten sich einfach schon zu lange. «Steht dir übrigens gut – war aber unnötig.» Lächelnd reichte er Sören den *Correspondenten*, den er mitgebracht hatte. «Alles Weitere steht auf Seite vier.»

Neugierig schlug Sören die Zeitung auf und blätterte auf die entsprechende Seite. *Tragischer Unfall am Hühnerposten.* Sören überflog den Artikel. Was da stand, war unglaublich. Demnach wurde der Fenstersturz, bei dem ein Gast des Hotels Victoria zu Tode gekommen war, als tragischer, jedoch vermeidbarer Unfall angesehen. Der Artikel endete mit einer anklagenden Kritik gegen die baupolizeilichen Vorschriften bei öffentlichen Gebäuden in der Stadt, deren Gestalt häufig genug nicht mehr den heutigen Sicherheitsstandards entsprechen würde. Vor allem die niedrigen Fensterbrüstungen in den oberen Etagen älterer Bauten seien, wie im vorliegenden Fall, schuld daran, dass es immer wieder zu tragischen Unfällen komme. Kein Wort von einem Verbrechen. Sören legte die Zeitung beiseite. «Ich weiß nicht, was ich davon halten soll.»

Martin biss genussvoll in sein mit Schinken belegtes Brötchen. «Daff heifft ...» Er schluckte den Bissen hinunter. «Entschuldigung. Das heißt, deine Sorge war völlig umsonst. Kannst dir den Bart wieder ankleben. Die Polizei sucht nicht nach dir.»

«Und wenn das eine Falle ist?»

Martin schüttelte den Kopf. «Quatsch. Du bist doch kein Schinderhannes.»

«Aber die Tat an sich bleibt davon unberührt.»

«Mag sein. Du hast jetzt jedenfalls freie Hand, der Sache auf den Grund zu gehen. Das Versteckspiel hat ein Ende. Noch Kaffee?»

«Ja, danke. – Klingt, als wenn du mich loswerden willst.»

Martin schenkte nach. «Klar, so schnell wie möglich. Was hast du denn gedacht?» Er lachte auf. «Ich umgebe mich nicht gerne mit mörderischem Gesindel. Nein, im Ernst: Mathilda wird dich lieber heute als morgen zurückhaben wollen. Sie wirkte ja gestern schon ganz aufgelöst. Milch?»

«Gerne. Kümmerst du dich trotzdem um dieses Bankschreiben?»

Martin nickte. «Kann ich machen.» Ein schrilles Klingeln tönte aus der Halle. «Du entschuldigst?» Martin wischte sich mit der Serviette den Mund ab und erhob sich schwerfällig. Als er vom Telefonapparat zurückkam, hatten sich seine Gesichtszüge verändert. Irgendetwas schien ihn zu bedrücken.

«Schlechte Nachrichten?», fragte Sören.

«Seltsame Nachrichten, würde ich sagen.» Martin legte die Stirn in Falten und blickte Sören nachdenklich an. «Wenn man vom Teufel spricht ... In diesem Fall allerdings eher von einer bezaubernden Teufelin. Das war deine Frau. Fräulein Paulina hat sich soeben bei ihr gemeldet. Sie war sehr aufgeregt und lässt ausrichten, du mögest bitte sofort in die Kanzlei kommen. Die Polizei sei da.»

Sie hatten noch eine Weile darüber spekuliert, was die Polizei überhaupt schon wissen konnte, waren aber letztendlich zu dem Ergebnis gekommen, dass es am besten wäre, wenn sich Sören den Tatsachen erst einmal stellen würde. Martin hatte angeboten, ihn zu begleiten, aber Sören hatte abgelehnt. Mit einem «Du hörst von mir» hatte er sich von seinem Freund verabschiedet. Auch den Gedanken, vorher zu Hause vorbeizuschauen, hatte Sören verworfen. Das würde es nicht einfacher machen.

Die ganze Fahrt über grübelte Sören darüber nach, was er den Beamten erzählen sollte. Schließlich kam er zu dem Entschluss, so lange wie möglich bei der Wahrheit zu bleiben. So abenteuerlich und unglaubwürdig seine Version der Geschichte auch klingen mochte, es war schließlich die Wahrheit.

Eine knappe Viertelstunde später betrat Sören, auf alles gefasst, seine Kanzlei. Fräulein Paulina kam ihm schon auf dem Flur aufgeregt entgegen. «Hat Ihre Frau Gemahlin Sie erreicht? Schön, dass Sie gleich gekommen sind. Es ist ja so furchtbar ...»

Fräulein Paulina war völlig aufgelöst und zitterte am ganzen Körper. Sie war zwar schon immer leicht aus der Fassung zu bringen gewesen, aber so erregt hatte er seine Angestellte bislang selten erlebt. Seit mehr als zehn Jahren arbeitete sie als Sekretärin und Hilfskraft in der Kanzlei, und sie waren ein eingespieltes Team. Er vertraute ihr – nein, mehr noch, er mochte sie. Wahrscheinlich lag es an ihrem unterkühlten, spröden Charme. Häufig genug ertappte sich Sören bei der Frage, warum sie keinen Mann gefunden hatte, denn obwohl sie bereits knapp vierzig Jahre alt war, wirkte sie keinesfalls wie eine alte Jungfer. Sie war ausgesprochen groß und schlank gewachsen, hatte ein markantes Gesicht mit einer leicht gebogenen Nase und kräftigen Zähnen. Ihre fast strenge Erscheinung, die durch ihre pechschwarzen Haare nochmals unterstrichen wurde, passte so überhaupt nicht zu ihrem nervösen Wesen. Soweit Sören wusste, wohnte sie zusammen mit ihrer früh verwitweten Schwester in einer kleinen Wohnung am Grimm. Nur einen Katzensprung von ihrer Arbeitsstelle entfernt, weshalb sie häufig die Erste in der Kanzlei war – und oft genug als Letzte ging. Zu ihrem zehnjährigen Jubiläum hatte Sören ihr etwas Persönliches schenken wollen und ihr neben einer kleinen Gehaltserhöhung einen Gutschein für ein Essen bei Hambachers überreicht – für zwei Personen. Als die Gutschrift nach zwei Monaten immer noch nicht eingelöst war, hatte er sie gefragt, ob er sie denn selbst begleiten dürfe, was ihr zuerst sehr unangenehm gewesen war, aber dann hatte sie den Abend sichtlich genossen. Seither blickte sie ihn immer an, als wenn sie ein gemeinsames Geheimnis hätten.

In diesem Augenblick hätte er sie am liebsten tröstend in den Arm genommen. «Nun machen Sie sich mal keine

Sorgen. Ich bin da, und der Rest wird sich aufklären.» Er schaute sich um. «Wo sind denn die Beamten?»

«In Ihrem Büro. Die Polizei hat alles abgesperrt. Man sagte mir, es gebe vielleicht verwertbare Spuren. Es ist ja ein völliges Durcheinander. Alles liegt drunter und drüber.»

Langsam dämmerte Sören, was geschehen sein musste. Allem Anschein nach waren seine Sorgen völlig unbegründet. «Ein Einbruch?», fragte er vorsichtig.

Fräulein Paulina nickte. «Ich habe kurz vor acht aufgesperrt. Zuerst wirkte alles wie immer. Aber Ihr Arbeitszimmer ...» Sie schüttelte fassungslos den Kopf. «Ein solches Chaos. Selbst den Tresor hat man aufgebrochen.»

Sören machte einen tiefen Atemzug. Ob aus Erleichterung, wusste er selbst nicht zu sagen. «Sie haben alles richtig gemacht», meinte er beruhigend und lächelte sie an. «Dann wollen wir mal sehen, wie groß der Schaden wirklich ist.»

Der Polizist, der Sören gegenübertrat, war noch sehr jung und seinem Auftreten nach auch unerfahren. Erst nachdem Sören sich als Hausherr zu erkennen gegeben hatte, stellte er sich als Bezirkskommissar der Kriminalpolizei vor. Sein Vorgesetzter kam wenige Augenblicke später aus Sörens Arbeitszimmer. «Tja, da kannte sich jemand aus.» Er reichte Sören die Hand. «Herr Doktor Bischop? Angenehm. Leutnant Rosskopf. Wir sind mit der Aufnahme so weit fertig. Nach dem, was wir vorgefunden haben, lässt sich schon so viel sagen: Da war ein Profi am Werk. Die Art, wie man Ihren Panzerschrank geknackt hat ... Wer auch immer es war, er hat's nicht zum ersten Mal gemacht. Ich kann nur hoffen, es war nicht zu viel Bargeld im Tresor.»

Polizeileutnant Rosskopf überragte Sören um Haupteslänge. Er hatte die Statur eines Athleten. «Ich wurde gerade verständigt, ärgerliche Sache», sagte Sören.

Rosskopf machte eine einladende Handbewegung. «Sie können gerne hereinkommen. Mit der Aufnahme möglicher Spuren sind wir fertig. Ich warte jetzt nur noch auf den Fotografen. Haben Sie einen Verdacht?»

Sören blickte ins Zimmer und erschrak. Fräulein Paulina hatte nicht übertrieben. Ihm offenbarte sich wirklich ein heilloses Durcheinander. Sämtliche Schubladen waren aus den Registraturen gezogen, und der Inhalt lag auf dem Fußboden verstreut. Im selben Augenblick verkrampfte sich sein Magen. Er wusste nur zu genau, was das zu bedeuten hatte. Es konnte kein Zufall sein. Der Kerl musste ihm gestern doch bis hierher gefolgt sein. Dabei hatte er so viele Haken geschlagen. Was, verdammt nochmal, war so wichtig an den Papieren von Otte? Nicht er war das Ziel gewesen. Die Unterlagen waren der Grund, warum der Mann ihm gefolgt sein musste. Aber um dies zu erklären, war es der falsche Moment. Er schüttelte den Kopf.

«Es wäre schön, wenn Sie uns möglichst schnell eine Liste des Diebesgutes zusammenstellen könnten. Ach ja, bevor ich es vergesse: Das Schloss an Ihrer Eingangstür sollten Sie austauschen lassen. Wir haben zwar keine Einbruchsspuren finden können, aber so ein altes Schloss macht jeder Schränker im Handumdrehen mit einem einfachen Dietrich auf.»

«Ich werde es beherzigen.» Fräulein Paulina hatte in der Zwischenzeit Kaffee aufgesetzt und kam mit einem Tablett herein.

«Sehr aufmerksam», sagte Rosskopf. «Vielen Dank. Zwei Stücke Zucker. Mehr gibt es für uns eigentlich nicht zu tun.»

«Kommt so etwas häufiger vor?», fragte Sören.

Der Leutnant nippte vorsichtig am Kaffee. «Das sollten Sie doch wissen. Sie sind doch vom Fach. Einbruchmeldungen müssen wir fast täglich nachgehen. Aber das hier …» Er deutete auf die offene Tresortür. «Das macht man nicht im Vorbeigehen. Dafür wird schweres Werkzeug benötigt, und das schleppt man nicht so einfach mit sich herum. Sieht nach einer gezielten Tat aus. Der Täter wusste, was er wollte.» Rosskopf blickte auf das Tohuwabohu auf dem Boden. «Wenn man Geld sucht, reißt man keine Dokumentenmappen auseinander. Der oder die Täter waren auf etwas anderes aus.»

Er musste sich dringend mit Martin in Verbindung setzen. Wenn man ihm gefolgt war, kannte der Täter womöglich auch seinen letzten Aufenthaltsort.

«Wer wusste von der Existenz des Panzerschranks?»

«Nur ich und meine Mitarbeiterin.» Sören stockte einen Moment. «Und einige meiner Mandanten wahrscheinlich.»

«Eben.» Leutnant Rosskopf setzte eine Kennermiene auf. «Wie ich annehmen darf, sind wohl hin und wieder auch ein paar schwere Jungs darunter.»

Dem konnte Sören kaum widersprechen, auch wenn er diese Mandanten meist über Pflichtmandate verteidigte und dementsprechend fast alle Gespräche mit ihnen im Untersuchungsgefängnis stattfanden. Andererseits gab es im Nachhinein schon mal den einen oder anderen Besuch in der Kanzlei. Aber hier lag der Fall anders. Der Einbruch hatte nichts mit seiner Arbeit zu tun. Dennoch lag Leutnant Rosskopf mit seiner Vermutung natürlich richtig. Sören zuckte ahnungslos mit den Schultern. «Ich wüsste nicht, was die hier gesucht haben könnten. Im Tresor war nicht viel Geld. Ich bewahre in meinem Büro keine Wertsachen oder kostbaren Dinge auf ... Und die Akten ... Viele von den wirklich schweren Jungs können doch meistens nicht mal lesen.»

Der Polizeileutnant leerte den Becher. «Trotzdem möchte ich Sie bitten, im Kommissariat einen Blick in unsere Kartei zu werfen. Da haben wir einige Burschen drin, die auf so etwas spezialisiert sind.» Er deutete abermals auf den Geldschrank. «Schauen Sie. Man hat nur vier Löcher gebohrt und dann ein Stemmeisen angesetzt. Die wussten genau, wo man bohren muss, das heißt, sie kannten das Modell.»

Nachdem der Polizeifotograf seine Arbeit beendet hatte, rückten die Beamten ab. Zuvor hatte Sören Polizeileutnant Rosskopf versprochen, wegen der Verbrecherkartei noch heute ins Kommissariat zu kommen. Jedes andere Verhalten wäre auch zu auffällig gewesen, obwohl sich Sören nicht wirklich etwas von diesem Abgleich versprach. Dass sich einer der Mandanten seine hiesigen Ortskenntnisse zunutze gemacht hatte, konnte er jedenfalls ausschließen.

«Und dann wäre es schön, wenn Sie bitte alles zur Mandatsübernahme im Fall David Bischop vorbereiten würden. Die Papiere nehme ich nachher gleich mit.»

Fräulein Paulina blickte ihn verstört an. «Sie wollen selbst ...?»

Sören nickte. «Ja. Stellen Sie bitte vorher noch eine Verbindung mit Rotherbaum 228 her. Herr Hellwege, Sie wissen schon. Es ist wichtig. Wenn er nicht im Haus sein sollte, versuchen Sie es bitte in seinem Kontor im Dovenhof. Ich werde hier jetzt erst mal für Ordnung sorgen.»

Seine Gedanken waren nur noch beim Fall Otte. Die Dokumente waren jedenfalls in Sicherheit, das hatte ihm Martin am Telefon mitgeteilt. Aber er fühlte sich auf Schritt und Tritt verfolgt. Auf dem Weg zum Untersuchungsgefängnis hatte Sören sich gleich mehrfach dabei ertappt, wie er sich nach scheinbar unauffälligen Passanten umgedreht hatte, er war Umwege gegangen und hatte Haken geschlagen wie ein Kaninchen auf der Flucht. Er wurde das Gefühl nicht los, ständig beobachtet zu werden. Selbst hier im Stadthaus war ihm so, als spürten ständig ein paar Augenpaare jeder seiner Bewegungen nach. Der junge Polizist zum Beispiel, der ihm den Karteikasten mit den anthropometrischen Karten vorgelegt hatte. Während Sören Karte für Karte genauestens studierte, haftete sein Blick an ihm, als dürfte ihm keine noch so kleine Veränderung in Verhalten oder Mimik entgehen.

Sören ließ sich Zeit beim Betrachten der einzelnen Karteikarten aus dem Verbrecheralbum. Etwa dreihundert Karten mochten im Kasten vor ihm stecken, jede sorgfältig beschriftet mit Angaben zur Person, allgemeinen Personalien sowie Maßangaben einer exakten körperlichen Vermessung, besonderen Kennzeichen und einer kurzen Beschreibung begangener Verbrechen. Zwei Fotografien, je eine frontal und eine zweite im Profil, vervollständigten auf den meisten Karten die Angaben. Polizeidirektor Roscher hatte ganze Arbeit geleistet. Annähernd hundert Bände mit mehr als 40 000 Fotografien zu fast 200 000 Personen hatte er in nur zehn Jahren Amtszeit als Generalkartenregister anlegen lassen. Diese Verbrecheralben stellten inzwischen das Herzstück der Polizeifahndung dar. Im Karteikasten vor ihm waren nur solche Personen aufgeführt, die sich als Einbrecher auf Panzerschränke und Tresore spezialisiert hatten und derzeit nicht in Haft saßen. Bislang war Sören noch kein einziges ihm bekanntes Gesicht begegnet. Während er die Gesichter weiter studierte, überlegte Sören, was nur so wichtig an Ottes Unterlagen sein konnte. Irgendetwas mussten sie übersehen haben.

«Nein, von denen kenne ich niemanden.» Sören steckte die letzte Karte zurück in den Kasten. Er dachte daran, ob man von David wohl auch eine solche Karte angefertigt hatte. Das nächste Mal, wenn er ihn im Untersuchungsgefängnis besuchte, würde er ihn darauf ansprechen. Vorhin hatte er einen recht guten Eindruck auf ihn gemacht. Einen besseren jedenfalls als beim ersten Besuch. Mit Erleichterung und einem dankbaren Lächeln hatte David reagiert, als Sören ihm sagte, dass er sich persönlich der Dinge annehmen werde. Den Tod von Waldemar Otte hatte er wohlweislich nicht erwähnt.

Polizeirat Schön war tatsächlich im Haus. Distanziert wie immer hatte er Sören empfangen. Dem Umstand, dass Sören mit seinem Klienten so gut wie verwandt war, wollte er anscheinend keine Aufmerksamkeit schenken. Zumindest vorerst nicht. Während Sören die Vernehmungsprotokolle studierte, trommelte Schön nervös mit den Fingern auf die Tischplatte.

«Der Zeuge hatte bedauerlicherweise einen Unfall», sagte Schön teilnahmslos.

Sören blickte ihn an, als wisse er von nichts.

«Waldemar Otte. Der Zeuge, der bei der Tat zugegen war.»

«Ich würde den Zeugen natürlich gerne zu seinen Angaben befragen, wie Sie sich vorstellen können.»

Schön räusperte sich. «Nun, das wird nicht möglich sein.»

Sören blickte auf und runzelte die Augenbrauen, sagte aber nichts.

«Der Mann ist tot. Er stürzte gestern aus dem Fenster seines Hotels. Ein bedauernswerter Unfall.»

«Ein Sturz aus dem Fenster?», fragte Sören mit Unschuldsmiene. «Ich habe so etwas heute Morgen im *Correspondenten* gelesen. Irgendwo am Hühnerposten. Welch seltsamer Zufall.» Er blickte Schön durchdringend an. «Ein Verbrechen können Sie ausschließen?»

«Ja.» Polizeirat Schön zwirbelte seinen Schnauzer. «Es gibt keinerlei Hinweise auf ein Verbrechen. Der Zustand des Leichnams zeigte keine Auffälligkeiten, und auch die Befragung des Hotelpersonals ergab keine Anhaltspunkte, die auf eine Straftat hindeuten könnten. Der Mann muss beim Öffnen eines Fensterflügels über die Brüstung gestürzt sein.»

Sören widmete seine Aufmerksamkeit wieder dem Protokoll mit der Zeugenaussage. Der Angestellte an der Rezeption hatte sich also nicht an ihn erinnert. Oder hatte ihn der Mörder bestochen? Er selbst hatte nur gesehen, dass die beiden miteinander gesprochen hatten, wusste indes nicht, worüber. Aber der Kerl hatte in seine Richtung gezeigt. Irgendetwas war hier faul. Sören versuchte, sachlich zu bleiben und sich nichts anmerken zu lassen.

«Wurde Herr Otte dazu befragt, was er zur Tatzeit in der Gegend zu suchen hatte?»

«Aber mein lieber Doktor Bischop.» Der Polizeirat setzte ein wissendes Lächeln auf. «Es ist wohl stark anzunehmen, dass er das Amüsement gesucht hat, wie jeder, der sich des Nachts auf die Reeperbahn begibt. Waldemar Otte stammte aus Danzig. Ich kenne die Stadt nicht näher, aber ich schätze, dass es ein vergleichbares Viertel dort nicht gibt.»

«Er wurde also nicht genauer dazu befragt», kommentierte Sören und las weiter. «Hier steht, er habe beobachtet, wie mehrere Personen auf das spätere Opfer einschlugen. Hat Waldemar Otte irgendwelche Angaben dazu gemacht, womit auf das Opfer eingeschlagen wurde?»

Schön schüttelte nachdenklich den Kopf, während Sören laut weiterlas.

«Da er einen Raubüberfall vermutete, verständigte er den nächsten Wachtmeister und kehrte in dessen Begleitung an den Ort des Geschehens zurück, wo man die Leiche von Simon Levi entdeckte. Mit Hilfe mehrerer hinzugezogener Polizisten durchkämmte man daraufhin die Lokalitäten in der näheren Umgebung, bis die gesuchten Personen in der Gaststätte *Zum kleinen Fässchen* durch den Zeugen identifiziert werden konnten. Drei der Personen entzogen sich durch Flucht der Festnahme, ein Vierter konnte in Gewahrsam genommen werden. Bei dem Verdächtigen handelt es sich um den ...» Sören machte einen tiefen Atemzug. «David Bischop.» Er blickte Schön provozierend an. «Sie kennen ja *seine* Aussage.»

«Allerdings.»

«Mein Mandant leugnet nicht, das spätere Opfer geschlagen zu haben.»

«Doktor Bischop. Es ist müßig, hier über die Aussagen eines Verdächtigen bezüglich des Tathergangs zu streiten. Er wurde zweifelsfrei als einer der an der Tat Beteiligten vom Zeugen identifiziert.» Schön machte eine kurze Pause. «Und er war in Begleitung umtriebigen Gesindels. Die Namen sind uns bekannt, und meine Leute halten die Augen offen.»

«Haben Sie bereits Nachforschungen wegen der Frau eingeleitet, die nach Aussage meines Mandanten am Geschehen beteiligt war?»

Polizeirat Schön erhob sich und streckte Sören die Hand zur Verabschiedung entgegen. «Doktor Bischop. Sie können sicher sein, wir tun alles, was wir für nötig halten.»

Pünktlich um halb acht betrat Sören den Convent Garten. Nicht wie sonst über den Eingang an der Fuhlentwiete, vor dem sich heute sogar eine kleine Schlange gebildet hatte, sondern über das Portal an der Kaiser-Wilhelm-Straße, das den Besitzern einer Logenkarte vorbehalten war. Mathilda hatte die Karte für ihn an der Abendkasse hinterlegt. So, wie es aussah, war das Konzert restlos ausverkauft. Auf der Treppe zum Rang staute sich bereits das Publikum, das nach oben drängte. Im Foyer vor den Logen war es nicht weniger voll.

Wohin Sören auch blickte, überall sah er bekannte Gesichter, als hätte sich ein Teil der städtischen Prominenz am heutigen Abend auf ein Stelldichein verabredet. An der Garderobe erkannte er Gustav Amsinck, der dem alten Münchmeyer, beschwerlich auf einen Stock gestützt, aus dem Mantel half. Münchmeyer mochte auf die Neunzig zugehen, und man sah ihn nur noch selten in der Öffentlichkeit. Neben ihnen machte er Emil Wohlwill aus, den Direktor der Norddeutschen Affinerie, und unweit dahinter identifizierte Sören die geschwungene Adlernase und die leuchtend blauen Augen von Senator Burchard, seinem alten Kontrahenten, dessen Blick auf das Dekolleté einer Sören nicht näher bekannten Begleitung geheftet schien. In früheren Jahren hatten sie sich am Steuer ihrer Segelboote erbitterte Duelle auf Alster und Elbe geliefert. Sören musste unweigerlich schmunzeln. Die Dame an Burchards Seite war nicht seine Gemahlin.

Nachdem er der Garderobiere seinen Rock gereicht

hatte, führte ihn eine junge Platzanweiserin zu seiner Loge, die bis auf einen einzigen Platz hinter einer hünenhaften Gestalt bereits belegt war. Als er sich gesetzt hatte, musste Sören feststellen, dass ihm der Blick auf die Bühne durch den Riesen tatsächlich verwehrt wurde. Während er versuchte, je nach Kopfhaltung des Mannes vor ihm abwechselnd rechts oder links an ihm vorbeizuschauen, machte ihn dessen Begleitung auf die Unannehmlichkeit aufmerksam. Als der Mann sich umdrehte, konnte Sören im Schummerlicht der Loge erkennen, wer da vor ihm saß. Im gleichen Moment musste ihn Adolph Woermann ebenfalls erkannt haben, denn der freundliche Vorschlag, die Plätze tauschen zu können, endete abrupt in einem herzhaften Lachen.

«Wie damals in der Schule», meinte Woermann amüsiert. «Nur dass ich früher hinter dir gesessen habe.» Er reichte Sören die Hand. «Schön, dich hinter mir zu wissen. – Du kennst meine Gattin?»

Sören erhob sich kurz zur Begrüßung und machte eine höfliche Verbeugung. Nein, Franziska Woermann hatte er nie kennengelernt, obwohl Adi bei jedem ihrer meist zufälligen Treffen die längst ausstehende Einladung in sein Haus erneut vorbrachte. Inzwischen zweifelte Sören allerdings daran, dass es ihm wirklich ernst damit war, denn Gelegenheiten dazu hatte es mehr als genug gegeben. Obwohl Adi Woermann ihm eigentlich noch immer etwas schuldig war. Seit fünfzehn Jahren. Damals hatte er seinem ehemaligen Klassenkameraden zu einem Wettsieg über dessen langjährigen Konkurrenten O'Swald verholfen, als es darum ging, wer von den beiden Afrikafahrern die schnelleren Segler besaß. Die Regatta, die er am Steuerstand von Adolph Woermanns Boot auf der Elbe gewonnen hatte, war Sören noch immer präsent, als wäre es letzten Sommer gewesen. Dabei realisierte er erst, wie viele Jahre es nun schon her war, seit er das letzte Mal unter Segeln auf dem Wasser gewesen war; ein eigenes Boot besaß Sören schon lange nicht mehr.

Vor allem aber war er überrascht, Adi bei einer solchen Veranstaltung zu treffen. Woermanns bewegten sich eigentlich auf einer anderen gesellschaftlichen Ebene. Als Kaufmann und Politiker war Adolph Woermann auf internationalem Parkett zu Hause, mit dem Erfolg seiner Afrika-Geschäfte und mit seinen entsprechenden Interessen hatte er die große politische Bühne betreten. Und das bereits in den achtziger Jahren, als er gemeinsam mit Reichskanzler Bismarck die Grundzüge der deutschen Kolonialpolitik als Interessenvertreter eines riesigen Handelsimperiums entworfen hatte. Seither galt er als King of Hamburg. Neben seiner eigenen Reederei, der Woermann Linie, hatte er sich als Aufsichtsratsmitglied der vor zehn Jahren gegründeten Deutschen Ost-Afrika-Linie ein weiteres Standbein im Reederei- und Handelswesen mit dem Schwarzen Kontinent geschaffen. Wenn es um Afrika ging, kam man an Woermann nicht vorbei.

Erst als das Licht gelöscht wurde, endete ihre Konversation, die streckenweise einem Balanceakt zwischen förmlicher Etikette und jovialen Floskeln geglichen hatte. Sie gaben sich abermals das Versprechen einer gegenseitigen Einladung, allein um von alten Zeiten plaudern zu können. Aber selbst wenn es diesmal tatsächlich dazu kommen sollte, bezweifelte Sören, dass Mathilda daran Spaß haben würde. Adis Angebot hingegen, man könne sich ebenso gut auf ein gemeinsames Mittagsmahl in der Stadt treffen, klang da schon realistischer, zumal ihrer beider Arbeitsplätze nicht so weit entfernt voneinander lagen und Sören schon immer einen Blick in Woermanns neues

Kontorhaus an der Großen Reichenstraße hatte werfen wollen.

Natürlich hatten sie die Plätze nicht getauscht. Sören bedauerte es, Tilda nicht sehen zu können, aber er bildete sich ein, ihr Violinspiel aus dem Orchester heraushören zu können. Es war ihr Tag, und er gab sich die beste Mühe, wenigstens während des Konzerts nicht an David, Simon Levi und Waldemar Otte denken zu müssen, was ihm schwerfiel. Er lauschte dem Klang der Instrumente und hatte Tilda förmlich vor Augen. Dann gewannen Ottes Papiere doch die Oberhand, und erst der einsetzende Beifall des Publikums holte ihn aus seinen schweren Gedanken zurück in die Gegenwart.

«Es war phantastisch. Dieser Wunderknabe am Klavier, und du natürlich auch.» Nachdem Sören den Kamin im kleinen Salon angefeuert hatte, zog er die Schuhe aus und machte es sich auf der Chaiselongue davor bequem.

Tilda war kurz im Kinderschlafzimmer gewesen und hatte nach dem Rechten gesehen. Jetzt setzte sie sich zu Sören und betrachtete die Flammen, die im Kamin züngelten. «Nein, ich war unkonzentriert. Weil ich die ganze Zeit an dich denken musste. An uns.»

«Das tut mir leid.» Behutsam streichelte er ihre Füße, die sie unter ein Kissen geschoben hatte.

«Aber nun bin ich einigermaßen beruhigt. Man weiß also nicht, dass du ...»

Sören schüttelte den Kopf. «Nein. Ich war heute im Stadthaus und habe mit Polizeirat Schön gesprochen. Sie sagen, es war ein Unfall. So stand es auch in der Zeitung.»

Tilda nickte. «Ich habe es gelesen.»

«Seit wann liest du den *Correspondenten*?»

«Ich habe alle Zeitungen gekauft, die ich kriegen konnte.»

«Kein Wunder, dass du dich nicht konzentrieren konntest. Und was meinst du?»

«Es macht mir Sorgen. Erst die Sache mit David, die mir unerklärlich erscheint. Er würde so etwas doch nicht tun. Dann der Tod des Zeugen, am nächsten Tag bricht man in dein Büro ein ... Was ist da los? Worum geht es?»

«Wenn ich das nur wüsste. Möglicherweise geht es um Papiere, in deren Besitz Waldemar Otte war. Ich habe mir gestern schon zusammen mit Martin den Kopf zerbrochen, aber wir sind zu keinem vernünftigen Ergebnis gekommen. Irgendetwas müssen wir übersehen haben. Eine Kleinigkeit, ein klitzekleines Detail.» Während er ihr vom Inhalt der Dokumente erzählte, zog er Tilda die Strümpfe aus und wärmte ihre kalten Füße mit seinen Händen.

«Dann geh zu Ballin und frag ihn.»

«Das werde ich gleich morgen machen. Wenn er mich denn vorlässt.»

«So, wie ich ihn privat kennengelernt habe, war er sehr freundlich und zuvorkommend. Witzig und fast ein wenig charmant – wenn da nur nicht diese gnomenhafte Erscheinung wäre. Wenn ich dir behilflich sein kann ...»

Sören nickte. «Ja, aber nicht, was Ballin betrifft. Ich muss dringend an Davids Kumpane heran. Vor allem an diesen Willi Schmidlein, der gemeinsam mit David angereist ist. Von seiner Aussage hängt alles ab. Er wird irgendwo untergekrochen sein. Ich weiß nur, dass er angeblich eine Anstellung bei Blohm + Voss in Aussicht hat. Um welche Arbeit es sich dabei genau handelt, konnte mir David nicht sagen. Der Name des anderen Kumpans ist Jan Hauer. Er war zwar bei der Schlägerei nicht dabei, aber vielleicht weiß er, wo Schmidlein steckt.»

«Und die anderen Genossen, die dabei waren?»

«Der rote Peter und ein gewisser Adolph Rüter. Diese Namen stehen zumindest in den Fahndungsbüchern der Polizei. Dann soll da noch ein Kerl namens Hans dabei gewesen sein. Von dem kenne ich aber nur den Vornamen. Tja, die kommen alle aus der Stadt und werden ihre eigenen Kontakte haben. Du kannst dich ja mal umhören.»

«Ich werde mein Bestes tun – und sonst? Kann ich sonst noch etwas für dich tun?» Tilda schob ihre Füße an Sörens Hosenbein empor. «Ohne Bart siehst du viel jünger aus.» Sie lächelte. «Fast hätte ich dich nicht erkannt.» Aus dem Kamin schlugen knisternde Funken. «Ich habe das dringende Bedürfnis, bei dir zu sein ... ganz dicht ... Jetzt sofort.»

Als sie sich aufsetzte und begann, die Bänder ihres Kleides zu öffnen, blickte Sören sie einen Moment irritiert an. Dann lächelte er, griff nach ihren Hüften und zog sie zu sich heran. Tilda hatte keine Hemmungen. Anfangs war ihm ihre Direktheit unheimlich gewesen, aber inzwischen war er ihr dankbar dafür.

―― *Der Generaldirektor* ――

Schließlich war es einfacher, als Sören gedacht hatte. Den ganzen Vormittag über hatte er sich den Kopf zerbrochen, wie sich der Kontakt am unverfänglichsten herstellen ließe. Ein privater Besuch bei Ballin schied aus, und er zweifelte daran, dass er einen sofortigen Termin in der Direktionsetage der Hapag bekommen würde, wo er nicht einmal einen triftigen Grund vorweisen konnte. Am besten war es also, wenn er ihn ungezwungen und zufällig in ein Gespräch verwickelte. Aber bei welcher Gelegenheit? Martin hatte erwähnt, dass Ballin jeden Mittag gemeinsam mit seinem Freund Warburg die Börse aufsuchte. Max Warburg, den Direktor des gleichnamigen Bankhauses, kannte Sören ebenfalls nur flüchtig, aber dessen Bruder, den Kulturwissenschaftler Aby Warburg, hatte er im Hause Brinckmann kennengelernt, als er seine Mutter zu einem Empfang begleitet hatte. Sie hatten den ganzen Abend über gemeinsam an einem Tisch gesessen und sich angeregt unterhalten.

Aby Warburg war damals einer Einladung der Oberschulbehörde gefolgt und hatte tagsüber eine Vorlesung über Leonardo da Vinci gehalten. Clara Bischop, die zu der Zeit gemeinsam mit Justus Brinckmann und Senator von Melle Mitglied in einem Komitee zur Förderung kulturwissenschaftlicher Studien und Vorträge gewesen war, hatte Warburg bei der Gelegenheit einen kostbaren Atlas mit anatomischen Zeichnungen da Vincis aus dem Nachlass ihres Vaters geschenkt. Nicht ohne Hintergedanken, denn fortwährend war sie auf der Suche nach Spendern und Geldgebern für ihre zahlreichen Projekte. Tatsächlich hatte das Bankhaus M. M. Warburg kurz darauf nicht nur einen Betrag zum Bau eines Heims für gefallene Mädchen gespendet, sondern war dem Verein zudem noch mit einer Darlehenssicherheit für die Grundstückspacht behilflich gewesen. Ob es danach weitere Geschäftsverbindungen gegeben hatte, entzog sich Sörens Kenntnis. Soweit er sich erinnerte, war auch kein Vertreter des Bankhauses bei Claras Einäscherung zugegen gewesen, doch ein Kondolenzschreiben hatte man geschickt.

Sören brauchte nur wenige Minuten vor der Börse zu warten, bis sich ihm die gesuchte Gelegenheit bot. Warburg und Ballin verließen die Börse, in ein Gespräch vertieft. Sie schienen keinen Blick für die Umgebung zu haben, sondern gestikulierten mit ihren Händen die geheime Zeichensprache der Finanzwelt. Ein versehentlicher Rempler im Gedränge des Eingangs, und Warburgs Zylinder ging zu Boden.

«Oh, Verzeihung. Wie ungeschickt von mir ...» Sören bückte sich schnell, hob den Zylinder auf und klopfte mit den Händen den Straßenstaub von der edlen Kopfbedeckung. Sein entschuldigender Blick bekam etwas Überraschtes. «Herr Warburg?»

Der Angesprochene reagierte etwas verlegen und nahm den Zylinder entgegen. «Das kann schon mal passieren.»

«So ein Zufall», begann Sören und stellte sich mit Namen vor. Er dankte Warburg für die Anteilnahme, und der Bankier überspielte gekonnt, dass er mit Sörens Namen ganz offensichtlich nichts anzufangen wusste. Auch wenn es überflüssig war, denn jeder Bürger der Stadt kannte den Mann an der Spitze der Hapag, stellte er seinen Begleiter Ballin höflich vor.

«Angenehm, wir hatten vor ein paar Jahren einmal flüchtig die Gelegenheit, uns kennenzulernen.» Er reichte Ballin, der ihn fragend anblickte, die Hand.

«Das muss zu einer Zeit gewesen sein, als mein Personengedächtnis noch funktionierte.» Er lächelte Sören verschmitzt an. «Helfen Sie mir auf die Sprünge.»

«Sören Bischop. Advokat. Wir wohnen in der Feldbrunnenstraße gleich bei Ihnen um die Ecke. Meine Frau war damals häufiger bei Ihrer Gemahlin zu Gast. Es ging um diese Adoptionsangelegenheit.»

Ballin nickte und gab sich Mühe, seine Erinnerungslücke zu verbergen. Es war ja auch wirklich nur ein kurzer Kontakt gewesen. An Mathilda hätte er sich bestimmt erinnert, und wenn nicht er, dann seine Frau. Etwas verlegen zückte er ein Taschentuch aus seinem Wintermantel, wendete sich höflich ab und schnäuzte sich die Nase.

«Ich hätte mich in den nächsten Tagen so oder so an Sie wenden müssen ... aus beruflichen Gründen.»

Ballin verstaute sein Taschentuch und blickte kurz zu Warburg. Dann zog er eine belustigte Grimasse. «Als Advokat? Ich hoffe nicht, dass ich bluten muss?» Wieder ein abschätzender Blick zu Warburg, dann stülpte er plötzlich die Innenfutter beider Manteltaschen nach außen. «Sorry. No money!»

Als Warburg in schallendes Gelächter ausbrach, musste auch Sören lachen. Ballin schien wirklich Humor zu haben. «Nein, eine lapidare Geschichte eigentlich. Einer meiner Mandanten, ein Zulieferbetrieb einer großen Werft in Danzig ... Man beruft sich auf einen Vertrag, den die Werft angeblich mit der Hamburg-Amerika Linie hat. Bevor die Sache im Detail geprüft wird ... Nun, ich dachte mir, es

ist am einfachsten, wenn die Hapag einfach dazu Stellung nehmen könnte, ob Verträge existieren oder nicht. Man muss so etwas ja nicht an die große Glocke hängen ...»
Sören hatte absichtlich in Rätseln gesprochen, aber seine Andeutungen schienen ihre Wirkung nicht zu verfehlen.

Ballins Lachen gefror innerhalb von Sekunden. «Eine Danziger Werft?»

Sören tat gleichgültig. «Die Schichau-Werft.»

Es war nicht zu übersehen, wie der Weltmann darum kämpfte, nicht die Beherrschung zu verlieren – warum auch immer. Langsam knöpfte er seinen Mantel auf und zog eine Taschenuhr hervor. «Wissen Sie was? Kommen Sie doch einfach in einer guten Stunde in mein Büro am Dovenfleeth.»

Die Zentrale der Hamburg-Amerika Linie lag unweit vom Dovenhof an der Ecke zur Lembkentwiete. Noch, denn niemandem in der Stadt konnte entgehen, wie sich die Hapag zukünftig im Stadtbild präsentieren würde. Seit knapp zwei Jahren wuchs zwischen Alsterdamm und Ferdinandstraße der künftige Firmensitz, ein opulenter Bau mit einer repräsentativen, elfachsigen Fassade zur Binnenalster, dessen Größe die führende Position der Hapag auch baulich widerspiegeln würde. Bis auf den neuen Dammtorbahnhof gab es kein Bauprojekt in der Stadt, das an Größe und bestimmt auch an Kosten mit diesem Neubau vergleichbar gewesen wäre. Nicht einmal der erst vor kurzem fertiggestellte Bankpalast der Dresdner Bank am Jungfernstieg konnte es an Würde und Pracht mit dem Neubau der Hapag-Verwaltung aufnehmen.

Bezeichnenderweise war es immer wieder der gleiche Architekt, den man mit diesen hochkarätigen Repräsentationsbauten beauftragte: Martin Haller. Nicht erst seit er dem neuen Hamburger Rathaus maßgeblich Gestalt gegeben hatte, schien er der Erste seiner Zunft zu sein, der für solche Aufgaben in Frage kam. Er errichtete Firmensitze, Verwaltungsbauten und Kontorhäuser gleichermaßen wie repräsentative Villen rund um die Alster. Er war der unbestrittene Primus inter Pares. So hatte er etwa den neuen Firmensitz der Laeisz-Reederei gebaut, und auch hier unten am Zollkanal reihten sich von ihm entworfene Kontorhäuser wie Perlen an einer Schnur: Dovenhof, Nobelshof sowie der Neubau der Transport AG am Zippelhaus.

Bestimmt war er auch der Architekt des bisherigen Firmensitzes der Hapag am Dovenfleeth gewesen. Das folgerte Sören zumindest aus dem ganzen Renaissance-Zierrat, der über die Fassade verteilt war wie auf einer Hochzeitstorte. Spätestens die verspielte Dachlandschaft mit kleinen Giebelchen, Erkern und einem krönenden Eckturm verwies auf Haller. Und über allem wehte die Flagge der Reederei in leichten Windstößen. Unbeeindruckt blickte Sören an der Fassade empor. Ein einziges Fenster über dem Portal war von Bauschmuck eingerahmt wie das Herrscherzimmer einer fürstlichen Residenz. Mit ziemlicher Sicherheit hatte Albert Ballin genau dort sein Büro.

Sören sollte mit seiner Vermutung recht behalten, aber als er das Zimmer betrat, war er doch überrascht. Er musste nur wenige Minuten warten, bis er zu Ballin vorgelassen wurde. Der Raum wirkte überfrachtet und düster. Die Wände waren bis zur Schulterhöhe mit dunklen Holzpaneelen getäfelt und darüber mit grüner Seide bespannt. Obwohl es noch helllichter Tag war, brannten bereits die tulpenförmigen Gasleuchten, zwischen denen gerahmte Fotografien der bedeutendsten Hapag-Schiffe hingen.

Beherrscht wurde der Raum von einer übergroßen Ledergarnitur im englischen Stil, gegenüber der selbst Ballins massiver Schreibtisch zierlich aussah. Albert Ballin wirkte fast verloren zwischen dem düsteren Mobiliar. Erst jetzt fiel Sören auf, wie klein der Mann doch war. Gerade, auf den Zehenspitzen stehend, hätte er über die hohen Rückenlehnen der messingbeschlagenen Ohrensessel hinwegblicken können. Ballin forderte Sören auf, Platz zu nehmen, und bat seinen Sekretär, einen Tee zu bringen.

«Zu klein, mein lieber Doktor Bischop. Einfach zu klein», antwortete Ballin auf die Frage nach dem Grund des bevorstehenden Umzugs. «Ich hoffe, wir können den Neubau am Alsterdamm Ende des Jahres beziehen. Wir platzen aus allen Nähten.» Er rückte seinen Rock zurecht und strich sich lachend über den Bauch. «Im wahrsten Sinne des Wortes: Den Wintermonaten muss man Tribut zollen. Wenn man schon von kleiner Statur ist, gereicht einem jedes Gramm zu viel zum Nachteil.»

Ballin hatte seine Verstimmtheit von vorhin ganz offensichtlich vergessen. Seine Augen blickten Sören prüfend an, als wollte er erkunden, wie die selbstironische Komik von seinem Gast aufgenommen wurde. Auf Distanz schien Ballin keinen Wert zu legen. Während er sprach, beugte er sich weit über den Tisch, wobei auffiel, dass er seinen Kopf stets etwas schief hielt. So, als könnte er auf dem einen Ohr nicht sonderlich gut hören. Seine Mimik war phänomenal. Mathilda hatte recht gehabt, die Natur hatte es mit diesem Mann wirklich nicht gut gemeint. Nicht nur, dass er gnomenhaft klein wirkte, nein, seine Gesichtszüge wurden durch die dicken, geschwollenen Lippen und die fast kürbisartige Nase entstellt. Ganz im Gegensatz zu dieser Hässlichkeit stand der sanfte, fast ständig fragende Blick aus seinen freundlichen, dunkelbraunen Augen.

Auch der Wohlklang seiner sonoren Stimme mochte nicht zum Rest seiner Erscheinung passen.

«Die Hapag hat im vergangenen Geschäftsjahr annähernd fünf Millionen Kubikmeter Frachtladung transportiert. Die Größenordnung ist so gewaltig, dass mir kein räumlicher Vergleich einfiele, der das Volumen auch nur annähernd verständlich machen könnte.» Ballin gab einen kurzen Seufzer von sich. «Es fällt mir zunehmend schwer, alles im Blick zu behalten. Das war bislang meine Devise.»

Sein Versuch, mit den Schultern zu zucken, erinnerte Sören an die mechanisch eingeschränkte Bewegung eines hölzernen Hampelmanns. Ballins große Hände und seine viel zu kurzen Arme schienen für den Bruchteil einer Sekunde außer Kontrolle zu geraten, und Sören erwartete bereits, sie könnten über seinem Kopf zusammenschlagen, aber die Geste endete nur mit dem Verrutschen von Ballins Weste. «Wahrscheinlich tanzen wir inzwischen einfach nur auf zu vielen Hochzeiten. Mit diesem Vorwurf werde ich fast täglich konfrontiert. Aber was soll ich machen? Angefangen hat alles mit der Aufnahme der Ostasienfahrten, dem Paketdienst. Das ist ja nicht gleich um die Ecke. Um die Zustände vor Ort kontrollieren und einschätzen zu können, bedarf es Wochen ... was rede ich, es gehen Monate ins Land. Ich muss einfach lernen, unseren Agenten in Übersee Vertrauen zu schenken, wie sie die Lage einschätzen ...»

Es klang, als wollte Ballin ihm sein Herz ausschütten, und Sören wagte es nicht, seinen Redefluss zu unterbrechen. «Und dauernd fragt mich jemand, ob ich nicht für dieses und jenes Amt zusätzlich zur Verfügung stehen würde. Mitte letzten Jahres habe ich mich dazu hinreißen lassen, den Vorsitz des Vereins Hamburger Reeder zu übernehmen.» Ballin machte eine rhetorische Pause und schüttelte verständnislos den Kopf. «Ein undankbarer Job, mein lieber Doktor Bischop. Die meisten Reedereien in der Stadt sind ja immer noch Familienunternehmen und glauben, man könne ohne das Reich überleben.» Er rieb sich die Hände und schlug sich auf die Schenkel wie ein kleiner Junge, der gerade beim Ditschen gewonnen hatte. Dann lachte er fast gehässig auf. «Einige der noblen Herren bereuen es wohl schon, dass man den kleinen Juden gerufen hat.»

«Durch Ihre Position als Direktor sollten Sie über den Dingen ...»

«Generaldirektor», verbesserte Ballin und erhob sich kurz, als wolle er den Sitz seiner Kleidung kontrollieren. «Kennen Sie den Unterschied zwischen einem Direktor und einem Generaldirektor?» Er ließ Sören keine Zeit zu antworten und imitierte mit einem spöttischen Grinsen auf den wulstigen Lippen einen militärischen Gruß.

«Als Generaldirektor ist man General. Da wird nicht mehr hinterfragt, ob eine Entscheidung sinnvoll ist oder nicht. Mit diesem Rang hat man mehr als ein Mitspracherecht – vor allem gegenüber den ostelbischen Bürokraten im Reich. Letztendlich ist es heute nur noch die Religion, die einen auf eine andere Stufe stellt. Bei Hofe wird vielleicht darüber hinweggesehen, zumindest bei offiziellen Anlässen. Aber sonst? Der Teufel steckt im Detail, mein lieber Doktor Bischop. Es ist der alltägliche Antisemitismus, der einem begegnet. Selbst hier in dieser weltoffenen Stadt. Man möchte in der Öffentlichkeit nicht mit einem Juden an einem Tisch sitzen. Glauben Sie mir, ich weiß, wovon ich rede ...»

Sören dachte an die Speisehallen in der Auswandererstadt. Hatte Ballin nicht selbst dafür gesorgt, dass Juden und Christen ihr Essen in getrennten Räumlichkeiten zu sich nahmen? Oder war es vielleicht genau umgekehrt? Wollte man es den jüdischen Auswanderern nicht zumuten, gemeinsam mit jemandem an einem Tisch zu sitzen, der Schweinefleisch und unkoscher zubereitetes Essen zu sich nahm? Handelte es sich um die Besänftigung der Gemüter unterschiedlicher Kulturen, oder war es reiner Geschäftssinn gewesen, der ihn dazu veranlasst hatte, die Religionen räumlich voneinander zu trennen?

«Man muss der Realität Rechnung tragen.»

«In der Tat, mein Lieber, in der Tat. Aber ich langweile Sie mit meinen kleinen Sorgen. Sie sind ja aus einem anderen Grund gekommen.» Ballin nahm abrupt eine geschäftsmännische Pose ein. «Es ging um die ... Schichau-Werft. Richtig?»

Er erhob sich und ging zu seinem Schreibtisch, wo er einem Ordner ein paar Blätter entnahm, die er rasch überflog. So schnell, dass man davon ausgehen konnte, dass er ihren Inhalt bestens kannte.

Ballin nahm seinen Klemmer vom Nasenrücken und schüttelte den Kopf. «Nein, wie ich bereits vermutete. Es gibt keinen aktuellen Vertrag mit Schichau in Danzig.»

Sören überlegte, mit welchem Stichwort er Ballin ein paar Informationen entlocken konnte. Viel wusste er ja nicht, und den Namen Otte wollte er keinesfalls selbst ins Spiel bringen. «Es hat wohl etwas mit dem Dampfer Kaiser Friedrich zu tun.»

«Ach.» Ballin klatschte in die Hände. «Das hätten Sie gleich sagen müssen, dass es um den Schnelldampfer geht. Wir nennen den Kahn nur noch Turtle. Kennen Sie die Geschichte?»

Sören schüttelte den Kopf.

«Der Kaiser Friedrich wurde vom Norddeutschen

Lloyd bei Schichau in Auftrag gegeben. Ursprünglich sollte die Vulcan-Werft in Stettin den Auftrag erhalten, aber Schichau konnte deren Baupreis deutlich unterbieten. Und wie das dann so ist: Nach den ersten Probefahrten 1897 war schon klar, dass der Schnelldampfer die erforderliche Höchstgeschwindigkeit von über 21 Knoten nicht erreichen konnte. Das aber war vertraglich zwischen Lloyd und Schichau festgelegt. Die Werft hat mehrmals versucht, das Schiff umzubauen, aber der Pott kam einfach nicht in die Hufe. Tja – der Lloyd hat das Schiff letztendlich nicht abgenommen. Warum auch. Inzwischen war ja der Kaiser Wilhelm der Große in Stettin vom Stapel gelaufen. Und das Schiff ist nun wirklich schnell. Von Southampton nach Sandy Hook hat der Lloyd nur fünf Tage und zwanzig Stunden benötigt. Das war natürlich ein Desaster für Schichau.»

«Und was hat die Hapag mit dem Schiff zu tun?»

«Wir hatten das Schiff vor zwei Jahren für einige Fahrten unter Charter. Aber es war eine Katastrophe: zu langsam, zu hoher Verbrauch, und die Ausstattung ließ auch zu wünschen übrig.»

Sören erinnerte sich, in Ottes Papieren etwas von 24 Knoten und 50 000 PS gelesen zu haben. «Wird es denn in absehbarer Zeit eine Neuauflage der Transatlantik-Wettfahrten zwischen Hapag und Lloyd geben?»

«Wie kommen Sie darauf? Nein, ganz sicher nicht. Die Schnellpassagen überlässt die Hapag schon seit einiger Zeit dem Lloyd. Für uns heißt die Devise: Fracht vor Passagierfahrt. Außerdem ziehen wir mit dem Lloyd inzwischen an einem Strang. Der ruinöse Ratenkrieg zwischen den Gesellschaften hat ein Ende. Seit zwei Jahren fahren wir sogar im gemeinsamen Liniendienst nach Ostasien. Im Wechsel. Natürlich geben wir das Passagiergeschäft nicht ganz auf, aber die Passagen auf unseren Schnelldampfern gehören nicht mehr zum Kerngeschäft. Entsprechend gibt es auch keine Wettfahrten mehr. Als der Lloyd den Kaiser Wilhelm der Große in Dienst stellte, haben wir die ersten P-Dampfer geordert.» Ballin deutete auf ein Foto an der Wand.

«Es sind in erster Linie Frachtschiffe, auf denen wir aber auch eine begrenzte Anzahl vorzüglicher Kabinen haben. Da wir die Reisegeschwindigkeit und damit auch den Kohleverbrauch herabgesetzt haben, können wir unsere Kapazitäten wesentlich effizienter nutzen und haben uns gleichzeitig eine neue Klientel gesichert, die mehr Wert auf Luxus und Reisekomfort legt als auf eine möglichst schnelle Überfahrt. Die halsbrecherischen Fahrten auf den Schnelldampfern sind ja häufig genug mit gewissen Einbußen verbunden, was das körperliche Wohlbefinden der Passagiere betrifft. Es ist eben nicht jedermanns Sache, mit mehr als 20 Knoten Geschwindigkeit durch kabbeliges Meer zu stampfen. Ich selbst empfinde dabei auch häufig genug Unbehagen.»

Ballin ging zu einer anderen Fotografie, die ein kleineres Schiff mit dem eleganten Bug eines Klippers zeigte. «Ein ganz anderer Sektor, auf den wir uns in Zukunft noch mehr konzentrieren wollen, ist die Lust- und Promenadenfahrt. Dafür lassen wir First-Class-Dampfer wie die Prinzessin Victoria Luise bauen.»

Sören ging näher an die Abbildung heran und betrachtete das Schiff. Dann fiel ihm ein, dass Martin vorhatte, im nächsten Monat eine Kreuzfahrt auf so einem Schiff der Hamburg-Amerika Linie zu machen. «Und diese Schiffe lassen Sie auch nicht bei der Schichau-Werft bauen?»

Ballin reagierte etwas zu heftig. «Herr Doktor Bischop. Ich wiederhole mich nur ungern. Es gibt zurzeit keinerlei

Verträge zwischen der Hapag und der Schichau-Werft.» Ballins Augen blitzten nervös auf. «Unsere P-Dampfer geben wir seit Anbeginn auch bei Harland & Wolff in Belfast in Auftrag, und unser Kreuzfahrer ist hier im Hafen bei Blohm + Voss vom Stapel gelaufen. So, wie die meisten unserer Schiffe. – Darf ich Sie jetzt fragen, wer auf die Idee kommt, es gäbe irgendwelche vertraglichen Vereinbarungen zwischen der Hapag und der Schichau-Werft?» Ballin fixierte Sören ungeduldig.

«Ich möchte meinen Mandanten, wie Sie sicher verstehen werden, nicht namentlich ins Spiel bringen, aber es handelt sich um ein Unternehmen, das sich auf die Herstellung von Schiffsmotoren versteht. Vor einiger Zeit gab es eine Anfrage der Schichau-Werft bezüglich der Kosten für ein neumodisches Antriebsaggregat, dessen Einsatz man für den Bau eines größeren Schiffes in Erwägung ziehen würde. Als Kommittenten des in Aussicht gestellten Auftrags nannte die Werft meinem Mandanten gegenüber die Hapag, und da sich das Auftragsvolumen in einer Größenordnung bewegt, die selbst für einen Kostenvoranschlag gewisse Vorinvestitionen erforderlich macht, bat man mich um eine wohlwollende Prüfung.»

Ballins Gesichtsausdruck hatte sich schlagartig verändert. «Das ist absurd», reagierte er merklich. Auch wenn er sich Mühe gab, seinem Gast gegenüber höflich zu bleiben, war nicht zu übersehen, dass er verärgert war. «Und was hat der Kaiser Friedrich damit zu tun?»

Sören hatte den Eindruck, dass Ballin die Sache zu schaffen machte. «Der Name des Schiffes fiel in diesem Zusammenhang. Für meinen Mandanten klang es jedenfalls so, als wenn es zwischen der Werft und Ihrem Unternehmen bezüglich dem Kaiser Friedrich irgendwelche Vereinbarungen gäbe.» Spätestens jetzt hätte Ballin den

Briefwechsel mit Waldemar Otte anführen müssen. Aber er tat es nicht.

«Eine völlig haltlose Behauptung.» Innerhalb weniger Minuten hatte sich Ballins Miene vollständig verändert. Das gutmütige Lächeln war aus seinem Gesicht entschwunden. Seine Mundwinkel zuckten nervös, und der Blick signalisierte eine gefährliche Mischung aus Missmut und Feindseligkeit.

Die Situation war Sören unangenehm, und die raschen Stimmungsschwankungen machten ihm den Mann unheimlich. Aber Ballins Launenhaftigkeit zielte anscheinend nicht allein auf Sören ab. In diesem Augenblick öffnete Ballins Sekretär die Tür und kündigte einen Mr. Pirrie an, der soeben eingetroffen sei und im Vorzimmer warte.

«Nicht jetzt!», zischte ihm Ballin scharf entgegen, und der Sekretär schloss die Tür sofort wieder.

Sören erwartete jeden Augenblick, dass Ballins Erregtheit in einen Tobsuchtsanfall wechseln könnte, und er beschloss, sich zu empfehlen. «Jedenfalls konnten wir uns so einen komplizierten Briefwechsel zu einer lapidaren Angelegenheit ersparen.» Sören stand auf und dankte Ballin für seine Offenheit.

«Ich nehme doch wohl an, dass sich das Ganze damit erledigt hat», erwiderte Ballin, während er seinem Gast die Hand schüttelte. «Und falls es noch weitere ungeklärte Fragen geben sollte, dann zögern Sie nicht, mich erneut aufzusuchen.»

Sören war sich sicher, dass er schneller auf dieses Angebot zurückkommen würde, als es Ballin recht sein würde.

―― *Auf der Werft* ――

Die Lichter des Hafens, die sich auf dem Wasser spiegelten, ließen den Strom wie einen wogenden Teppich mit unzähligen, glitzernden Falten am Ufer entlangziehen. In wenigen Minuten würden die Gaslaternen im Zwielicht des winterlichen Abends die Oberhand gewinnen, aber noch schimmerte die Wolkendecke in einem schnell verblassenden Blauviolett über dem Horizont. Eine seichte Brise trug nasskalte Luft von Westen in die Stadt. Sören hatte gut daran getan, einen zweiten Pullover anzuziehen. Die filzige Wolle stauchte zwar unter der abgewetzten Joppe, aber es versprach eine lausige Nacht zu geben, und Sören wusste nicht, wie lange er heute unter freiem Himmel ausharren musste. Der alte Bowler mit der eingerissenen Krempe, das blaue Schweißtuch um den Hals geknotet, die stockfleckige Wollhose und die derben Lederschuhe, nichts unterschied ihn von den übrigen Gestalten, die auf den Anleger der St. Pauli Landungsbrücken zusteuerten.

Den Kragen hochgeschlagen, die Schultern zusammengepresst und die Hände in den Hosentaschen vergraben – Fräulein Paulina hatte wie immer geseufzt, als Sören vor einer halben Stunde die Kanzlei in der Schauenburgerstraße verlassen hatte. Sie mochte es nicht, wenn er in dieser Staffage auf Tour ging. Wahrscheinlich, weil sie sich darüber im Klaren war, dass sich ihr Chef bei den schwierigen Terminen, wie Sören es stets nannte, häufig genug auch selbst in Gefahr brachte. Dabei gab es durchaus Situationen, wo es einfach angebracht war, die Kleidung den Verhältnissen anzupassen. Sören hatte inzwischen einen ganzen Fundus, aus dem er wählen konnte, und er bediente sich der Maskerade routiniert und zugegebenermaßen auch mit Leidenschaft. Gerade den Hafenarbeiter Sören nahm ihm inzwischen jeder ab. Und der war heute Abend wieder einmal gefragt.

Mathildas Nachforschungen zu Willi Schmidlein waren tatsächlich erfolgreich gewesen. Wo genau er sich aufhielt, hatte sie nicht in Erfahrung bringen können, aber sie hatte jemanden auftreiben können, der ihn kannte und vielleicht wusste, wo er war. Sie war eben doch eine richtige Spürnase. In der Partei besaß sie einen tadellosen Ruf, und sie verfügte über Kontakte, die Sören verschlossen waren. Es waren häufig genug Gruppierungen, die nicht immer konform mit den Vorgaben der Parteiführung agierten. Sören hatte sie nur darum gebeten, nicht an irgendwelchen heimlichen Zusammenkünften oder verbotenen Veranstaltungen teilzunehmen, wo sie schlimmstenfalls Gefahr lief, verhaftet zu werden, und bislang hatte es keine derartigen Zwischenfälle gegeben.

Er sollte sich bei einem gewissen Hans Thormann melden. Thormann war Vorarbeiter im Schraubenlager von Blohm + Voss. Schichtbeginn war um sechs Uhr abends. Bis dahin blieb noch genug Zeit.

Von den Helgen am gegenüberliegenden Ufer tönte die monotone Geräuschkulisse schwerer körperlicher Arbeit herüber. Das Schlagen und Hämmern der dortigen Werften war das unvergängliche Lied des Hafens. Bevor Sören die kleine Barkasse am Anleger bestieg, vergewisserte er sich mit einem prüfenden Blick in die Menge, ob ihm jemand gefolgt war, dann kletterte er über die Bordwand und gesellte sich zu den anderen Gestalten, die darauf warteten, dass der Barkassenführer das Signal zum Ablegen gab.

Es waren deutlich mehr als die erlaubten sechzig Personen an Bord, aber das kümmerte hier niemanden. Nicht die Arbeiter, die dicht gedrängt unter der Persenning beisammenstanden, und nicht den Kapitän der Barkasse, deren Maschine ein schwerfälliges, ungeduldiges Tuckern von sich gab. Es stank nach Öl und Schweiß. Immer noch drängten die Arbeiter auf das kleine Schiff, so lange, bis auch der letzte Stehplatz besetzt war. Alle waren die Enge gewöhnt, denn schon lange reichten die Kapazitäten der Übersetzer nicht mehr aus, um die stetig steigende Zahl der Werftarbeiter auf die andere Elbseite zu befördern. Vor Schichtwechsel herrschte auf dem Strom zwischen Steinwärder und St. Pauli immer Hochbetrieb, und es war eine reine Frage der Zeit, wann es nach Einsetzen der Dunkelheit zum ersten großen Unglück kommen würde. Spätestens nächstes Jahr, wenn die neuen Seeschiffhäfen der Hapag auf Kuhwärder fertiggestellt waren, würde es eng werden; noch mehr pendelnde Barkassen hatten keinen Platz auf dem Wasser. Schon jetzt verweilten die Schiffe an den Anlegern nur so lange, wie zum Ein- und Aussteigen nötig war. Seit letztem Jahr diskutierte man in der Stadt deshalb tatsächlich den Bau eines Tunnels unter der Elbe.

Ein kurzes Signal aus dem Horn neben dem Schornstein, dann setzte sich die Barkasse mit einem schnaubenden Stampfen in Bewegung. Kaum hatte das Schiff vom Anleger abgelegt und die Fahrt in Richtung Fahrrinne aufgenommen, wurde es zugig und kalt. Wegen des niedrigen Freibords schwappte immer wieder Wasser über die Bordwände, und die Passagiere drängten sich noch dichter zusammen. Neben Sören unterhielt sich eine Gruppe von Feuerern über den ihrer Meinung nach ungerechten Mehrlohn bei Überstunden. Nur 45 Pfennig zahlte Blohm + Voss demnach je volle Überstunde, was gegenüber den 33 Pfennig für die normale Arbeitsstunde kaum einen Mehrgewinn darstellte, weil die Warteschlangen an den Anlegern nach Schichtwechsel viel länger waren und man für den Heimweg daher fast die doppelte Zeit benötigte. Außerdem unterstellte man den Vorgesetzten, regelmäßig nur halbe und damit unbezahlte Überstunden anzusetzen.

Die Gespräche während der knapp zehnminütigen Überfahrt waren immer die gleichen. Gespräche, wie sie auch in den Arbeiterkaschemmen und Kneipen geführt wurden. Einzig mit dem Unterschied, dass man hier keine Vigilanten der politischen Polizei zu befürchten hatte. Entsprechend offenherzig sprach man aus, was Sache war. Man motzte auf die Polacken und Italiener, welche die Bedingungen auf vielen Arbeitsplätzen versauten, weil sie sich mit deutlich geringeren Löhnen als ortsüblich zufriedengaben, man stöhnte über die erneuten Mietpreissteigerungen von bis zu 20 Prozent, die wie üblich wieder einmal nur die kleinen Wohnungen betrafen und zudem nur in Gegenden wie Rothenburgsort und Hammerbrook umgesetzt wurden, in denen überwiegend Arbeiter wohnten. Der Durchschnittsverdienst eines Hafenarbeiters lag bei etwa fünf Mark am Tag. Am besten wurden die Kohlenträger bezahlt. Für die staubige und schweißtreibende Arbeit erhielten sie bis zu acht Mark und fuffzig Pfennig.

Die Barkasse hatte die Fahrrinne erreicht und stampfte durch die höheren Wellen, die im Wechsel der Gezeiten sowohl stromaufwärts wie auch -abwärts liefen und sich brachen. In kurzen Schlägen knallte der Bug in die kabbeligen Wellen. Gischt schäumte auf und spritzte über Deck. Einige murrten kurz auf, dann vertiefte man sich wieder ins Gespräch. Ein vollbärtiger Hüne, der Kleidung nach zu urteilen ein Ketelklopper, der einen kalten Stumpen zwischen seinen fauligen Zähnen hielt, stieß Sören freundschaftlich in die Rippen und hielt ihm eine Flasche entgegen.

«Das wärmt!»

Sören nahm einen Schluck, spuckte die Flüssigkeit jedoch sofort wieder aus und schüttelte sich angewidert. Er hatte das Gefühl, sein Zahnfleisch würde ihm weggeätzt.

Der Mann lachte lauthals auf und schlug Sören anerkennend auf die Schulter. «Gewöhnt man sich dran!»

Sören lächelte ihn verlegen an und hoffte im Stillen, keine bleibenden Schäden davongetragen zu haben. Was auch immer in der Flasche war, er zweifelte daran, dass man einen Schluck davon überleben konnte.

«Na, hat dir der Erwin was angeboten?» Der hagere Kerl, der neben ihnen stand, kannte die Wirkung anscheinend, wobei Sören nicht klar war, ob es sich dabei um einen schlechten Scherz handelte, den Erwin häufiger vorbrachte, oder ob es ihm Ernst damit war. Wenn Letzteres zutraf, dann musste der Kerl Schleimhäute und einen Magen aus Leder besitzen.

«Mach dir nix draus. Das legt sich wieder. Hat jeder von uns schon probiert. Musst nur aufpassen beim Funkenflug.»

Erwin entzündete wortlos ein Streichholz und feuerte seinen Stumpen an, als wollte er beweisen, dass die Flüssigkeit nicht brennbar war.

«Ein Viertel, Mensch. Ein Viertel von meinem Lohn

geht inzwischen für die Miete drauf», beklagte sich ein weiterer Arbeiter bei dem Hageren.

«Und? Im November ausgezogen?»

«Du meinst, heimlich?»

Der Hagere nickte. «Was sonst? Bist doch selbst schuld, wenn du das bezahlst. Die verdienen sich dusselig und dämlich an uns. Ich mach jedes halbe Jahr die Fliege, und immer heimlich. Aber glaub man nich, dass es mir deswegen irgendwie besser geht. Fief Kinners muss ich satt kriegen. So viel Überstunnen hat der Tach überhaupt nich, wie ich malochen müsste.»

Mit einem leichten Ruck setzte die Barkasse gegen die Kaimauer, bevor sie am Anleger längsseits ging. Die Gespräche verstummten, und alles setzte sich wie in Trance in Bewegung. Sören verlor die Männer schnell aus den Augen. Die Leute von der Reiherstieg-Werft schwenkten nach links in Richtung Kleiner Grasbrook, aber der weitaus größere Teil der Arbeiter hielt auf das Werkstor von Blohm + Voss zu. Er war schon häufiger auf dem Gelände gewesen und wusste, wie man sich am geschicktesten an den Pförtnern vorbeimogeln konnte. Ein ehemaliger Mandant hatte ihm dazu ein volles Stempelbuch besorgt, das er am Tor hochhielt. Wenn er in der hintersten Reihe ging, fiel es nicht auf.

Wie erwartet sah der Pförtner nur mürrisch auf und blickte dem Strom der Arbeiter nicht nach. Sören hielt sich an eine Gruppe von Männern, die hinter dem Hauptbau in Richtung der großen Docks ging.

Auch wenn er das Werftgelände kannte, war Sören jedes Mal erstaunt, wie es sich stetig veränderte. Seit seinem letzten Besuch waren zwei neue Helgen entstanden und ein gutes Dutzend neuer Kräne aufgestellt worden. Die riesigen Schiffsrümpfe in den Helgen dominierten je nach Bauzustand die Umgebung. Im Licht der großen Bogenlampen warfen sie unheimliche Schatten. Über ihren Köpfen surrten die Kranausleger und trugen stählerne Platten zu ihren jeweiligen Bestimmungsorten. Der Klang von Eisen erfüllte die Luft, das Hämmern war ohrenbetäubend. Die Männer bogen nach rechts ab, und Sören schlenderte an den stählernen Kolossen vorbei in Richtung Schraubenlager.

An den Umrissen konnte er erkennen, dass es vor allem Kriegsschiffe waren, die hier zurzeit auf Kiel gelegt waren. Als junger Mann hatte er davon geträumt, Schiffbauer zu werden, und wenn das Erbe seines Großvaters ihm nicht das Studium ermöglicht hätte, wäre es auch bestimmt so gekommen. Schiffe hatten ihn schon damals fasziniert, auch wenn es vor allem Klipper, Rennkutter und Yachten gewesen waren, allesamt aus Holz gebaut. Im Nachhinein war er natürlich dankbar über seinen Werdegang, denn das Schiffsbauerhandwerk hatte sich in den letzten zwei Jahrzehnten von Grund auf verändert. Eisen und Stahl überwogen und hatten die klassische Schiffszimmerei, von deren handwerklicher Romantik Sören damals so angetan gewesen war, in wenige Nischen verdrängt. Die großen Stahlpötte waren reine Ingenieurbauten, deren eigentliche Fertigung von Arbeitern ausgeführt wurde, die vom Bau eines Schiffes nicht unbedingt etwas verstehen mussten. Es waren die gleichen Fachkräfte, die auch Brückenteile, Träger oder Stützen vernieten konnten.

Hans Thormann schien ihn erwartet zu haben. Er blickte nur kurz auf, als Sören seinen Namen nannte. Dann führte er ihn aus der kleinen Baracke, in der noch mehrere Männer rund um einen gusseisernen Ofen saßen. Das Schraubenlager war ein abgegrenzter Bereich, wo die

Schätze der Schmiedekunst in den unterschiedlichsten Größen und Formen auf Holzbohlen lagen. Auf den einzelnen Flügeln war mit weißer Farbe der Name des dazugehörigen Schiffes verzeichnet. Einige hätte man mit der Hand anheben können, die meisten maßen eine Spannweite von schätzungsweise ein bis zwei Metern, aber es gab auch Schrauben, deren Flügel mehr als mannshoch waren. Sie waren geschliffen und poliert, an einigen Stellen glänzten bizarre Abriebmuster. Die goldgelbe Farbe des Messings dominierte.

Thormann setzte sich auf einen besonders großen Schraubenflügel und feuerte seine Pfeife an. Er war etwa in Sörens Alter und hatte die grobporige, vom Wetter gegerbte Haut eines Seemanns. «Hat er was ausgefressen?», fragte er ganz ruhig, ohne dass der Name von Willi Schmidlein gefallen war. Aus der Ferne hörte man ein Signalhorn.

«Wie man's nimmt», antwortete Sören. «Auf jeden Fall ist er ein wichtiger Zeuge.»

Thormann nickte und paffte ein paar Rauchkringel vor sich hin. «Nur, dass ich das richtig verstanden habe ...» Er blickte Sören eindringlich an. «Keine Polente, kein Zwang zu gar nichts. Nicht, dass er sich verraten fühlt.»

«Ich möchte ihm nur ein paar Fragen stellen.» Sören zögerte. «Und ihm nahelegen, eine Aussage zu machen. Wenn er will.»

«Und wenn er Gründe hat, zu schweigen, und keine Aussage machen will? Ich meine, ich kenne dich nicht. Man sagte mir nur, das ginge in Ordnung. Du wärst der Mann einer Genossin. Ein Paragraphenfuzzi.»

«Ja, ich bin Anwalt und habe schon häufiger Genossen aus der Scheiße geholt. Von mir erfährt niemand etwas.»

«Hmm.» Hans Thormann wirkte unschlüssig. «Von

mir hast du's jedenfalls nicht», sagte er schließlich und deutete mit dem Mundstück seiner Pfeife auf einen der Stahlrümpfe. «Wir haben ihm was in 'ner Nieterkolonne besorgt. Übergangsweise. Als Einstecker. Er arbeitet am Vorderschott der SMS Friedrich Carl. Du kannst ihn nicht verfehlen. Ist 'n schmächtiger Rotschopf, der leuchtet schon von weitem. – Und nicht vergessen!», rief er Sören hinterher. «Von mir hast du's nicht!»

Die Arbeiter in den Nieterkolonnen waren ein Fall für sich. Jeder ein Spezialist, aber nur im perfekten Zusammenspiel aller aus der Gang. Allein von ihrer Kleidung her unterschieden sie sich vom Gros der Hafen- und Werftarbeiter. Als wäre es in der Tradition einer alten Handwerkszunft, trug man während der Arbeit Uniform: einen blau-weißen Kittel, um den Hals ein weißes Heizertuch gebunden, weite, blaue Schlaghosen und schwarze Lackschuhe. Eine Gang bestand aus vier bis fünf Männern: dem Warmmacher, der die Nieten in einem Ofen zum Glühen brachte, dem Einstecker, der die glühende Niete ins Loch steckte, dem Vorhalter auf der einen und schließlich dem Nietenklopper auf der anderen Seite, der die glühende Niete gegen den Druck des Vorhalters mit einem wuchtigen Hammer platt depperte. Für einige Bauteile setzte man inzwischen schon hydraulische Niethämmer ein, aber in der Mehrzahl überwog noch Handarbeit. Im Idealfall, vor allem aber bei mehr als einzölligen Nieten, arbeiteten zwei Nietenklopper im Wechselschlag, wobei das perfekte Zusammenspiel häufig erst in der sinnvollen Kombination eines Rechts- und eines Linkshänders funktionierte. Es kam darauf an, eine Niete nicht krumm zu hauen, sondern platt zu machen, was in etwa genauso viel Geschick und Übung voraussetzte wie das Einschlagen eines langen Zimmermannsnagels in ein trockenes Stück Eiche. Einige benötigten nur drei, andere bis zu zwanzig Schläge, bis die Eisenteile zusammengeklütert waren.

Der Lärm war fast unerträglich. Wie Pistolenschüsse peitschte der Widerhall der Schläge zwischen den eisernen Wänden. Am Vorschiff der SMS Friedrich Carl arbeiteten drei Kolonnen, wie Sören an den einzelnen Feuerstellen der Vorwärmer erkennen konnte. Das Zusammenspiel der Männer war wirklich spektakulär. Der Warmmacher hatte mehrere Zangen in der Glut vor sich liegen, in denen die unterschiedlichen Nieten steckten. In regelmäßigem Abstand wurden die Zangen gewendet, und der Mann begutachtete die weiß glühenden Bolzen; dann vergewisserte er sich mit einem kurzen Blick zum Einstecker, ob die anderen bereit waren, griff eine Niete mit einer weiteren Zange, holte kurz aus und schleuderte die glühende Niete in Richtung Einstecker, der das Geschoss mit einem Blecheimer aus der Luft auffing und das glühende Metall in ein gekennzeichnetes Loch im Rumpf des Schiffes steckte. Vor allem die Leichtigkeit, mit der der Warmmacher die Niete zielsicher über eine Distanz von bestimmt acht bis zehn Metern warf, war faszinierend.

Willi Schmidlein stand mit einem Eimer bewaffnet neben einem Gerüst und wartete, bis das Donnern der Schläge vorüber war. Wie Thormann gesagt hatte, war er tatsächlich sofort an seiner Haarfarbe zu erkennen. Funken sprühten kurz auf, dann war es für ein paar Sekunden still. Ihre Blicke trafen sich. Kurz darauf setzte das peitschende Knallen von Hammerschlägen einer anderen Kolonne ein. Sören ging auf Schmidlein zu. «Wie viel schafft ihr pro Schicht?»

«Was?»

«Wie viel schafft ihr pro Schicht?», wiederholte Sören.

Schmidlein schüttelte den Kopf und hielt sich die Hand ans Ohr. «Was? Ich versteh nix!»

«Wie viel ihr am Tag schafft!»

Es hatte keinen Sinn, gegen die Lärmkulisse anzuschreien. Der Krach war wirklich ohrenbetäubend. Schmidlein behielt den Vorhalter im Auge, der ihm mit den Fingern Zeichen gab, die er an den Warmmacher weitergab. Die Anzahl der hochgehaltenen Finger musste etwas mit der Größe der benötigten Niete zu tun haben. Kurz darauf flog ihnen aus Richtung Esse ein Eisen entgegen. Sören zog automatisch den Kopf ein, aber Schmidlein fing das Teil gekonnt auf. Das Scheppern der Niete im Eimer ging im Gedröhn der Umgebung unter. Er griff die Niete mit einer Zange und steckte sie in eine Eisenplatte von mindestens drei Zentimeter Stärke. Den Rest überließ er dem Vorhalter. Sören kam sich vor wie im Inneren einer Eisentonne, auf die mit Hämmern unaufhörlich von außen eingeschlagen wird. Er fragte sich, wie man das auf Dauer aushalten konnte. Jeder Arbeiter in einer solchen Kolonne musste innerhalb kürzester Zeit schwerhörig oder taub sein.

Für einen kurzen Moment setzte Ruhe ein. Zumindest kam es Sören so vor, und er wiederholte seine Frage. «Wie viel schafft ihr pro Schicht?»

Willi Schmidlein zuckte die Achseln. «So drei- bis vierhundert, glaub ich!» Er stand hinter einem Gerüst, das der Verstrebung für ein Schiffsschott Halt gab, und musterte Sören. «Warum fragst du?», rief er. Inzwischen hatte das Hämmern einer anderen Gang wieder eingesetzt.

Sören wartete den nächsten ruhigen Moment ab und näherte sich Schmidlein, sodass er ihm direkt ins Ohr sprechen konnte. «Ich komme von David!»

Willi Schmidlein erstarrte und ließ vor Schreck den

Eimer fallen. Dann drehte er sich schlagartig um und wollte weglaufen, doch Sören hatte das erwartet und packte sein Handgelenk und zog ihn zurück. «Ich bin sein Vater!», schrie er ihm entgegen.

Schmidlein starrte ihn fassungslos an. Nur langsam wich die Panik aus seinem Gesicht.

«Ich muss mit dir reden.»

«Geht jetzt nicht», antwortete Schmidlein. Der Vorhalter fuchtelte mit den Armen, um seine Aufmerksamkeit auf sich zu lenken. «In einer Stunde habe ich Schicht. Dann können wir reden.»

«Wo?», fragte Sören und ließ sein Handgelenk los.

«Wir treffen uns bei der Kaffeeklappe am Anleger.»

Sören nickte. «Ich warte am Tor auf dich.»

In der Kaffeeklappe herrschte dichtes Gedränge. Die letzten warmen Rundstücke und Knacker des Tages wurden lauthals angepriesen, viele der Arbeiter hatten sich in dem hölzernen Verschlag jedoch nur versammelt, um nicht in der Kälte am Anleger stehen zu müssen. Die Barkassen verkehrten jetzt nur noch halbstündlich. Schmidlein lehnte Sörens Einladung dankend ab und begnügte sich mit einem Punsch zum Aufwärmen. Er wollte nicht glauben, was Sören ihm erzählte.

«Und ich habe gedacht, die ganze Hamburger Polizei ist hinter mir her.» Die Erleichterung war ihm anzusehen.

«David hat deinen Namen nicht verraten», beruhigte ihn Sören. «Und ich habe den Polizeibericht gelesen. Der Name Schmidlein taucht dort nicht auf. Hinter wem sie her sind, das ist Peter Schulz. Er wird in der Stadt nur der rote Peter genannt.»

«Er hat mir geholfen, einen Unterschlupf zu finden.»

Sören schüttelte den Kopf. «Das ist keine gute Gesellschaft, wenn man nichts ausgefressen hat. Erzähl mir von dem besagten Abend. Was genau ist geschehen?»

Willi Schmidlein bestätigte mehr oder weniger, was David bereits berichtet hatte. Es hatte die Frau, die Simon Levi hinter sich hergezogen hatte, also wirklich gegeben.

«Und sie sind aus einem Haus gekommen?», fragte Sören. Schmidlein schien sich an mehr Details zu erinnern als David. Wahrscheinlich war er nicht so betrunken gewesen.

«Das war so eine Tordurchfahrt, eine Passage, die in einen Hinterhof mündete. Wir warteten dort auf Hans, der in einem benachbarten Haus verschwunden war, um uns da reinzulotsen. Angeblich war das ja nicht so eine Spelunke, sondern etwas Besonderes ... Na, und er kannte da anscheinend jemanden. Und so haben wir gewartet. Hat ein wenig gedauert, etwas zu lange, wie wir fanden. Jedenfalls hörten wir eine Tür schlagen, und es begann diese Schreierei. Im Dunkeln tauchte dann der Kerl auf, der die Frau hinter sich herzog. Er rief die ganze Zeit, sie solle still sein und er werde sie jetzt mitnehmen. Sie hat dauernd versucht, sich von ihm loszureißen, hat nach ihm getreten, aber das hat ihn überhaupt nicht beeindruckt. Als sie an uns vorbeikamen, hat sich David ihnen dann in den Weg gestellt. Dann ging auch schon die Keilerei los. Der Kerl hat wie von Sinnen um sich geschlagen.»

«Und die Frau?»

«Als er sie losgelassen hatte, ist sie davongerannt. Zurück in die Richtung, aus der sie gekommen waren. Ich glaube, dass er ihr noch hinterhergerufen hat, er würde wiederkommen und sie finden oder so ähnlich ... Na ja, und dann ist er auf David los. Aber der hat nicht lange gezögert und ihn umgehauen. Nach ein paar Minuten ist der Kerl wieder zu sich gekommen, hat irgendetwas Unverständliches geflucht und ist abgehauen.»

«Wohin?»

«Der Frau hinterher. Wir haben dann kurz beratschlagt, was wir machen sollen, und Peter meinte schließlich, es wäre gescheiter, die Fliege zu machen. Einige Luden hätten unangenehme Freunde, und es sei durchaus denkbar, dass der Kerl mit Verstärkung zurückkomme.»

«Wie seid ihr darauf gekommen, dass der Kerl ein Lude war?»

«Na hör mal.» Schmidlein machte ein empörtes Gesicht. «Wie der sich aufgeführt hat! Und dass sie ein leichtes Mädchen war, war offensichtlich. So, wie sie zurechtgemacht war, ihre Kleidung ...»

«War sonst noch jemand auf dem Hof? Jemand, der euch beobachtet haben könnte?»

«Nein. Bestimmt nicht.»

«Gab es Fenster zum Hof?»

Willi Schmidlein zuckte unschlüssig die Achseln.

«Kannst du dich noch daran erinnern, wo der Hof genau war?»

«Keine Ahnung, ich bin doch nicht von hier. Wir sind einfach dem Hans hinterher.»

«Aber wiedererkennen würdest du den Platz?» David hatte erwähnt, sie seien von der Thalstraße abgebogen. Dort gab es zwar Hinterhöfe in großer Menge, aber einen Versuch konnte es trotzdem wert sein.

Schmidlein nickte. «Ich glaube schon.»

«Und die Frau?»

«Gut möglich. Es war zwar schummrig, und ihr Gesicht sah ziemlich verheult und derangiert aus ... Aber ihre Stimme, an die erinnere ich mich genau. Sie war irgendwie krächzend und rau.»

«Du musst zur Polizei und eine Aussage machen.»

Schmidlein schüttelte vehement den Kopf. «Die werden mir nicht glauben.»

«Sie müssen es zu Protokoll nehmen. Niemand kennt dich. Dein Name steht nicht auf den Fahndungslisten der Polizei. Es ist die Aussage eines unbeteiligten Zeugen. Mach es deinem Kumpel David zuliebe. Man geht bislang davon aus, dass er Simon Levi totgeschlagen hat.»

Nachdem Sören ihm alles erzählt hatte, was in der Zwischenzeit geschehen war, willigte Schmidlein schließlich ein. «Und außerdem brauchst du eine andere Unterkunft. In der Nähe des roten Peter läufst du am ehesten Gefahr, in Schwierigkeiten zu kommen.»

Er wollte Willi Schmidlein gerade anbieten, sich vorübergehend bei ihm in der Feldbrunnenstraße einzuquartieren, als er merkte, dass sie von einem Augenpaar beobachtet wurden. Sören erschrak. Der Mann, der an der Theke der Kaffeeklappe lehnte, war eindeutig der Kerl aus dem Hotel, auch wenn er genau wie Sören die Kleidung eines Hafenarbeiters trug. Keine Frage, der Kerl war hinter ihm her. Was wollte er von ihm? Nur die Papiere von Otte? Schmidlein gegenüber hatte er den mysteriösen Tod des bislang einzigen Zeugen nicht erwähnt. Noch mehr aber beschäftigte ihn die Frage, wie der Kerl ihn hatte ausfindig machen können. So gut wie niemand wusste davon, dass er hier war. Und vorhin auf der Barkasse war der Typ ganz sicher nicht gewesen. Es blieb eigentlich nur eine Möglichkeit übrig, und die lautete, dass er beschattet wurde – und zwar rund um die Uhr.

Sören beugte sich Willi Schmidlein vertraulich entgegen. «Es gibt da übrigens noch ein anderes Problem.»

Geheime Konten

Sören hätte den restlichen Abend lieber gemeinsam mit Tilda am heimischen Kamin verbracht, aber jetzt musste er dringend mit Martin sprechen. Nicht nur wegen der Unterlagen, sondern vor allem darüber, was Schmidlein ihm soeben hatte ausrichten lassen. Es war zwar nur ein Zettel, den der Bote gebracht hatte, aber die darauf notierte Adresse hatte es in sich.

Willi Schmidlein war sofort einverstanden gewesen. Nicht nur wegen des Quartiers, das Sören ihm in Aussicht gestellt hatte. Für ihn war es eine Ehrensache gewesen. Sören hatte ihm genug Geld für vielleicht notwendige Droschkenfahrten und einen Boten gegeben, bevor sie sich an der Kaffeeklappe getrennt hatten. Es hatte also tatsächlich funktioniert. Sie hatten den Spieß einfach umgedreht und den Verfolger zum Verfolgten gemacht. Sören wollte Gewissheit haben, wer der Mann war, der ihn beschattete. Das wusste er jetzt zwar immer noch nicht, aber es gab kaum einen Zweifel, für wen er arbeitete. Die Adresse, die der Mann aufgesucht hatte, nachdem Sören heimgefahren war, kannte er nur zu genau. Sören war zutiefst beunruhigt, jetzt bekam die Angelegenheit wirklich bedrohliche Züge.

Er hatte sich für den nächsten Nachmittag mit Willi Schmidlein vor dem Panoptikum verabredet. Bevor Schmidlein bei der Polizei seine Aussage machte, wollte Sören sich vergewissern, dass der Hinterhof in der

Schmuckstraße, in dem man die Leiche von Simon Levi gefunden hatte, tatsächlich der Ort war, an dem David den Mann niedergeschlagen hatte. Vorher musste Sören noch mit Lisbeth sprechen und sie davon in Kenntnis setzen, dass Schmidlein für eine gewisse Zeit im Haus in der Gertrudenstraße unterkommen würde. Er war sich sicher, dass sie nichts dagegen einzuwenden hatte. Platz gab es dort schließlich genug, und wahrscheinlich war Lisbeth sogar froh, wenn sie ein wenig Gesellschaft bekam. Schmidleins Unterbringung hier in der Feldbrunnenstraße war jedenfalls zu heikel, zumal er davon ausgehen musste, dass das Haus überwacht wurde, solange er hier war. Sören hatte zwar nichts Auffälliges entdecken können, als er vorhin vom Schlafzimmerfenster aus vorsichtig einen Blick auf die Straße geworfen hatte, aber das wollte nichts heißen.

Er musste Tilda dreimal versprechen, auf sich Acht zu geben, dann nahm er das Fahrrad und trat wie von Sinnen in die Pedale. Erst in nördliche Richtung, dann kreuzte er die Heimhuderstraße und fuhr den Heimweg bis zum Mittelweg, schlug einen letzten Haken über Böttgerstraße und Magdalenenstraße und bog trotz des riesigen Umwegs nach nur wenigen Minuten Fahrzeit in die Alte Rabenstraße ein. Zweimal hatte er außerdem angehalten, um sich zu vergewissern, dass ihm niemand gefolgt war, was aber bei dem Tempo, das er vorgelegt hatte, so gut wie unmöglich schien. Sören fühlte sich, als hätte er soeben das Sechstagerennen beendet. Schweißgebadet betätigte er Martins Glocke.

«Du bist ja völlig außer Atem», begrüßte Martin ihn, nachdem er die Tür hinter Sören geschlossen hatte.

«Komme ich ungelegen?», fragte Sören. Martin trug nur einen Hausmantel und Puschen, was ungewöhnlich war.

«Ich wollte mir gerade ein Bad einlaufen lassen.» Er machte eine abwertende Handbewegung. «Aber das kann warten. Was gibt's denn?»

«Ich werde verfolgt.»

Martins Gesicht verfinsterte sich. «Verfolgt?», fragte er. Gleich darauf löschte er das Licht im Entree und warf einen kontrollierenden Blick durch das schmale Fenster neben der Garderobe.

«Nein, nicht bis hierher», beruhigte ihn Sören. «Ich hätte ihn abgehängt. Bin gefahren wie der Teufel.»

«Wer verfolgt dich?»

«Ich kann es selbst kaum glauben.» Sören presste die Lippen aufeinander. «Aber ich bin mir ziemlich sicher.»

«Mach es nicht so spannend.»

«Der Kerl aus dem Hotel», antwortete Sören.

«Ja und? Das weißt du doch. Er ist hinter den Papieren her. Der Einbruch in deine Kanzlei wird auch auf sein Konto gehen.»

«Sicher.» Sören nickte. «Wenn es nur das wäre ..., aber ich muss davon ausgehen, dass der Kerl ein Vigilant der Polizei ist.»

«Was?» Martin schaute Sören entgeistert an. Dann schüttelte er den Kopf und deutete auf die Tür zum Herrenzimmer. «Da ist noch Glut im Kamin. Leg zwei neue Scheite auf. Ich zieh mir nur schnell was an.»

Es dauerte keine Minute, bis die Glut das trockene Eichenholz entzündet hatte. Die Flammen züngelten gierig um die Scheite. Knisternd spritzten Funken umher, dann beruhigte sich das Feuer, und schon kurze Zeit später breitete sich behagliche Wärme im Raum aus. Obwohl Martin ungewöhnlich aufgeregt wirkte, hatte er es sich nicht nehmen lassen, eine Flasche Rotwein zu öffnen.

«Und woher weißt du das?», fragte er, während er den Inhalt der Flasche behutsam in eine Karaffe dekantierte.

Sören erzählte ausgiebig von seinem Besuch auf der Werft und dass Schmidlein dem Mann später bis zum Stadthaus gefolgt war. «Es gibt eigentlich keinen Zweifel», schloss er seine Ausführungen.

«Das wirft ein ganz neues Licht auf die Sache.» Martin schwenkte sein Weinglas. Nachdenklich betrachtete er den Inhalt, dann hielt er das Glas gegen die Flammen im Kamin, als wollte er seinen Worten einen doppelten Sinn verleihen. «Bist du dir ganz sicher, dass es mehrere Personen sind, die dich beschatten, oder kann es auch sein, dass du den Kerl auf der Hinfahrt nur übersehen hast?»

«Vielleicht hat er sich sehr geschickt verborgen gehalten.» Sören zuckte unschlüssig mit den Schultern. Er merkte selbst, dass seine Worte nicht sehr überzeugend klangen. Schließlich war er sich sicher, dass der Mann beim Übersetzen zur Werft nicht auf der Barkasse gewesen war. Aber er wusste auch, was es in letzter Konsequenz bedeuten würde, wenn er sich nicht geirrt hatte.

«Du bist dir also sicher», entgegnete Martin und stierte weiterhin auf sein Weinglas. «Demnach können wir persönliche Motive für die Tat wohl ausschließen.»

«Schmidlein hat mir nur die Adresse zukommen lassen. Das sagt ja nicht, dass er wirklich Polizist ist. Er ist nur im Stadthaus verschwunden. Vielleicht ... Außerdem habe ich es ja nicht gesehen, wie er Waldemar Otte aus dem Fenster gestoßen hat ...» Es war einfach unvorstellbar. Aber Martin hatte natürlich recht. Sören wollte es nur nicht wahrhaben.

«Vergiss deine Einwände. Rate mal, warum man es sofort als Unfall bezeichnet hat. Die Polizei ist doch sonst nicht so schnell dabei, ein Verbrechen auszuschließen.

Crematorium an der Alsterdorfer Straße. Zeitgenössische Fotografie nach 1900. Staatsarchiv Hamburg.

Der erste Zug verlässt den neuen Dammtorbahnhof am Morgen des 7. Juni 1903. Staatsarchiv Hamburg.

Lageplan der Auswandererstadt auf der Veddel (nach Süden) für die zweite Erweiterung. Schattiert die Ursprungsanlage, die 1899 nach Entwurf von Georg Thielen für die Bauabteilung der Hapag entworfen und im Dezember 1901 fertiggestellt wurde. Die Pavillons Nr. 13–18 für die erste Erweiterung der Anlage (links im Bild) sind als fragmentarische Wiederaufbauten erhalten und beherbergen heute das Auswanderermuseum «Ballinstadt». Staatsarchiv Hamburg.

Die Auswandererhallen auf der Veddel. Vorplatz des ehemaligen Eingangsgebäudes (unreine Seite). Eines der wenigen Bilder, die die Anlage vor der Erweiterung von 1906/07 zeigten, in deren Folge das Gebäude links im Bild zum Empfangsgebäude (Turmbau) umgebaut wurde. Rechts die hölzerne Palisade, welche die Anlage umschloss. Staatsarchiv Hamburg.

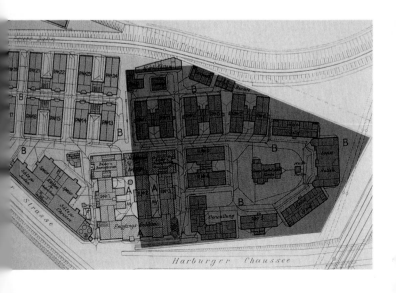

Verwaltungsgebäude der Hapag am Dovenfleet, Ecke Lembkentwiete. 1890 erbaut nach Entwurf der Architekten J. E. Ahrens und Martin Haller. Kolorierte Präsentationsgouache der Architekten von 1889. Während auf den Bauplänen das Geschäftszimmer von Albert Ballin noch links neben dem Eingang im Erdgeschoss vorgesehen ist, residierte der Generaldirektor später in der ersten Etage. Staatsarchiv Hamburg.

Der weltweit erste Kreuzfahrer: Die Lustyacht Prinzessin Victoria Luise (4419 BRT), Vorläufer heutiger Luxuskreuzfahrtschiffe (161 Mann Besatzung für 180 Passagiere). 1900 bei Blohm + Voss für die Hapag erbaut. Fotografie von 1900, wahrscheinlich anlässlich der Übergabe am 19. Dezember. Staatsarchiv Hamburg.

Der P-Dampfer Pennsylvania der Hapag im Schwimmdock der Werft Blohm + Voss. Fotografie von 1897 (?). Staatsarchiv Hamburg.

Afrika-Haus. Hofdurchfahrt am Eingangsportal. Natürlich nicht Dr. Paetzold! Afrikanischer Krieger aus Bronze (Walter Sintenis 1901). Fotografie von 1901. Staatsarchiv Hamburg.

Afrika-Haus. Eingang zum Hinterhaus vom Hof. Elefanten aus Bronze (Carl Börner). Fotografie von 1901. Staatsarchiv Hamburg.

Das Afrika-Haus, Firmensitz der Reederei Woermann an der Großen Reichenstraße. 1899–1900 nach Entwurf von Martin Haller und Hermann Geißler erbaut. Fotografie von 1904 (?).

SMS Kaiser Karl der Große. Das Schiff der Kaiser-Klasse *kostete das Reich 20,4 Millionen Goldmark. Nach Kriegsausbruch nahm das Linienschiff vom 22. bis 26. September am Vorstoß der Flotte in die östliche Ostsee teil. Ende 1915 desarmiert als Maschinenschulschiff in Bremerhaven stationiert. 1916 bis Kriegsende Gefangenenwohnschiff in Bremerhaven. 1919 verkauft und 1920 in Rönnebeck abgebrochen. Datum der Fotografie nicht bekannt. Staatsarchiv Hamburg.*

Darstellung der von Hermann Frahm (Blohm + Voss) entwickelten Schlingertanks im Querschnitt. Im Jahre 1908 (!) von Blohm + Voss der Öffentlichkeit vorgestellt. Als erste Schiffe erhielten der Kreuzer F (Marine) und der Dampfer Ypiranga (Handelsschiff) derartige Anlagen. Der Nachteil der größeren Verdrängung wird später durch ein modifiziertes, nach außen offenes System (Albert-Ballin-Klasse) kompensiert. Bildarchiv Blohm + Voss, Hamburg.

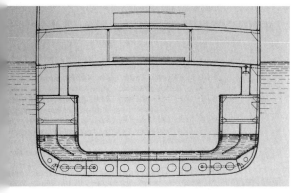

Das Linienschiff SMS Kaiser Karl der Große an der Vorsetze der Werft Blohm + Voss. 1899–1901 (1902) als letztes Schiff der Kaiser-Klasse bei Blohm + Voss erbaut. 11859 BRT, 125,3 Meter Länge, 14020 PS, 17,5 Knoten. Im zweiten Verst͟ (!) am 9. Januar 1902 an die Marine übergeben. Fotografie von 1901. Bildarchi͟ Blohm + Voss, Hamburg.

Das ist doch auffällig. Der Empfangschef hätte sich mindestens an zwei Besucher erinnern müssen. Entweder hat man ihn bestochen, eine Falschaussage zu machen, oder man hat ihm einfach nahegelegt, die Klappe zu halten. Das passt alles zusammen.»

«Man hätte es ohne weiteres mir in die Schuhe schieben können.»

«Quatsch. Wenn man dir schaden wollte, dann wäre das längst geschehen. Glaub mir, es geht um etwas ganz anderes. Es geht um Ottes Unterlagen. Um irgendetwas, das darin steht. Wahrscheinlich belastet es jemanden.»

«Und dieser Jemand hat genügend Einfluss, sich der Polizei bedienen zu können? Das wäre ungeheuerlich.»

«Aber so wird es sein.» Martin hielt einen Augenblick inne und konzentrierte sich wieder auf sein Weinglas, als könnte er darin des Rätsels Lösung lesen. «Was ist mit Ballin?», fragte er schließlich.

«Wenn man auf Schichau zu sprechen kommt, reagiert er nervös. Außerdem sagt er nicht die Wahrheit, was Waldemar Otte betrifft. Er streitet ab, ihn zu kennen.»

«Sehr verdächtig. Sein Brief kann ja noch nicht so alt sein.» Martin stand auf und legte neues Scheitholz in den Kamin.

«Wo sind die Papiere eigentlich?»

«Das sage ich dir besser nicht», antwortete Martin und schenkte Wein nach. «Es ist deine Versicherungspolice. Solange wir die Papiere haben, passiert dir nichts.»

«Wie beruhigend», meinte Sören ironisch. Er musste trotzdem schlucken, denn so deutlich hatte er es sich bislang nicht vor Augen geführt. Bisher war ihm nicht in den Sinn gekommen, dass man Otte wegen der Papiere getötet hatte. «Wobei wir berücksichtigen müssen, dass in unserem Teil der Unterlagen vielleicht gar nichts

Wichtiges steht. Der Kerl wird sich im Hotelzimmer nicht die Mühe gemacht haben, alles durchzulesen. Vielleicht geht aus den Papieren auch gar nichts hervor, aber dieser Jemand will einfach auf Nummer sicher gehen.»

«Doch, doch.»

«Was heißt: doch, doch?»

«Ich kann mir schon vorstellen, dass Ottes Unterlagen brisantes Material enthalten. Man muss es eben nur erkennen und deuten können.» Martin lächelte wissend. «Von meiner Seite gibt es auch Neuigkeiten. Vielleicht nicht ganz so gravierende wie von dir, aber immerhin … Vielleicht passt es sogar zusammen. Ich habe mich ein wenig schlau gemacht, was es mit diesen Konten auf sich hat. Anfangs dachte ich, es handle sich um gewöhnliche Transferkonten, aber dann habe ich Informationen über die Höhe der Einlagen erhalten, und das hat mich doch stutzig gemacht. Halt dich fest! Summa summarum ruhen da sage und schreibe über vierhundert Millionen Goldmark.»

«Vier-hun-dert Mil-lio-nen?», wiederholte Sören ungläubig.

Martin nickte. «Natürlich habe ich diese Auskünfte nicht auf legalem Weg bekommen. Ich bin zwar ein langjähriger Geschäftspartner und kenne Max Schinckel recht gut, aber für solche Nachforschungen habe ich andere Quellen.»

Sören verkniff es sich, nachzufragen, wer der Informant war. Sehr wahrscheinlich handelte es sich dabei um einen von Martins *guten Freunden*, der an der Quelle saß.

«Wem gehören die Konten?»

«Das ist nicht so einfach zu durchschauen. Scheinbar handelt es sich dabei um ein Konsortium verschiedener Industrie- und Handelsunternehmen. Das habe ich über die Eingänge feststellen können. Borsig ist dabei, Fritz Friedländer-Fuld sowie Krupp aus Essen, aber auch andere Namen tauchen auf, etwa James Simon aus Berlin. Den größten Teil des Kuchens, den man namentlich zuordnen kann, hat dabei Friedrich Alfred Krupp beigesteuert. Der gute Capri-Fischer hat alleine mehr als zwanzig Millionen Mark auf die Konten verteilt.»

«Capri-Fischer?»

Martin lächelte vielsagend. «So wird er hinter vorgehaltener Hand von denjenigen tituliert, die einmal seinen opulenten Feierlichkeiten in der Marina piccola auf Capri beiwohnen durften.» Er blickte kurz auf, als wollte er sich vergewissern, ob Sören den Wink verstanden hatte. «Wie du ja weißt, halte ich mich in den Übergangsmonaten gerne in wärmeren Gefilden auf. Aber ich schweife ab ... Interessant scheint mir, wer die Konten eingerichtet hat. Das geschah nämlich in allen Fällen durch die Geschäftsführer der einzelnen Bankhäuser.»

«Ist das so ungewöhnlich?»

«Allerdings. Ein solcher Vorgang lässt darauf schließen, dass es zwischen Einzahlern und Bankinstituten einen außerordentlichen Vertrag gibt, wie es beispielsweise bei der Einrichtung von Spendenkonten üblich ist. Daran habe ich zuerst auch gedacht, aber die Summen sind einfach zu groß. Die Konten wurden alle im letzten Herbst angelegt, mehr oder weniger gleichzeitig. Bis dato ist nur ein einziger Ausgang verbucht, und der ging von der Norddeutschen Bank an die Schiff- und Maschinenbau AG Germania in Kiel.»

«Eine Werft.»

«Richtig. Aber nicht irgendeine Werft. Ich bin natürlich gleich neugierig geworden, weil mich der Verwendungszweck der Gelder interessiert hat. Und worauf bin ich gestoßen? Die Schiff und Maschinenbau AG Germania ist seit fast sechs Jahren ein Pachtbetrieb der Firma Friedrich Krupp in Essen. Eine vollständige Übernahme des Betriebs ist für dieses Jahr geplant. Aber das Beste kommt noch ...» Martin klatschte freudig aufgeregt wie ein Kind in die Hände. «Weißt du, wer die Anweisung des Betrags unterschrieben hat? Du wirst es nicht glauben: Albert Ballin. Der Mann hat Prokura.»

«Was! Dann müssen das Gelder und Konten der Hapag sein.»

Martin schüttelte den Kopf. «Das glaube ich nicht. Die Höhe der Einlagen übersteigt das Kapital der Hapag bei weitem. Ich denke vielmehr, es sind Konten, mit denen Großaktionäre der Hapag spekulativ in neue Aufträge der Hapag investieren. Die Hapag hält sich ja leider sehr bedeckt, was die Namen ihrer Aktionäre betrifft. Sonst hätte man das anhand der Einzahler verifizieren können.»

«Also ich kann deinen Gedankengängen nicht folgen.» Sören stand auf und ging im Zimmer auf und ab. «Krupp überweist Gelder an die Hapag. Und die Hapag bestellt dann wieder bei einem Unternehmen, das Krupp gehört. Das ist doch völlig unlogisch.»

Martin griff nach einer Zeitung, die zuoberst auf einem Stapel neben dem Tisch lag. «Die Hapag hat bei der Germania-Werft aber überhaupt kein Schiff im Bau», sagte er bedächtig und blätterte durch die Seiten. Schließlich schien er gefunden zu haben, wonach er gesucht hatte.

«Hier.» Martin tippte auf einen Artikel. «Laut Bericht des *Unparteyischen Correspondenten* haben Hamburger Reedereien derzeit folgende Dampfschiffe in Bau. Die Hamburg-Amerika Linie führt die Liste mit elf Schiffen an. Zwei davon lässt man in Hamburg bauen, zwei Dampfer in Flensburg, zwei in Vegesack, ein Schiff in Rostock und zwei in England. Die Levante-Linie folgt auf Platz zwei mit sechs Schiffen, wovon je zwei in Hamburg und Rostock auf Kiel gelegt sind und je eins in Lübeck und Helsingör. Unser alter Klassenkamerad Woermann hat vier Schiffe bei Blohm + Voss in Hamburg bestellt, die Kosmos ebenfalls zwei in Hamburg, die Deutsche Ostafrika Linie hat einen Dampfer in Flensburg geordert, und in Geestemünde wird noch der Fünfmaster Preußen für die Laeisz-Reederei gebaut.»

«Lies noch mal vor», bat Sören und blieb nachdenklich vor dem Kamin stehen. – «Das macht neun und nicht elf Schiffe», sagte er schließlich, nachdem Martin der Aufforderung nachgekommen war. «Wenn die Zahlen stimmen, sind zwei Schiffe für die Hapag nicht näher aufgeführt.»

«Stimmt», bestätigte Martin, nachdem er die Zeilen noch einmal still überflogen hatte. «Es fehlen zwei. Und Kiel wird als Werftstandort gar nicht erwähnt.»

«Genauso wie der Norddeutsche Lloyd nicht aufgeführt ist. Ich kann mir nicht vorstellen, dass die zurzeit kein Schiff in Bau haben.»

«Die Rede war nur von Hamburger Reedereien», korrigierte Martin. «Aber trotzdem stellt sich die Frage, ob das mit den zwei fehlenden Schiffen Zufall oder Absicht ist. Vielleicht solltest du Ballin …»

«… noch einmal einen Besuch abstatten und darauf ansprechen? Die Idee ging mir auch gerade durch den Kopf. Sag mal, hast du die besagten Papiere hier im Haus?»

Martin zögerte einen Moment, dann nickte er schließlich.

«Und das willst du ihm einfach so unter die Nase halten?», fragte Martin, nachdem sie das Schreiben von Ballin an

Otte noch einmal genau studiert hatten. «Das wäre ein Affront, wenn du mich fragst.»

«Er wird es nicht von der Hand weisen können», entgegnete Sören. «Hier, er schreibt wörtlich: *verbleibe mit dem Wunsch einer guten Zusammenarbeit* ... Das hatte ich die ganze Zeit im Hinterkopf, aber ich war mir nicht mehr sicher. Allein die Formulierung deutet darauf hin, dass es sehr wohl einen Vertrag zwischen Hapag und der Schichau-Werft gibt.»

«Zumindest ist etwas in Aussicht gestellt», ergänzte Martin. «Wenn du ihm das Schreiben zeigst, dann bezichtigst du Ballin der Lüge. Und das, was du von seinem Nervenkostüm berichtet hast, lässt nichts Gutes erwarten.»

«Jedenfalls keine angenehme Plauderei, richtig. Aber weißt du eine Alternative?»

«Ehrlich gesagt nein. Nicht, wenn wir herausbekommen wollen, was es mit diesen Konten auf sich hat. Allerdings solltest du dir schon mal eine glaubwürdige Geschichte ausdenken, wie du an diesen Brief gekommen bist. Der Name Waldemar Otte wird fallen ... und dann? Über das Ableben seines Geschäftspartners ist er womöglich informiert. Willst du ihm etwa erzählen, dass du annimmst, er könnte etwas mit dem Tod von Otte zu tun haben? Er wird dich hochkant rausschmeißen!»

Sören machte ein nachdenkliches Gesicht. Keine Frage, Martin hatte recht. Wortlos starrte er auf Ottes Papiere und Briefe, die ausgebreitet vor ihm lagen. Er wusste nicht mehr, wie oft er die Unterlagen schon durchgegangen war, war sich aber immer noch sicher, dass sie ein Geheimnis bargen, das sie bislang übersehen hatten. Ein Geheimnis, das einen Mord rechtfertigte. War es die Existenz dieser ominösen Konten, deren genaue Funktion sie sich nicht erklären konnten? Sören zweifelte keine Sekunde daran, dass angesichts einer solchen Größenordnung ein Menschenleben nichts zählte. Zumindest für den- oder diejenigen, die sich mit einem solchen Apparat einen kapitalen Vorteil versprachen. Aber hatte Otte überhaupt wissen können, welche Summen dort lagerten? Und wie war er überhaupt in den Besitz dieser Dokumente gekommen?

Blatt für Blatt und Zeile für Zeile ging er alles noch einmal durch. Martin hatte es sich derweil in seinem Sessel bequem gemacht und beobachtete Sören durch sein Weinglas hindurch. Die privaten Briefe von Otte gaben nicht den geringsten Hinweis auf irgendwelche Unstimmigkeiten oder sonstige Berührungspunkte zwischen Geschäft und privatem Leben. Er legte sie wieder beiseite und konzentrierte sich auf den Briefwechsel mit der englischen Werft Harland & Wolff. Wie er ja von Ballin erfahren hatte, ließ auch die Hapag Schiffe auf der Werft in Belfast bauen. Wenn es also um eine Ausschreibung ging, dann hätte sich die Schichau-Werft mit Sicherheit nicht bei einem Konkurrenzunternehmen über Erfahrungen im Bau von mit Turbinen angetriebenen Schiffen informiert. Andererseits stand die englische Werft nicht auf dem Verteiler des Schreibens der Hapag. Dort waren lediglich Werften aus Stettin, Geestemünde, Danzig und Hamburg aufgeführt. Zudem ging der Einsatz von Turbinen nicht aus den Vorgaben für den Bauplan des Schiffs hervor, sondern beruhte auf der Einschätzung der Schichau-Werft bezüglich der geforderten Leistung. Warum erklärte sich die Werft Harland & Wolff trotzdem sofort bereit, einen Mitarbeiter nach Hamburg zu schicken, um sich dort mit Waldemar Otte zu treffen?

An dieser Stelle stockte Sören jedes Mal – intuitiv fühlte er, dass hier etwas nicht stimmte, aber er konnte es nicht benennen. Möglich, dass es nur daran lag, dass das

Geschäftsgebaren miteinander konkurrierender Unternehmen normalerweise anders aussah. Er wusste es nicht und legte den Brief wie jedes Mal unzufrieden auf den Stapel zurück.

Blieb noch das Schreiben aus dem Reichsmarineamt, das leider nicht vollständig war. Dummerweise fehlte der Briefkopf, sodass nicht ersichtlich war, an wen das Schreiben gerichtet war. Den wenigen Zeilen war nur zu entnehmen, dass es um eine Havarie auf der Ostsee ging, die sich im September letzten Jahres zugetragen haben musste. Demnach hatte ein nicht näher benanntes Schiff in rauer See einen Maschinenschaden davongetragen, und man bezweifelte, dass die angestrebte Geschwindigkeit überhaupt hätte erreicht werden können. Das Schreiben endete mit einem Verweis darauf, dass vergleichbare englische Schiffe inzwischen einen Geschwindigkeitsvorteil von mehr als fünf Knoten hätten, was aus verständlichen Gründen nicht hinnehmbar sei. Alle weiteren Details könne man bei besagtem Ortstermin im Januar besprechen. Wann und wo dieser Termin war, ging aus den Zeilen nicht hervor. Unterschrieben war der Brief von Staatssekretär Admiral von Tirpitz.

«Und wenn unsere bisherigen Überlegungen nun in eine völlig falsche Richtung zielen?», fragte Sören und machte einen tiefen Atemzug.

«Was meinst du?»

«Die Schichau-Werft in Danzig baut, wie andere Werften auch, Schiffe für die Kaiserliche Marine. Wenn du dir das Gelände von Blohm + Voss anschaust, dann könnte man denken, es sind fast nur noch Kriegsschiffe, die auf den Werften auf Kiel gelegt werden. So wie in den Kaiserlichen Marinehäfen in Wilhelmshaven und Kiel. Soweit mir bekannt ist, werden in Danzig vor allem Torpedoboote und kleine Kreuzer gebaut. So steht es in den täglichen Pressemeldungen über die Marine.»

«Aber die Hapag hat nichts mit der Marine zu tun.»

«Wer redet von der Hapag? Es geht um Ballin.»

Martin blickte Sören fragend an.

«Albert Ballin steht der Hamburger Sektion des Flottenvereins vor», erklärte Sören.

«Du meinst, die Konten gehören dem Flottenverein?»

«Das wäre doch denkbar, oder?»

«Aber warum dann dieses Geflecht? Warum die ganze Geheimniskrämerei? Das passt doch nicht.» Martin war irritiert. «Das Nachrichtenbureau des Reichsmarineamtes ist doch stets bemüht, die Werbetrommel zu rühren, und geht mit jedem noch so kleinen Erfolg an die Öffentlichkeit. Jede Kiellegung, jeder Stapellauf wird an die große Glocke gehängt. Und die Menschen feiern die *schwimmende Wehr der Nation*. Der Deutsche Flottenverein hat inzwischen bestimmt mehr als eine halbe Million Mitglieder, Tendenz steigend. Nicht einmal mehr die Abgeordneten des Zentrums blockieren die Vorlagen, die Tirpitz dem Parlament vorlegt. 1898 gab es noch Zweifler, aber vor zwei Jahren, als er mit der nächsten Flottenvorlage kam, hat man kaum noch Gegenstimmen vernommen.»

«Eben. Alle glauben, vom Flottenprogramm des Reichs profitieren zu können. Die Menschen sehen die entstehenden Arbeitsplätze, der Wirtschaft geht es prächtig. Nur außenpolitisch ist es ein riskantes Spiel, das Tirpitz treibt. Waffen dienen nicht nur der Abschreckung. Im Regelfall werden sie auch benutzt.»

«Deine mahnenden Worte in Ehren …» Martin rollte mit den Augen. «Darf ich dich daran erinnern, dass du Ilka im letzten Sommer einen Matrosenanzug gekauft hast.»

Sören blickte beschämt zu Boden. «Weshalb ich mit

Tilda ziemlich heftig aneinandergeraten bin. Es war unüberlegt von mir. Ich glaube, sie hat ihn weggeschmissen.»

«Eine Überlegung ist es jedenfalls wert», griff Martin den Faden wieder auf und machte nun plötzlich ein ernstes Gesicht. «Auch die Institutionen, die Gelder auf diese Konten transferieren, profitieren schließlich vom Flottenbau. Krupp an erster Stelle. Unklar ist mir hingegen immer noch, warum das Ganze im stillen Kämmerlein stattfindet. Die einzige Erklärung dafür wäre, dass da etwas im Busch ist, das keinesfalls an die Öffentlichkeit kommen soll. Zumindest momentan nicht.» Er blickte Sören eindringlich an. «Wir werden es herausbekommen.»

―― *Auf dem Kiez* ――

*D*er lang anhaltende, tiefe Ton aus dem Signalhorn sollte wohl ankündigen, dass es nun bald losging. Es gab bestimmt ein festgelegtes Reglement für die Nutzung der Nebelhörner, hier im Hafen war es bedeutungslos. Niemand störte sich an der Willkür. Ganz im Gegenteil. Der Klang der Nebelhörner gehörte zu den großen Schiffen wie das schnaufende Stampfen der Lokomotiven zur Eisenbahn. Es klang aufregend. Tatsächlich kam für einen Augenblick Bewegung in die Menge. Die ersten Taschentücher wurden gezückt, und man winkte vom Deck des Schiffes zurück, obwohl noch immer Menschen die Gangways benutzten, um auf ihr Schiff zu kommen. Auf, auf zu großer Fahrt, signalisierte das Tuten, und der mächtige Ton symbolisierte zugleich Sicherheit. Besonders wichtig war das für diejenigen Passagiere, die zum ersten Mal einen Dampfer bestiegen hatten, denn die scheinbare Größe der Stahlkolosse hier an der Pier relativierte sich schnell, wenn am Horizont das Land verschwand und das Schiff nur noch von den riesigen Wellen des Atlantiks umgeben war. Der größte Teil der Passagiere an Bord der Pennsylvania hatte zuvor noch nie ein Schiff gesehen, geschweige denn betreten. Bestimmt mehr als drei Viertel dieser Menschen hatten keinen Rückfahrschein gelöst – und es war eher unwahrscheinlich, dass sie jemals wieder eine solche Fahrt auf sich nehmen würden.

Es war einer von den großen, behäbigen P-Dampfern

der Hapag, der hier an den St. Pauli Landungsbrücken lag und auf seine Verabschiedung in Richtung Amerika wartete. Die Pier durfte nur betreten, wer einen Fahrschein erster oder zweiter Klasse vorweisen konnte. Vornehm gekleidete Herrschaften, hinter denen mehrere Gepäckwagen mit riesigen Seekoffern und Kisten standen, wurden von den Beamten der Reederei kontrolliert. Pagen und Kofferträger verfrachteten anschließend die Gepäckstücke über eine eigene Gangway in den Bauch des Schiffes. An der Reling drängten sich Hunderte von Menschen. Die meisten davon Auswanderer, Zwischendecker und Passagiere der dritten Klasse, die von dem gebotenen Luxus an Bord während der Fahrt nichts sehen würden. Den größten Teil der Reise würden sie in einem streng abgeschotteten Bereich, dem Zwischendeck, zubringen, einem Massenquartier mit einfachster Kost und nur so viel Raum wie unbedingt nötig. Es ging besser und hygienischer zu als auf den Auswandererseglern vor etwa fünfzig Jahren, aber immer noch herrschte bedrückende Enge.

Die Auswanderer mussten seeseitig zusteigen. Sie wurden mit eigens dafür gebauten Tendern, größeren Hafenbarkassen mit Schaufelrädern, von der neuen Auswandererstadt auf der Veddel zu den Schiffen der Hapag gebracht. Sören musste an Simon Levi denken. Auch er hatte auswandern wollen – auf einem Schiff der Hapag –, in Richtung Amerika, einer ungewissen Zukunft entgegen. Ein Mann in den besten Jahren, der in der Silvesternacht ein wenig Vergnügen gesucht hatte. Auf St. Pauli natürlich, wo sonst. Und er hatte es geschafft, die Auswandererstadt zu verlassen. Der Ruf der Reeperbahn eilte dem Quartier weltweit voraus. Aber dort, wo Amüsement und Kurzweil geboten wurden, tummelten sich auch Ganoven und Betrüger, halbseidene Gestalten genauso wie mörderisches Gesindel. Hier lauerten Fallgruben für unerfahrene junge Männer aus der Provinz. War der naive Simon Levi dort an ein leichtes Mädchen geraten, das ihn hatte ausnehmen wollen? Welche Rolle sonst konnte diese Frau spielen?

Sören hoffte, der Ort des Verbrechens könnte einen Hinweis darauf geben. Er schlug den Kragen hoch und blickte auf die Turmuhr des Michels. In einer halben Stunde hatte er sich mit Willi Schmidlein auf dem Spielbudenplatz verabredet. Einen kurzen Augenblick überlegte Sören, ob Schmidlein überhaupt kommen würde, aber dann verwarf er seine Zweifel. So, wie er den Mann inzwischen kannte, brauchte er nichts zu befürchten. Ganz im Gegenteil. Für Willi Schmidlein schien es mittlerweile eine Ehrensache zu sein – sonst hätte er sich nicht so bereitwillig auf die gestrige Verfolgungsjagd eingelassen.

Sören schwenkte nach links und stieg den Elbhang in Richtung Seewartenstraße hinauf. Noch einmal war das Tuten des Nebelhorns zu vernehmen, und Sören drehte sich unvermittelt um. Er wollte kontrollieren, ob ihm jemand folgte.

Auch wenn nichts Verdächtiges zu sehen war, fühlte sich Sören nach wie vor beobachtet. Gegenüber der Elbwarte ließ er sich für einen Moment auf einer Bank nieder und schaute in die Gesichter der Passanten, die an ihm vorbeigingen. In der Mehrzahl waren es Pärchen oder Familien auf ihrem sonntäglichen Spaziergang, auf dem Weg hinunter zum Elbufer oder bergauf in Richtung Heiligengeistfeld. Die Kinder waren dick eingepackt und balancierten auf den Abgrenzungen zu den Grünanlagen jenseits der Wege. Kaum jemand beachtete ihn. Schon nach wenigen Minuten begann Sören zu frösteln. Es war weniger die Temperatur als vielmehr der feuchtkalte Wind, der durch die Kleider kroch. Niemand nahm Notiz davon, als er sich plötzlich erhob und nach wenigen Metern abrupt in die entgegengesetzte Richtung wechselte. Vielleicht beobachtete man ihn auch aus größerer Entfernung.

Während er sich dem Millerntor näherte, kreisten seine Gedanken erneut um die Themen des gestrigen Abends, den Flottenverein und die Rüstungspolitik des Reichs. Wie schon häufig waren Martins und seine Meinung zu den gegenwärtigen politischen Geschehnissen alles andere als übereinstimmend gewesen, was wie immer auch daran lag, dass Martins analytischer Sachverstand und sein eigener emotionaler und beruflicher Horizont von gegensätzlicher Natur waren. Seine eigenen Ansichten waren geprägt durch die alltägliche Not der Menschen, mit denen er als Anwalt praktisch täglich konfrontiert war. Dazu kam, dass er zu fast allen Themen durch Tilda stets auch parteipolitische und gewerkschaftliche Aspekte erfuhr. Für Martin waren diese alltäglichen Dinge graue Theorie, die er nur im Vorbeigehen streifte oder vom Hörensagen kannte. Dennoch war die Information darüber für Martins analytisches Denken unverzichtbar, denn auch wenn er aus einer sicheren, weil sorglosen Distanz versuchte, komplexe Zusammenhänge zu durchschauen, so war er beileibe kein Schöngeist. Sicher, sein Leben war geprägt von Abwägung und Diplomatie, aber bevor er urteilte, wollte er alle Details zur Sache kennen, und riskierte dabei stets auch einen Blick über die Schulter Andersdenkender. Dafür war Sören ihm stets eine erste Adresse gewesen.

Einig waren sie sich über die annähernd perfekte Agitation von Tirpitz und seinem Reichsmarineamt, wenn es darum ging, Massen zu mobilisieren und für die Sache zu gewinnen. Das Nachrichtenbureau und der Flottenverein arbeiteten dazu Hand in Hand, und Sören musste sich eingestehen, dass er sich gedanklich auch schon mehrmals hatte verführen lassen. Wahrscheinlich, weil Tirpitz' Argumente für eine starke und schlagkräftige Flotte nicht so weit hergeholt waren, wollte er England wirklich ein Gleichgewicht gegenüberstellen. Was sich der Inselstaat in den letzten Jahren an Provokationen geleistet hatte, rief förmlich nach einer Schutzflotte, die den Demütigungen in den überseeischen Kolonien ein Ende setzte. Waren es doch immer Konfliktherde, die auf wirtschaftlichen Überlegungen beruhten. Etwa wenn Handelsschiffe deutscher Reedereien durch britische Kreuzer aufgebracht und mit fragwürdigen und scheinheiligen Gründen an die Kette gelegt wurden, bis Ladung und Waren verdorben waren. Solche Provokationen waren den Zeitungsberichten nach fast an der Tagesordnung und schürten natürlich das Verlangen nach einer militärischen Präsenz vor Ort, nach einer Flotte. Gleichzeitig geriet das allgemeine Bild Englands in Schieflage. Das lag vor allem an dem Burenkrieg, den man in Afrika führte. Auch hier standen wirtschaftliche Aspekte und Handelsinteressen im Vordergrund. Zwar hielt sich das Reich in diplomatisch geschickter Neutralität, aber den Engländern konnte nicht entgangen sein, dass sich die Mehrzahl der deutschen Bevölkerung mehr mit den Buren als mit den Interessen der britischen Krone identifizierte. Die wiederkehrenden Berichte über die Konzentrationslager, welche die Engländer in Südafrika eingerichtet hatten und in denen angeblich menschenunwürdige Bedingungen herrschten, heizten die antienglische Stimmung im Reich zusätzlich auf. War es da ein Wunder, dass die Massen von Tirpitz' Ideen begeistert waren?

Ein zusätzlicher Aspekt waren die Chancen, die sich

durch die enorme Flottenrüstung plötzlich für eine breite Bevölkerungsschicht auftaten. Die riesigen Schiffe mussten ja nicht nur gebaut und gewartet, sondern auch mit einer Besatzung ausgestattet werden. Ganz im Gegensatz zum Heer, das vorwiegend aus vielen einfachen Infanteristen bestand, benötigte man auf den Schiffen eine ausgebildete Mannschaft mit sehr speziellen Fähigkeiten. Vor allem die Offizierslaufbahn, die im Heer traditionell dem Adel vorbehalten war, wurde nun als bürgerliche Aufstiegschance gesehen. Was dem Reich und den Kaufleuten der Platz an der Sonne war, das war dem Volk der Platz in der Marine.

Ja, es war raffiniert eingefädelt worden. Wie eine Maschine, die man nicht mehr anhalten konnte. Denn die Begeisterung machte auch blind. Sören dachte erneut an den Matrosenanzug, den er für Ilka gekauft hatte. Die Vereinnahmung geschah, ohne dass man sich dessen wirklich bewusst war. Brauchten wir diese riesige Seemacht wirklich? War England wirklich ein Gegner oder doch viel eher ein Nachbar und ein Handelspartner? England war ein Inselstaat. Schon allein daher benötigte man dort viele Schiffe. War die Seemacht Englands nicht in Wirklichkeit eine natürliche Folge der zig Kolonien, die man seit langem hatte? War es schlau, dieser Vormachtstellung mit einer Kriegsflotte entgegenzutreten? Diese Fragen hatte Martin zum Schluss in den Raum gestellt. Einig waren sie sich, dass es gefährlich war, was von Tirpitz tat. Denn er schien nicht nur die Rückendeckung des Kaisers zu haben, sondern inzwischen auch die alleinige Verfügungsgewalt zu besitzen.

Willi Schmidlein war auch heute nicht zu übersehen. Von der Statur her war er eher klein, aber seine Haare leuchteten Sören schon von weitem entgegen. Er stand am Zeitungsaushang neben dem Köllisch Universum und studierte die Sonntagspresse. Sören tippte ihm vorsichtig von hinten auf die Schulter, und erschrocken drehte sich Schmidlein um. Als er Sören erkannte, löste sich seine Anspannung.

«Hat dich meine Nachricht erreicht?», fragte er, nachdem sie sich die Hand geschüttelt hatten. «Konntest du mit der Adresse etwas anfangen?»

«Ist er durch den Torbogen und die Einfahrt hineingegangen, oder hat er die Tür genommen?»

«Die Einfahrt», sagte Schmidlein. «Ich hab noch eine Weile gewartet, ob er sich nur vergewissern will, dass ihm niemand folgt, aber er ist nicht wieder rausgekommen.»

Sören wiegte unschlüssig den Kopf. «Die Hamburger Polizeizentrale», sagte er schließlich. «Unser Stadthaus.»

Willi Schmidlein blickte ihn erschrocken an, aber Sören machte eine beschwichtigende Geste. «Keine Angst», fügte er in beruhigendem Tonfall hinzu, dennoch hatte er seine Stimme gesenkt. «Das hat nichts mit dir zu tun.» Ganz sicher war er sich nicht, aber wenigstens war Schmidlein dem Kerl nicht aufgefallen. Anderenfalls hätte er ihn nicht zum Stadthaus geführt. Und da Willi Schmidleins Haarfarbe ein Erkennungszeichen allererster Güte war, konnte er davon ausgehen, dass er ihn nicht kannte. «Hast du Hunger?» Bei Tageslicht war zu erkennen, dass Schmidleins Gesicht über und über mit Sommersprossen bedeckt war, wie es bei vielen Rotschöpfen der Fall war. Seine Augen weiteten sich. «Dann spendier ich uns mal 'ne Runde warmen Apfelkuchen», sagte Sören und steuerte auf den nächsten Stand zu, an dem sich schon eine Schlange gebildet hatte.

Das Publikum auf dem Spielbudenplatz und der Reeperbahn unterschied sich am Tage grundlegend von den Gestalten, die hier in der scheinbaren Intimität der Dunkelheit ihr Vergnügen suchten. Sonntags war der Unterschied noch offensichtlicher. Es mochte daran liegen, dass viele Betriebe und Institutionen geschlossen hatten. Nur vereinzelt begegnete man angetrunkenen Seeleuten und all denjenigen, die erst jetzt aus den Spelunken und Varietés, Pinten und Etablissements ans Tageslicht kamen. Mehrheitlich war es das Heer der Neugierigen, welches die Straßen bevölkerte. Zur Flaniermeile wurde die Reeperbahn damit auch sonntags noch lange nicht. Der Blick in die Seitengassen war ernüchternd. Hier offenbarte sich dem Betrachter nun die schamlos zur Schau gestellte Trostlosigkeit eines Quartiers, dessen einziger Zweck das nächtliche Schauspiel war. Das Schauspiel von unbekümmerter Ausgelassenheit und scheinbarer Freiheit war der Arbeitsplatz all derer, die durch Elend und Misere, Leid und Verzweiflung den hoffnungslosen, verlogenen Weg eingeschlagen hatten. Der Müll dieses nächtlichen Betriebs stapelte sich jetzt an verschmutzten und beschmierten Hauswänden, deren Putz sich an vielen Stellen bereits gelöst hatte. Sören wandte den Blick von einer Frau, die ihre Röcke gehoben hatte und ohne Hemmung in den Rinnstein urinierte. Im Hauseingang daneben saßen zwei verwahrloste Kinder und machten sich mit derben Sprüchen über die Frau lustig. Der Gestank in den Gassen war entsetzlich. Über den Ausdünstungen von Unrat und Müll zogen immer wieder Schwaden übelster Gerüche, die aus den Schloten der fischverarbeitenden Werke, der Räuchereien und Fischmehlfabriken am Elbhang von St. Pauli und Altona hier herüberzogen. Auch am Sonntag.

«Was bist du so am Wetter interessiert?», fragte Sören.

Nachdem sie ihren Apfelkuchen verspeist hatten, war Schmidlein erneut zu einem Zeitungsaushang gegangen und studierte die Wettervorhersage. Für morgen waren trockene sechs bis zehn Grad angekündigt. Zudem gab es eine Sturmwarnung für die Nord- und obere Ostsee.

«Meine jetzige Unterkunft ist nicht beheizt», entgegnete Schmidlein. «Ein Abrisshaus westlich des Neustädter Neuen Wegs. Daher nehme ich dein Angebot wirklich gerne an. Was hat es mit der alten Dame auf sich, von der du sprachst?»

«Lisbeth war die Gesellschafterin meiner verstorbenen Mutter. Mach dir keine Sorgen, das Haus ist groß genug. Und sie ist froh, wenn noch jemand im Haus ist. Zumindest nachts. Ich habe sie darauf vorbereitet, dass du für eine Zeit dort wohnen wirst. Erst nur du und später auch David.» Sie passierten das ehemalige Varieté-Theater, das vor einigen Jahren in Drucker-Theater umbenannt worden war, und dann die Davidwache. Sören musste an den merkwürdigen Zufall der Namensgleichheit denken, der seinem Ziehsohn zum Schicksal geworden war. Hier musste Waldemar Otte das von ihm beobachtete Geschehen angezeigt haben. «Wie habt ihr euch eigentlich kennengelernt?»

«In Hannover an der Technischen Hochschule. Wir haben aber nicht im gleichen Fachbereich studiert. David war ja bei den Bauingenieuren, und ich habe Allgemeinen Maschinenbau und Schiffbau studiert. Aber es gab natürlich studentische Gruppierungen, die durch die Partei organisiert waren.»

«Und auf einer solchen Veranstaltung seid ihr euch begegnet?»

Schmidlein nickte. Sie wichen einer Gruppe Matrosen aus, die ihnen mit geschulterten Seesäcken und laut singend entgegenkamen. «Jetzt, wo ich weiß, dass keine Gefahr droht, kann ich ja auch die Stelle in der Werft antreten. Ich werde mich gleich morgen bei Blohm + Voss melden.» Er lächelte. «Aber diesmal nicht bei den Nietenkloppern, sondern im Entwurfsbüro der Abteilung für Wissenschaftliches Versuchswesen, wo man mir eine Stelle als Ingenieur angeboten hat. Ich kann nur hoffen, dass man mir die zwei Tage nachsieht. Unpünktlichkeit ist kein gutes Zeugnis für den Beginn eines Arbeitsverhältnisses. Aber bei den vielen Neueinstellungen, wie sie die Werft derzeit vornimmt, braucht man wahrscheinlich jede verfügbare Kraft. Von daher bin ich guter Dinge. Die Werften bekommen immer mehr Aufträge. Neubauten, Reparaturen, allein für den Dockbetrieb werden derzeit mehr als zwanzig Fachkräfte gesucht. Und dazu noch die ganzen Kriegsschiffe ...»

«Ist diese unglaubliche Flottenrüstung für dich als Sozialdemokrat überhaupt mit deinem Beruf vereinbar?»

«Die Abteilungen sind streng getrennt», sagte Schmidlein flüchtig. «Mit Kriegsschiffen habe ich kaum etwas zu tun. Der Bau Seiner Majestät Schiffe wird auf den nicht kaiserlichen Werften durch Marinebaumeister beaufsichtigt.»

«Aber du kennst dich dennoch aus?»

«Ein wenig», entgegnete Schmidlein, und seine Augen blitzten neugierig.

«Was sagen dir 160 Meter Länge und 50 000 PS?»

«Für einen Passagierdampfer nicht lang genug und für einen Schlachtkreuzer zu viel Leistung. Die letzten Schiffe für Lloyd und Hapag hatten alle eine Länge von über 200 Metern und Expansionsmaschinen, die auf etwa 30 000 PS kommen. Diese Leistung ist nötig, um die Kolosse auf eine Geschwindigkeit von über 22 Knoten zu kriegen. Die großen Schlachtkreuzer, etwa der gerade bei Blohm + Voss fertiggestellte Kaiser Karl der Große, haben eine Länge von 120 bis 130 Metern. Von Kriegsschiffen mit mehr als 15 000 PS habe ich allerdings noch nie etwas gehört.»

Man merkte sofort, dass Willi Schmidlein in seinem Metier war. Es sprudelte förmlich aus ihm heraus. Auch wenn er nichts mit dem Bau von Schiffen der Marine zu tun hatte, die Details, von denen er wusste, zeigten, dass er sich bestens auskannte. Sören spitzte die Ohren. «Allerdings ist man gerade dabei, zu überlegen, die Panzerarmierung der Schiffe noch weiter zu erhöhen. Bislang wurden 25 Zentimeter nicht überschritten. Aber die Krupp'schen Stahlplatten mit bis zu 30 Zentimeter Stärke liegen schon bereit. Ebenso die Geschütze. Der Kaiser Karl der Große hat gerade vier der neuesten L 40 9,5" bekommen – und man munkelt, dass der Schlachtkreuzer in absehbarer Zeit mit Rohren von 28 Zentimeter Durchmesser aufgerüstet werden soll.»

«Die liefert auch Krupp?»

Schmiedlein lachte. «So etwas kann niemand sonst herstellen. Zumindest nicht in Deutschland. Die Produktion der Geschützrohre soll angeblich im Sommer abgeschlossen sein.»

«Und so geht das dann immer weiter.»

«Ja. Dickere Armierung, die den größeren Geschossen standhalten soll, dann noch größere Geschütztürme, die wiederum eine noch stärkere Panzerung nach sich zieht und so weiter und so weiter. Es kann schon sein, dass dann irgendwann tatsächlich 50 000 PS notwendig sind, um die Stahlkolosse überhaupt mit einer akzeptablen Geschwindigkeit zu bewegen.»

«Ein interessanter Gedanke», murmelte Sören mehr

zu sich selbst. «Was weißt du über die Schichau-Werft in Danzig?»

«Nicht sehr viel. Ich habe mich zuerst hier bei Blohm + Voss beworben und sofort eine Zusage bekommen. Für die Kriegsmarine werden in Danzig hauptsächlich kleinere Schiffe gebaut. Ich glaube, es mangelt an der Anzahl entsprechender Helgen, die für den Bau von Schlachtschiffen notwendig sind. Dafür schenkt man dem Bau von Passagier- und Frachtdampfern dort wohl umso größere Aufmerksamkeit. Schichau scheint nur einen großen Helgen für Aufträge der Marine zu nutzen. Letztes Jahr wurde der Kaiser Barbarossa fertiggestellt, und zurzeit ist wohl die Wettin im Bau. Der Stapellauf war jedenfalls im Juni letzten Jahres. Die Wettin gehört zur Wittelsbach-Klasse: 680 Mann Besatzung und 11800 Tonnen Wasserverdrängung.» Willi Schmidlein schien alle Daten parat zu haben. «Und kaum ist der große Helgen frei, wird dort wieder ein Linienschiff auf Kiel gelegt. Natürlich noch eine Nummer größer. Die SMS Lothringen gehört zur Braunschweig-Klasse. Genaue technische Spezifikationen der Klasse habe ich aber noch nicht.»

«Das ist doch schon eine ganze Menge.» Sie kreuzten die Reeperbahn am Ende der Baumreihen und bogen in die Thalstraße ein. «Versuch dich zu erinnern», bat Sören ihn und deutete auf die Häuser. «Wenn dir irgendetwas bekannt vorkommt, sag Bescheid.»

Es war tatsächlich der Hof, in dem man den toten Simon Levi gefunden hatte. Schmidlein erinnerte sich zweifelsfrei an den Tordurchgang an der Thalstraße. Vom Hof aus konnte man sehen, dass es eine weitere Durchfahrt gab, die über Eck auf die Schmuckstraße mündete. Breite Steinpoller flankierten die Durchfahrt. «Ja, hier war es», meinte Willi Schmidlein. «Ich bin mir ganz sicher, aber das zweite Tor haben wir nicht wahrgenommen.»

«Könnten Levi und die Frau von dort gekommen sein?», fragte Sören. «Wo habt ihr gestanden?»

Schmidlein stellte sich in den Torbogen. «Etwa hier. Nein, die beiden sind eher aus der anderen Richtung gekommen. Und in die Richtung sind sie auch wieder verschwunden. Nicht in Richtung Durchfahrt.»

Sören ging zurück in den Hof und betrachtete ihn genauer. Auf der linken Seite stand das Gebäude eines alten Handwerksbetriebs, einer Fassmacherei. So stand es auf dem großen Schild neben der Winde über dem Eingang. Der Betrieb musste eine benachbarte Einfahrt nutzen, auf dieser Seite versperrte eine mannshohe Mauer den Zugang. Vor der Mauer stand ein alter Leiterwagen, aber selbst mit dessen Hilfe schien Sören das Überwinden der Mauer für eine Frau unmöglich. Auf der anderen Seite zur Schmuckstraße hin wurde der Hof vor der Durchfahrt von einer maroden Budenreihe begrenzt, die allem Anschein nach unbewohnt war. Sie machte einen erbärmlichen Eindruck. Das Mauerwerk des Gebäudes hatte tiefe Risse und war an mehreren Stellen, genauso wie Teile des Dachstuhls, bereits eingebrochen. Er untersuchte trotzdem, ob man ungehindert ins Innere gelangen konnte, schließlich war es denkbar, dass Levi und die unbekannte Frau sich dort vergnügt hatten. Nachdem Sören die morsche Eingangstür aufgestoßen und einen Blick ins Haus riskiert hatte, konnte er diese Möglichkeit jedoch ausschließen. Gleich die erste Bodendiele hinter der Schwelle hielt der Belastung nicht stand, und Sören brach knöcheltief ein. Eine Horde von Ratten flüchtete quiekend aus ihrem bis dahin sicheren Versteck. Sören schüttelte sich angewidert. Wenigstens hatte ihn keines der Viecher gebissen. Er ging zurück zu Schmidlein, der im Torbogen stand und sich eine schmale Zigarre angezündet hatte.

«Es war zwar ziemlich finster im Hof, aber ich bin mir dennoch sicher, dass die Frau nicht nach rechts gelaufen ist, sondern geradeaus in die Dunkelheit.» Schmidlein zeigte auf das Gebäude am anderen Ende des Hofes, das sich von der Schmuckstraße her tief in den Hof schob. An der Mauer lagerte jede Menge Unrat, aber wie es aussah, gab es dort keine Tür. Der Hof endete nach etwa zwanzig Metern in einer Mauernische. Sören blickte an der Fassade des Gebäudes empor. Das Haus hatte vier Etagen und wirkte genau wie die Budenreihe unbewohnt. Einige Fensterscheiben waren eingeschlagen und die meisten mit Brettern vernagelt. Auffällig war, dass das Haus zur Hofseite im Erdgeschoss keine Fenster hatte. So, als wenn es dort ehemals einen Anbau gegeben hatte, der inzwischen abgetragen worden war.

«Zeig mir genau die Stelle, wo ihr euch mit Simon Levi geschlagen habt und wo er zu Boden gegangen ist.»

Schmidlein machte einen Schritt zur Seite. «Das war hier.»

Sören ging auf die Stelle zu, hockte sich auf den Boden und drehte sich langsam in alle Richtungen um. Die Budenreihe und der Durchgang zur Schmuckstraße waren von hier aus nicht zu sehen. Auch das Werkstattgebäude im Hof lag außerhalb seines Blickwinkels. Blieben allein der Torbogen zur Thalstraße sowie die hofseitigen Fenster der mittleren zwei Geschosse des Hauses an der Schmuckstraße. Von wo aus konnte Waldemar Otte das Geschehen beobachtet haben? Und wohin waren Levi und die Frau verschwunden? Sören erhob sich und ging zum gegenüberliegenden Haus. Eine kleine Katze lugte aus dem Berg voller Unrat hervor, der an der Mauer aufgestapelt lag. Nach einem Moment des Zögerns kam sie hervor und streifte mit krummem Buckel und aufrecht in die Höhe gestelltem Schwanz zutraulich an Sörens Beinen entlang. Dann stolzierte sie in Richtung Willi Schmidlein und rieb sich auch an dessen Hose. Sören winkte ihn zu sich heran. «Pack mal mit an.»

Er selbst zerrte einige Bretter und eine durchweichte Matratze vom Stapel. Nachdem sie eine breite Holzplatte beiseitegezogen hatten, konnte man Treppenstufen erkennen. «Lag der Krempel in der Silvesternacht schon hier herum?», fragte Sören und arbeitete sich weiter vor, bis tatsächlich eine Tür zum Vorschein kam.

«Keine Ahnung.» Schmidlein zuckte die Schultern.

Sören rüttelte an der Tür. «Abgeschlossen. Als ich dich das erste Mal nach den Geschehnissen fragte, erwähntest du das Schlagen einer Tür. Das ist die einzige Tür, die in Frage kommt. Die Bruchbude auf der anderen Seite kannst du vergessen.» Sören machte ein nachdenkliches Gesicht. «Und irgendjemand hat das Gerümpel hier deponiert, damit man die Tür nicht sieht.» Er inspizierte das Schloss und zog schließlich einen Zahnstocher aus der Brusttasche seiner Weste. «Von innen verriegelt», erklärte er ärgerlich, nachdem er den Zahnstocher durch den Türspalt gezogen hatte. «Also versuchen wir's von der anderen Seite.»

Im Tordurchgang zur Schmuckstraße stank es erbärmlich nach Hundepisse. Ganz allgemein machte die Gegend hier keinen besonders beschaulichen Eindruck, was vor allem an den verfallenen Häusern lag. Auf der gegenüberliegenden Seite der Schmuckstraße standen ebenfalls zwei ruinenhafte Budenreihen. Eins der beiden Häuser wirkte, als wäre es in der Mitte durchgebrochen. Bei genauerer Betrachtung konnte man erkennen, dass sich der Erdboden an besagter Stelle abgesenkt hatte. Der Firstbalken des Satteldaches war gebrochen, und es sah aus, als wäre die eine Hälfte des Hauses zur Seite gekippt. Dieser Zustand schien schon länger zu bestehen, denn über und durch das Dach krochen bereits mehrere Efeuranken. Was hatten Otte wie auch Simon Levi bloß in dieser Gegend zu suchen gehabt?

Von der Straße aus blickte Sören auf die Fassade der katholischen St.-Josephs-Kirche an der Westseite der Großen Freiheit, auf welche die Schmuckstraße mündete. Ganz im Gegensatz zum Rest der Gegend bot sie einen malerischen, fast unwirklichen Anblick. Der Schein der untergehenden Sonne brach sich im Kreuz der Kirche und schien der geschwungenen Fassade strahlende Flügel verleihen zu wollen. Für einen Augenblick verharrte Sören und betrachtete das Schauspiel, dann ging sein Blick zurück auf den Straßenzug. Sie befanden sich direkt an der Grenze zu Altona. Unweit vor ihnen kreuzte der alte Grenzgang die Schmuckstraße, ein schmaler Pfad, der an einigen Stellen mit hölzernen Palisaden versehen war. Bevor der Straßenzug angelegt worden war, hatte es nur fünf Übergänge gegeben, durch die man von St. Pauli ins benachbarte Altona gelangen konnte. Neben dem Nobistor an der Reeperbahn die hafennahen Posten am Pinnastor, am Schlachterbudentor und am Trommeltor sowie an dem weiter nördlich gelegenen Hummeltor. Der Grenzweg war ein Relikt aus alten Zeiten. Patrouilliert wurde hier so gut wie nicht mehr, denn seit Altona und Hamburg beide dem Reichszoll unterlagen, machte Schmuggel keinen Sinn mehr.

Sören betrachtete das Haus neben dem Torweg, und sein Blick tastete sich die Fassade empor. Genau wie zur Hofseite wirkte es unbewohnt. Die wenigen Glasscheiben, welche die Steinwürfe Jugendlicher überlebt hatten, waren von einer dicken Staubschicht überzogen. Dahinter waren die Fenster auch auf dieser Seite mit Brettern vernagelt. Ein Blick auf den Eingang bestätigte Sörens Vermutung, dass das Haus leer stand. Hier war lange niemand mehr ein und aus gegangen. Die Tür war vernagelt, und die Spinnweben am Rahmen bezeugten, dass sie schon seit geraumer Zeit nicht mehr geöffnet worden war. Sören machte einen tiefen Atemzug. Wahrscheinlich war das Haus sogar einsturzgefährdet.

Ein kurzer Blick hinter das Haus begrub die stille Hoffnung, dass es vielleicht noch einen weiteren Eingang geben könnte. Direkt an der Brandmauer verlief der alte Grenzweg. Hier gab es weder Fenster noch Türen. Sören ging zurück auf die Straße und warf erneut einen Blick auf St. Joseph. Das Schauspiel war beendet, die leuchtenden Strahlen der Fassade waren versiegt. Allein das Kreuz schimmerte in einem Rest von Abendrot. Es fiel ihm schwer, den Blick loszureißen. Sein Gefühl sagte ihm, dass sie etwas übersehen hatten. Etwas, das zum Greifen nah lag. Etwas, das vielleicht nur seine Augen wahrgenommen, er aber nicht wirklich registriert hatte. Ein letzter Blick auf die Fassade des Hauses, dann durch den Torweg in den Hof, in dem es schon dämmrig wurde. Nein, da war nichts Auffälliges. Dennoch war er sich sicher, dass seine Augen etwas Wichtiges gesehen hatten.

―― *Der Schulfreund* ――

*D*ie Temperaturen waren immer noch viel zu mild für die Jahreszeit, aber der Nordwestwind hatte wie angekündigt zugelegt, und Sören bereute es deshalb nicht, das Fahrrad zu Hause stehen gelassen zu haben. Außer ihm war an der Haltestelle kein weiterer Fahrgast zugestiegen, er konnte somit ausschließen, dass ihm jemand folgte. Die Fahrt über hatte er spekuliert, ob der Wintereinbruch noch kommen würde. Ilka hatte sich so auf den Schnee gefreut, der bislang ausgeblieben war. Wenn man von den vereinzelten Flocken absah, die vor ein paar Wochen vom Himmel gerieselt waren und den Boden für wenige Minuten bedeckt hatten, dann hatte die Natur die weiße Jahreszeit in diesem Jahr einfach übersprungen. Bei diesen Gedanken fiel Sören abermals ein, dass der Besuch auf der Eisbahn immer noch ausstand. Er verdrängte die familiären Verpflichtungen von Tag zu Tag mehr – aber war das ein Wunder bei dem, was um ihn herum geschah?

Willi Schmidlein hatte wie vereinbart seine Aussage gemacht. Sören hatte es so arrangiert, dass er sich mehr oder weniger zufällig in dessen Nähe aufhalten konnte, aber seine Sorge, dass man Schmidlein wider Erwarten hätte arrestieren können, war unbegründet gewesen. Alles war so gelaufen, wie Sören es stillschweigend erhofft hatte. Allerdings bezweifelte er, dass die Staatsanwaltschaft ihre Anklage aufgrund dieser Aussage fallen ließ. Mit Dr.

Göhle zu sprechen war noch zu früh, auch wenn es Sören in den Fingern juckte. Jetzt hieß es erst einmal, Geduld zu bewahren. Schmidlein hatte wohl zwischenzeitlich mit Peter Schulz gesprochen und versucht, ihn ebenfalls zu einer Aussage zu überreden. Aber anscheinend war er mit diesem Vorschlag abgeblitzt. Das hatte zumindest seine Reaktion verraten, als Sören ihn darauf angesprochen hatte. Eine weitere Zeugenaussage hätte die Situation eindeutig zu Davids Vorteil verschoben, aufgrund des Vorstrafenregisters von Peter Schulz war es aber durchaus nachvollziehbar, dass er sich dem verweigerte. David ging es nicht schlecht, den Umständen entsprechend. Er war guten Mutes, als Sören ihm berichtete, dass sein Kumpan eine Aussage gemacht hatte. Mehr Details hatte er ihm nicht verraten – auch, um ihn nicht zu verunsichern.

Willi Schmidlein war inzwischen auf dem Weg zur Werft, um seine Anstellung zu besiegeln, und Sören überlegte, ob es wirklich sinnvoll war, die Einladung seines ehemaligen Schulkameraden gerade heute in Anspruch zu nehmen. Die schlaflose letzte Nacht machte sich bemerkbar. Immer wieder war er aufgewacht und hatte sich mit der Frage gequält, was er übersehen hatte. Vor allem die Frage, was Simon Levi und Waldemar Otte in der Thalstraße zu suchen gehabt hatten, ließ ihm keine Ruhe. War es Zufall, dass sie beide in der Silvesternacht am gleichen Ort gewesen waren, oder hatten sie sich womöglich sogar gekannt? Wenn dem so war, dann hätte die Anzeige von Otte anders aussehen müssen. Er hatte gesehen, wie Levi von David und den anderen Männern niedergeschlagen worden war. Deshalb war die Suche nach den Tätern auch gezielt gewesen. Aber er konnte nicht gesehen haben, wer Levi getötet hatte. Sonst hätte er David nicht identifiziert. Nach allem, was er nun wusste, und Sören zweifelte keinen Augenblick mehr an der Version, die David und Willi Schmidlein ihm erzählt hatten, war Levi der Frau hinterhergelaufen oder zumindest in die gleiche Richtung verschwunden. Er war also noch am Leben gewesen. Wenn man nun annahm, dass er einer betrügerischen Hure aufgesessen war, dann konnte es nur so sein, dass er kurze Zeit später mit deren Zuhälter aneinandergeraten war, der ihn erschlagen hatte. War das ebenfalls in diesem Hof geschehen, oder hatte man den Toten dort nur versteckt? Wenn ja, warum genau dort? Um die Spur auf einen anderen zu lenken? Auf die Gruppe von jungen Männern, die man zuvor beobachtet hatte, als sie eine Auseinandersetzung mit Levi gehabt hatten? Weil man wusste, dass dieser Kampf von einem Zeugen beobachtet worden war? Hatte Waldemar Otte womöglich bewusst eine Falschaussage gemacht, um jemand anderen zu schützen? Oder steckte er gar mit dem Täter unter einer Decke? Kam er selbst als Täter in Frage? Sörens Gedanken schossen schon wieder wirr durcheinander, wie letzte Nacht. Das ergab alles überhaupt keinen Sinn, und er versuchte erneut, sich von solchen Überlegungen zu befreien.

Was blieb, waren die Informationen, die er von Schmidlein über die Tätigkeiten auf den Werften und die zurzeit im Bau befindlichen Schiffstypen erhalten hatte. Die technischen Angaben und Maße in Ottes Unterlagen passten demnach nicht zusammen. Zumindest nicht, wenn es sich um einen Bau für die Marine handelte. Für einen Passagierdampfer war die Länge zwar zu gering, aber vielleicht handelte es sich um ein Schiff für ein ganz spezielles Einsatzgebiet. Die Hapag und auch der Lloyd waren dabei, sich immer stärker zu spezialisieren. Sören hatte die Kreuzfahrtschiffe vor Augen. Vielleicht plante man eine Schnellverbindung nur für ein zahlungskräftiges

Publikum. Oder plante man insgeheim doch, die Wettfahrten über den Atlantik erneut aufzunehmen? Dazu würde auch die Geschwindigkeit von 24 Knoten passen, von der die Rede war. Ballin hüllte sich in Schweigen, und Sören bezweifelte, dass hierzu noch etwas aus ihm herauszubekommen war. Aber wenn die Hapag tatsächlich etwas in Planung hatte, wovon die Öffentlichkeit – aus welchem Grund auch immer – vorerst nichts erfahren durfte, dann stellte sich die Frage, wie lange die Geheimhaltung eines solchen Projektes aufrechterhalten werden konnte, denn Schiffe in der vorliegenden Größenordnung ließen sich nicht unbemerkt bauen.

Wenn ein Nichteingeweihter von solchen Plänen etwas wissen konnte, dann war es Adolph Woermann. Als Reeder sollte er einen Überblick darüber haben, welche Konkurrenz es derzeit auf den Weltmeeren gab, und Adi hatte zudem jahrelang im Aufsichtsrat von Blohm + Voss gesessen. Die Hamburger Werft tauchte ebenfalls im Verteiler von Ottes Briefen auf. Allein deshalb war es möglich, dass Woermann von den Dingen Kenntnis hatte.

Wie häufig Sören bereits am Firmensitz der Woermann-Linie vorbeigegangen war, vermochte er nicht zu sagen. Heute war es jedenfalls das erste Mal, dass er das neue Kontorhaus in der Großen Reichenstraße genauer in Augenschein nahm. Normalerweise eilte man über die Bürgersteige einem Ziel entgegen, schaute auf die Menschen in den Straßen und wagte einen Blick in die Schaufenster und Auslagen der Geschäfte, aber die Architektur der Häuser und ihre neuerdings kunstvoll gestalteten Fassaden nahm man nur wahr, wenn die Gebäude an exponierter Stelle standen oder in der Blickachse auf eine andere städtebauliche Besonderheit lagen, wie etwa das Rathaus, die Kunsthalle, die Seewarte mit dem Hafenblick am Stintfang oder das Panorama der Alster.

Seinen neuen Firmensitz hatte sich Adolph Woermann von Martin Haller bauen lassen. Von wem sonst? Es war allerdings etwas Besonderes, wenn man den Rathausbaumeister privat beauftragte – in gewissen Kreisen war es aber auch verpflichtend, wenn man etwas auf sich hielt. In dieser Hinsicht hatte sich Adi nicht die Butter vom Brot nehmen lassen, schließlich hatte Haller auch den zwei Jahre zuvor fertiggestellten Neubau der Laeisz-Reederei, den Laeiszhof an der Trostbrücke, errichtet. Klar, dass Adi da nicht zurückstehen wollte. Aber im Gegensatz zu Hallers sonstigen Bauten sah das Afrika-Haus, so der bezeichnende Name, der in großen Lettern über dem Eingang stand, völlig anders aus. Und das Kontorhaus der Reederei Woermann stand gerade nicht an einer Stelle, wo man ihm aufgrund seiner Lage automatisch Beachtung schenkte. Ins Auge sprang es einem dennoch – aber eben nur, wenn man sich die Mühe machte und den Kopf hob.

Die Fassade an sich war ein Kunstwerk. Das Erdgeschoss, dessen Sockel granitverkleidet war, wirkte noch unauffällig, genau wie sich die Breite des Hauses in der Straßenflucht kaum von der der alten, schmalen Hamburger Bürgerhäusern unterschied. Aber der Rest der Fassade war spektakulär. Die Obergeschosse waren mit weiß glasierten Backsteinen verkleidet, und zwischen den Fensterbahnen waren ebenfalls glasierte Schmucksteine in den Farben der Woermann-Linie Grün-Blau-Weiß zu rautenförmigen Mustern angeordnet. Etwas Vergleichbares hatte Sören im Hamburger Stadtbild bislang noch nicht gesehen.

Der Eingang, der gleichzeitig die Durchfahrt zum Innenhof aufnahm, wurde von einem lebensgroßen afrikanischen Krieger aus Bronze bewacht. Sören fühlte sich unangenehm beobachtet, als er an der Figur in Richtung des schmiedeeisernen und mit Palmenmotiven verzierten Tores vorbeiging. Es wirkte, als verfolgte ihn der Krieger mit seinem Blick. Sören hielt inne und schaute der bronzenen Statue in die Augen. Nach einem kurzen Moment der Besinnung wusste er, was ihn an der Figur gestört hatte. War es Zufall, oder trug der afrikanische Krieger tatsächlich die Züge von Dr. Paetzold? Sören musste unweigerlich grinsen. Eine solche Schelmerei hätte er Adi nicht zugetraut. Es war das Erste, wonach er seinen ehemaligen Klassenkameraden fragen wollte. Dann fiel ihm ein, dass er nicht einmal wusste, ob Woermann überhaupt im Hause war.

Am Ende des langen und schmalen Innenhofes sah sich Sören zwei riesigen Elefanten gegenüberstehen. Natürlich waren auch sie aus Bronze gefertigt und flankierten das hintere Portal auf beeindruckende Weise. Es sah aus, als wenn sie aus der Mauer hervortreten würden. Die Wandfläche über dem Eingang zierte ein imposantes Mosaik, ebenfalls mit afrikanischen Bildmotiven. Angesichts dieses gewaltigen Bau- und Figurenschmucks konnte es für niemanden eine Frage sein, womit die Firma Woermann Handel trieb.

«Du hast unseren alten Pauker also tatsächlich erkannt?» Woermann klopfte Sören anerkennend verschwörerisch auf die Schulter. «Niemandem ist das bisher aufgefallen. Und jedem, was er verdient. Ich habe einen Neger aus ihm gemacht.» Er grinste spitzbübisch. «Wo der alte Paetzold mir doch stets nachsagte, dass ich von Geografie keinen Schimmer hätte. Ein schwaches ‹ausreichend› war alles, was ich ihm in der Prüfung abringen konnte. Nun, und da ging es um den Schwarzen Kontinent.»

«Damals war wohl noch nicht vorauszusehen, was aus dir einmal werden würde. Ich glaube, heute hätte er sich dir gegenüber anders verhalten, wäre vielleicht sogar stolz darauf, was aus seinem ehemaligen Schüler geworden ist. Ich hatte im Gegensatz zu dir nie Probleme mit ihm. Aber was soll's, er ist längst unter der Erde, und nun hast du ihm ein Denkmal gesetzt. Unabhängig davon finde ich das Ensemble hier wirklich bemerkenswert. Vor allem die Fassade hat mich beeindruckt.»

«Danke für die Blumen.» Woermann saß mit stolz geschwellter Brust da. «Weißt du, was ich Haller zahlen musste, damit er's macht?» Ein mächtiges Lachen ging durch den Raum. «Er wollte mir von Anfang an seinen Renaissancefirlefanz andrehen. Von der Idee, unsere Firmenfarben in die Fassade zu integrieren, noch dazu hochglänzend, war er alles andere als begeistert. Aber ich bin stur geblieben. Und ich finde, es hat sich gelohnt. Die glasierten Backsteine mussten extra angefertigt werden und waren sündhaft teuer. Ich glaube, es hat ihn irgendwie amüsiert, dass ich wegen meiner Sturheit extratief in die Taschen greifen musste.»

Sören fragte sich, warum Adi dann keinen anderen Architekten genommen hatte, aber die Antwort konnte er sich selbst geben. Für einen Woermann musste es eben ein Martin Haller sein. Dennoch war es ihm sympathisch, wie Adi an seiner Vorstellung festgehalten hatte – und die Umsetzung gab ihm recht. Das Haus war wirklich einzigartig.

Woermann war ausgesprochen guter Laune. Sein brummiger Bariton hatte sich über die Jahre nicht verändert. Auch das kräftige Lachen, das im Wechsel dazu immer eine Zeit im Raum zu schweben schien, war noch das alte. Beides passte zu seiner mächtigen Erscheinung.

Adi hatte seinen Vollbart etwas gestutzt, was ihn jünger aussehen ließ. Sein scharfer Blick, der ihm eine charismatische Strenge verlieh und von Leuten, die ihn nicht kannten, oft falsch interpretiert wurde, stand ganz im Gegensatz zu seinem eigentlichen Wesen. Sören wusste um sein weiches Gemüt, das viele ihm kaum zugetraut hätten. Zudem saß ihm der Schalk im Nacken. Andererseits war Woermann ein Mann klarer Worte, er war jemand, der es nie nötig gehabt hatte, lange um den heißen Brei herumzureden. Diese Direktheit hatte ihm nicht nur den Ruf des stolzen, aber störrischen Hanseaten eingebracht, sondern auch den eines kompromisslosen Geschäftsmannes. Sören konnte sich gut vorstellen, dass er als Verhandlungspartner ein schwerer Brocken sein konnte. Diplomatie war seine Sache jedenfalls nicht.

Sören hatte das Gespräch wie zufällig auf Ballin und die Hapag gelenkt. Eigentlich hatte er nur wissen wollen, ob die Schnellpassagen der Reederei sowie die Wettfahrten gegen den Norddeutschen Lloyd wirklich beendet waren, wie Ballin behauptet hatte. Woermann quittierte das mit einem spöttischen Grinsen und dem Hinweis auf den Hapag-Dampfer Deutschland, der vor zwei Jahren vom Stapel gelaufen und so kompromisslos auf Geschwindigkeit getrimmt worden war, dass man ihm wegen seiner Schlingerbewegungen schnell den Spitznamen The Cocktail Shaker gegeben hatte, aber dann kam Adi von sich aus auf ein ganz anderes Thema zu sprechen, und seine Stimme klang plötzlich ganz vertraulich. «Nein», begann er auszuholen, «Ballin plagen zurzeit ganz andere Sorgen. Ein Krake greift nach seinem Unternehmen.» Wieder dieses spitzbübische Lächeln. «Dabei ist es ja genau genommen nicht seins. Es heißt zwar in der Stadt, er sei die Hapag und die Hapag sei Ballin, und ich will die Hochachtung darüber, was die kleine Knollennase aus der Hapag gemacht hat, nicht schmälern, aber die Hapag gehört ihm nicht. Und das Unternehmen ist in meinen Augen keine Reederei mehr. Zumindest nicht im herkömmlichen Sinn, wie unser Familienbetrieb, wie die Laeisz-Reederei ... Und Ballin ist nur ein Angestellter, das sollte man nicht vergessen. Macht er einen Fehler und wird entlassen, dann hat er nichts. Gut, bislang hat er ein glückliches Händchen gehabt, aber glaubst du wirklich, es ist nur seinem Geschick zu verdanken, dass aus der Hapag die größte und bekannteste Linie auf den Weltmeeren wurde? Er hat das Schiff anfangs mit viel Fleiß auf den richtigen Weg gebracht, richtig. Aber das stete Wachstum und die Gier des kleinen, ehrgeizigen Juden haben einen Moloch entstehen lassen, der nicht mehr allein durch betriebliche Interessen zu steuern ist. Ein Unternehmen dieser Größenordnung ist nicht nur für das Reich ein Aushängeschild allererster Güte, sondern immer auch ein politisches Werkzeug.» Er zwinkerte Sören wissend zu. «Dazu noch ein sehr wirkungsvolles, denn hinter einer Aktiengesellschaft kann man sich verstecken, solange die Namen der Aktionäre nicht veröffentlicht werden.» Woermann blickte Sören fragend an.

«Mir ist bekannt, dass die Reichspostdampferlinien von Hapag und Lloyd vom Reich subventioniert werden», entgegnete Sören. «Aber die Unternehmen an sich?» Er dachte an die seltsamen Konten, die in Ottes Unterlagen aufgeführt waren und ahnte bereits, worauf Adi hinauswollte.

Der schüttelte nur den Kopf. «Nein, keine Subventionierung. Ich rede von Anteilen. Natürlich nicht direkt. Das Reich wird offiziell kein Großaktionär der Hapag sein. Aber da gibt es gewisse Umwege, Strohmänner, wenn du weißt, was ich meine. Großunternehmer, die gerne einspringen, weil es ihnen zum Vorteil gereichen wird.» Woermann machte eine gebieterische Geste. «Und nun bekommt Ballin die Rechnung für seinen Größenwahn. – Unter uns ...» Adi zögerte einen Moment. «Hast du Aktien der Hapag?»

Sören schüttelte den Kopf.

«Dein Glück. Was ich dir erzähle, bleibt unter uns, ja?»

«Natürlich.» Sören spitzte die Ohren. Ganz plötzlich konnte sich nun das Blatt wenden, und er war gespannt, ob dann alles einen Sinn bekam.

«Sagt dir der Name Morgan etwas? John Piermont Morgan?»

«Der amerikanische Banker, Besitzer von United States Steel? Ja, ich habe von ihm gehört. Besser gesagt, habe ich einen Bericht darüber gelesen, wie er die Fusion der amerikanischen Stahlkonzerne in die Wege geleitet hat.»

Adi lächelte. «Morgan ist etwa so klein wie Ballin, hat sogar eine noch hässlichere Nase und ist dementsprechend noch größenwahnsinniger. Aber Jupiter, wie Morgan auch genannt wird, hat Ballin etwas voraus: Er verfügt über Unsummen von Geld. Geld, das ihm selbst gehört. Er besitzt nicht nur ein großes Bankhaus und den größten Stahlkonzern der Welt, sondern er kontrolliert inzwischen auch den Großteil der Eisenbahnlinien an der amerikanischen Ostküste. Doch damit nicht genug. Im letzten Jahr hat Jupiter begonnen, Reedereien zu kaufen. Keine kleinen Klitschen und auch nicht irgendwo in Amerika, denn dort gibt es bislang ja kaum eine Handelsflotte, sondern hier in Europa. Darunter die englische Leyland-Linie. Dazu hat er ein Syndikat ins Leben gerufen, die International Mercantile Marine Company. Und jetzt greift er nach den ganz Großen. So, wie es aussieht, wird er noch in diesem Jahr mehrheitliche Anteile der White Star in seinen Besitz bringen. Und dann ist es nur noch eine Frage der Zeit, bis die Hapag ins Visier genommen wird. Es gibt niemanden, der eine Übernahme verhindern kann. Wenn die Aktionäre an Jupiter verkaufen, weil er ihnen ein Vielfaches des eigentlichen Wertes der Aktien zahlt, dann ...»

«Aber warum bietet er ein Vielfaches des eigentlichen Wertes?»

«Es ist das Machtstreben, der Machtwunsch eines kleinen abgebrochenen Piefkes, der mit einer Nase wie ein Kaktus rumläuft.» Woermann schlug sich lachend auf die Schenkel. «Nein, im Ernst ... Er will einen riesigen Transportverbund, er will ein Monopol. Die Ladung der Schiffe, welche die Ostküste ansteuern, wird mit seinen Eisenbahnen weitertransportiert. Es gibt keine Alternativen dazu. Und das weiß Ballin natürlich. Soweit mir bekannt ist, hat er im Sommer letzten Jahres von Morgans Kaufabsichten erfahren. Er war völlig panisch, und bereits im Herbst hat es ein geheimes Treffen der beiden in London gegeben. Angeblich soll es zu einer vertraglichen Vereinbarung zwischen der Morgan-Gruppe und der Hapag kommen. Das teilte mir zumindest jemand mit, der bei den Vorverhandlungen am 16. Oktober auf Schloss Hubertusstock anwesend war. Ballin hat sich nämlich beim Reichskanzler und bei Seiner Majestät persönlich rückversichert. Ein weiteres Indiz dafür, wie es um die Unabhängigkeit der Hapag bestellt ist.»

Woermann grinste ganz ungeniert. «Natürlich darf davon niemand etwas erfahren. Vor allem die Aktionäre der Hapag nicht. Die nächste Aktionärsversammlung findet im Mai dieses Jahres statt, und wenn Ballin bis dahin keine akzeptable Einigung mit der Morgan-Gruppe zustandegebracht hat, dann ist nicht nur die Zukunft der Hapag fraglich, sondern auch sein eigenes Schicksal bei der Hapag besiegelt. Er steht jedenfalls mit dem Rücken zur Wand. Und dass der kleine Choleriker kein besonders starkes Nervenkostüm besitzt, ist ja allgemein bekannt. Momentan ist seine größte Sorge, dass die Morgan-Gruppe tatsächlich die White-Star-Linie übernimmt. Selbst wenn eine Übernahme der Hapag durch Jupiter verhindert werden kann, entsteht doch eine unglaubliche Konkurrenz für das Unternehmen. Und Thomas und Bruce Ismay sowie William Pirrie, die bisherigen Besitzer der White Star, haben Ballin gegenüber wohl klar zu verstehen gegeben, dass eine Übernahme kaum noch zu verhindern sei.»

«William Pirrie?», wiederholte Sören. Pirrie war der Name des Mannes gewesen, den Ballins Sekretär bei seinem Besuch in der Hapag-Zentrale angekündigt hatte. War Ballin deshalb so nervös geworden?

«Ja, William Pirrie ist der Leiter einer der größten Werften der Welt, der Harland-&-Wolff-Werft in Belfast.»

In Sörens Kopf brauste es. Schneller, als er dachte, fügte sich ein Steinchen ans andere. Waldemar Otte hatte mit der Werft Harland & Wolff Kontakt aufgenommen, und die Werft wollte jemanden nach Hamburg schicken, um sich mit Otte zu treffen. War es Zufall, dass Pirrie zur gleichen Zeit in Hamburg weilte, oder hatte sich der Chef der Werft persönlich auf den Weg gemacht? Ballin hatte ja erwähnt, dass die Hapag einige ihrer Schiffe bei Harland & Wolff fertigen ließ, und dem Bericht aus dem *Unparteyischen Correspondenten* nach hatte die Hamburg-Amerika Linie zurzeit zwei Schiffe in Belfast im Bau. Von daher konnte es sich auch um ein ganz gewöhnliches Treffen von zwei Geschäftspartnern gehandelt haben, was jedoch immer noch nicht erklärte, warum Ballin den Kontakt zu Otte und zur Schichau-Werft geleugnet hatte. Und die Konten? Wenn Woermann recht hatte, dann waren sie ungefähr zur gleichen Zeit eingerichtet worden, wie Ballin von der Gefahr einer möglichen Übernahme der Hapag durch Morgan erfahren hatte. War es denkbar, dass die enormen Gelder auf den Konten dafür gedacht waren, einer feindlichen Übernahme entgegenzuwirken? Wenn Adis Unterstellung stimmte und die Hapag über Aktionäre getarnt zumindest anteilig längst ein Unternehmen des Reichs war, dann erklärte das natürlich die Bereitstellung der Gelder. Und es erklärte gleichfalls, warum gerade Albert Ballin Prokura über die Konten hatte.

«Die Geschichte ist wirklich heikel», unterbrach Woermann Sörens Gedanken, «und ich möchte momentan nicht in Ballins Haut stecken. Auch wenn ich dort so oder so nicht reinpassen würde.»

«Höre ich da einen Anflug von Schadenfreude heraus?»

Adi wiegte unschlüssig den Kopf und gab einen grunzenden Laut von sich. «Sagen wir mal so ... Seine Probleme sind weitgehend selbst gestrickt. Er hat den Bogen einfach überspannt. Das konnte auf Dauer nicht gut gehen. Und ich bin heilfroh, dass mir so etwas nicht passieren kann. Ein Familienbetrieb wird durch derartige äußere Einflüsse nicht gefährdet. Ich bin mein eigener Herr.»

Woermann stand auf und reckte sich zu voller Höhe empor. «Das ist meine persönliche Meinung. Unabhängig davon wäre es natürlich fatal, wenn die Hamburg-Amerika Linie oder auch der Lloyd in ausländischen Besitz übergehen würde. Es mag idiotisch klingen, aber ich kann die Interessen des Reichs, das zu verhindern, sehr gut nachvollziehen. Ich verfüge ja, wie du weißt, über sehr gute Kontakte nach Berlin, und wir, das heißt in diesem

Fall einige ranghohe Vertreter von Reich und Marine, wollten uns in drei Tagen mit Ballin und der Führung des Norddeutschen Lloyds zusammensetzen und vorbeugend beratschlagen, wie man mit einer solchen Gefahr zukünftig umzugehen hat. Kriegs- und Handelsmarine sollten hinsichtlich der Vormachtstellung auf den Weltmeeren gemeinsam an einem Strang ziehen. Das Ganze sollte anlässlich der Übergabe des neuen Linienschiffes geschehen, wenn am Donnerstag die Führungsriege der Reichsmarine bei Blohm + Voss erwartet wird, aber nun kann Ballin an der Fahrt nicht teilnehmen, weil er sich um Pirrie kümmern muss. Denn es ist ja absurd, wenn ein Engländer, zudem der Chef der größten britischen Werft, zur Probefahrt des modernsten deutschen Kriegsschiffes an Bord kommt. Ich will nicht aus dem Nähkästchen plaudern, aber sonst kann man sich sämtliche Auflagen bezüglich der Geheimhaltung beim Bau von Schiffen Seiner Majestät zukünftig sparen und die Baupläne gleich ins Ministerium nach London schicken.»

«Du meinst den Kaiser Karl den Großen?»

Woermann nickte. «Ja, das Schiff wird am Donnerstagmorgen auf seine erste … nun, seine zweite Fahrt gehen und in den Kaiserlichen Marinehafen nach Wilhelmshaven überführt werden. Dabei wird wohl das halbe Reichsmarineamt an Bord erwartet.»

«Admiral von Tirpitz auch?», fragte Sören neugierig. Er dachte an das unvollständige Schreiben, das sich in Ottes Unterlagen befunden hatte und in dem von einem Ortstermin im Januar die Rede gewesen war.

Woermann grinste vielsagend. «Nicht nur, mein Lieber, nicht nur. Den Gerüchten nach wird sich wohl auch Seine Majestät persönlich die Probefahrt seines neuesten Schiffes nicht entgehen lassen.»

―― *Auf der Lauer* ――

*E*r musste auf dieses Schiff. Egal, unter welchem Vorwand. Was auch immer es mit der Zusammenkunft des Marinestabes und der Vertreter unabhängiger Werften und Reedereien anlässlich der Jungfernfahrt des neuen Linienschiffes auf sich hatte, Sören war sich sicher, dass hier alle Fäden zusammenliefen. Ging es nur um ein Aktionsbündnis gegen die International Mercantile Marine Company der Morgan-Gruppe, oder waren die Verflechtungen zwischen Handels- und Kriegsmarine doch enger?

Sören dachte darüber nach, was er gemeinsam mit Martin in Erwägung gezogen hatte. Ihre Spekulation, dass es sich bei den Konten um eine Art geheime Kriegskasse des Flottenvereins handeln könnte, war zwar immer noch nicht vom Tisch, zumal Ballins Rolle als Chef der Hamburger Sektion des Vereins dessen Prokura erklärt hätte, allerdings war es jetzt genauso gut denkbar, dass die Gelder tatsächlich über Mittelsmänner vom Reich zur Verfügung gestellt wurden, um die Position der Hapag in einem möglichen Übernahmekrieg durch ein ausländisches Konsortium zu stärken. Für die zweite Möglichkeit sprachen die Informationen, die er von Adi erhalten hatte, wobei sein ehemaliger Schulfreund keinen Hehl daraus gemacht hatte, dass seiner Meinung nach die Macht der deutschen Handelsflotte untrennbar mit der Effizienz einer schlagkräftigen Kriegsmarine verbunden sei, unter deren Schutz die überseeischen Handelslinien agieren konnten.

Dagegen sprach der Umstand, dass nicht nur die Vertreter der führenden Reedereien zu dem Gespräch geladen waren, sondern auch die großen deutschen Werften. Was aber konnten Werftenvertreter dazu beisteuern? Wenn Sören das Schreiben des Reichsmarineamtes richtig interpretiert hatte, dann hatte Waldemar Otte stellvertretend für die Danziger Schichau-Werft teilnehmen sollen. Aber die Schichau-Werft baute sowohl Handelsschiffe als auch solche für die Kaiserliche Marine, und in dem Schreiben war von der Havarie eines Kriegsschiffes die Rede gewesen. Auch wenn nicht dezidiert daraus hervorging, um was für eine Havarie es sich genau gehandelt hatte, so erinnerte sich Sören an mehrere Zeitungsberichte, wonach es auch mit dem Kaiser Karl dem Großen einen Zwischenfall gegeben hatte. Adolph Woermann hatte ihn darauf gestoßen, als er beiläufig erwähnte, dass es sich bei der Probefahrt und Übergabe des Linienschiffes morgen streng genommen um den zweiten Versuch handelte. Ursprünglich hatte das Schiff im Oktober letzten Jahres zum Jadebusen überführt werden sollen, jedoch war die Jungfernfahrt bereits auf der gegenüberliegenden Elbseite beendet gewesen, da der Kapitän den Tiefgang falsch eingeschätzt und das Schiff vor Neumühlen auf Grund gesetzt hatte. Die Beschädigungen am Unterwasserschiff waren so gravierend gewesen, dass das Schiff erst teilweise demontiert und anschließend zurück in die Werft geschleppt werden musste.

Wie Sören es auch wendete, des Rätsels Lösung blieb ihm verschlossen. Er musste mehr über dieses Treffen erfahren, und der einzige Weg, den er sah, war, selbst daran teilzunehmen. Nur, wie konnte er an Bord gelangen?

Anfangs hatte er noch gehofft, das Schiff in Begleitung von Woermann betreten zu können, aber Adi hatte anderweitige Verpflichtungen. Sein eigenes Unternehmen sei ihm wichtiger, hatte er erklärt. Da würde er Präferenzen setzen, zumal ihm ein Ergebnis eines solchen Treffens ohne die Teilnahme von Ballin so oder so fraglich erschien. Als letzte Möglichkeit war Sören Willi Schmidlein eingefallen. Auch wenn der junge Ingenieur nach eigenem Bekunden nichts mit dem Bau von Schiffen Seiner Majestät zu tun hatte, vielleicht konnte er ihm doch helfen. Er hatte ihn gestern Morgen auf dem Weg zur Werft abgepasst und ihn gebeten, alle Möglichkeiten auszuloten, wie er auf dieses Schiff kommen könnte. Schmidlein hatte nur kurz genickt und gemeint, er werde alles versuchen. Bislang hatte er noch nichts von ihm gehört.

Die Ordnung in seinem Arbeitszimmer war inzwischen halbwegs wiederhergestellt. Fräulein Paulina hatte ganze Arbeit geleistet. Er selbst hatte eher das Gefühl, zu nichts mehr zu kommen. Die aktuellen Geschehnisse hielten ihn nach wie vor von den alltäglichen Arbeiten in der Kanzlei ab. Auf seinem Schreibtisch stapelte sich die unbeantwortete Korrespondenz. Selbst die wichtigen Angelegenheiten blieben jetzt liegen. Sören blickte auf die demolierte Tür des Tresors. Auch da musste er schleunigst für Ersatz sorgen. Die Polizei hatte sich wegen des Einbruchs noch nicht wieder bei ihm gemeldet, aber er hatte auch nichts anderes erwartet. Wenigstens hatte Fräulein Paulina das Türschloss der Kanzlei austauschen lassen. Sören betrachtete seinen neuen Schlüssel. Über zwanzig Mark hatte der Einbau eines neuen, modernen Schließzylinders gekostet. Er bezweifelte jedoch, dass die moderne Technik einen versierten Einbrecher wirklich daran hindern würde, das Schloss auf die eine oder andere Weise zu knacken.

Außerdem war ja zu befürchten, dass in diesem Fall die Polizei selbst ...

Sören mochte den Gedanken mit all seinen Konsequenzen immer noch nicht zu Ende denken. Wer auch immer der Mann war, der ihn verfolgt hatte, er verfügte über gute Kontakte zur Polizei, und es stand außer Frage, dass der Einbruch auf sein Konto ging. Entweder hatte er es selbst getan oder jemanden beauftragt. Die ganze Situation wuchs ins Unerträgliche. Zu gern hätte er dem Gesicht einen Namen gegeben, aber selbst wenn es sich bei dem Kerl um einen Vigilanten der kriminalen oder politischen Polizei handelte, dann war es undenkbar, dass er von sich aus aktiv wurde. Sollte Sören so lange durch die Korridore des Stadthauses laufen, bis ihm der Kerl irgendwo über den Weg lief? Und selbst dann, was konnte er gegen ihn unternehmen? Er hatte nichts gegen ihn in der Hand. Am meisten aber war ihm der Gedanke zuwider, dass es sich bei dem Kerl um einen skrupellosen Mörder handelte. Offenbar schien er ihn gegenwärtig nicht mehr zu beschatten, warum auch immer.

Die lauten Stimmen im Flur forderten Sörens Aufmerksamkeit. Es kam nur selten vor, dass Fräulein Paulina die Stimme erhob. «Was ist denn los?», rief er in Richtung Empfangszimmer, denn auf dem Flur war niemand zu sehen.

Fräulein Paulina kam ihm auf halbem Weg entgegen. «Der Junge hier besteht darauf, zu Ihnen vorgelassen zu werden», erklärte sie und deutete auf einen Knirps von etwa zwölf Jahren, der neugierig seinen Kopf durch die Tür steckte. «Ich habe ihm schon gesagt, dass das nicht so ohne weiteres möglich ist, vor allem wenn man nicht sagt, worum es geht. Aber er lässt sich nicht abwimmeln. Er sagt nur, er muss mit Ihnen persönlich sprechen.»

«Na, und was willst du von mir?», fragte Sören und machte einen Schritt auf den Jungen zu.

«Sind Sie Herr Bischop?», fragte der Knirps selbstsicher.

Sören zog die Augenbrauen hoch. «Muss ich mich ausweisen?»

Der Junge zog ein Couvert aus seinem Mantel und hielt es Sören hin. «Das soll ich Ihnen aushändigen. Aber nur persönlich.»

«Aha», entgegnete Sören und nahm den Briefumschlag in Empfang. «Wer hat dich denn beauftragt?» Wahrscheinlich war es die längst erwartete Nachricht von Schmidlein. Hatte er einen Weg für ihn gefunden, auf das Schiff zu gelangen?

Der Junge zuckte unwissend mit den Schultern.

«Und was bekommst du für deinen Botengang?»

«Nix», meinte der Junge und wollte sich dem Ausgang zuwenden.

«Nun warte doch mal.» Sören versperrte ihm den Weg. «Fräulein Paulina, machen Sie unserem jungen Gast mal eine heiße Schokolade.» Er zog seine Geldbörse hervor und reichte dem Jungen einen Groschen. Dann öffnete er neugierig den Umschlag. Darin befand sich ein gefalteter, mit krakeliger Schrift beschriebener Notizzettel:

Es gibt wichtige Neuigkeiten. Die Sache ließ mir keine Ruhe, und ich habe etwas Merkwürdiges herausgefunden. Hole Sie heute um sechs in der Schauenburgerstraße mit der Droschke ab. Denken Sie an warme Kleidung. Es kann spät werden. Völsch.

Egon Völsch war pünktlich auf die Minute. Sören hatte vor der Kanzlei auf den Polizeileutnant gewartet und sich den Kopf darüber zerbrochen, was er herausgefunden haben mochte. Es ging darum, wie Simon Levi die Auswandererstadt hatte verlassen können, das war klar. Es gab keinen anderen Grund, warum er sich sonst bei Sören gemeldet hätte. Aber warum diese Geheimniskrämerei und warum der Bote?

Es fiel Sören sofort auf, dass es keine Droschke der Polizei war, mit der Völsch vorfuhr. Auch trug er keinen Uniformrock, was Sören zunächst stutzig machte. Der Polizeileutnant trug einen dicken Wollmantel und hatte sich einen Schal umgeschlagen. Er lächelte ihm vom Kutschbock aus zu, ohne die Zigarre aus dem Mund zu nehmen. Mit zwei Fingern tippte er grüßend an die Krempe seiner Melone. «'n Abend, Doktor Bischop.»

«'n Abend auch», antwortete Sören, während er das Gefährt bestieg. «Wohin fahren wir?» Die Frage war überflüssig, aber Sören konnte es kaum erwarten, dass Völsch ihm von seiner Entdeckung berichtete.

«Auf die Veddel. Zu meinem Arbeitsplatz», knurrte Völsch. Dann schwieg er, bis sie auf die Steinstraße einbogen. «Wenn es so ist, wie ich vermute, dann ...» Er ließ den Satz unvollendet und schüttelte verständnislos den Kopf.

«Es geht darum, wie Levi die Auswandererstadt verlassen konnte, oder irre ich mich?»

«Nicht nur Levi», sagte Völsch. «Bei einer bestimmten Besetzung in der Polizeistation können die Auswanderer anscheinend passieren.»

«Es wird zu lasch kontrolliert.»

«Wenn es nur das wäre.» Es war zu erkennen, dass Polizeileutnant Völsch keinen Blickkontakt wollte. So, als wenn ihm das, was er zu sagen hatte, unangenehm war. Er schaute stur geradeaus auf die Straße. «Ich habe es anfangs nicht für möglich gehalten, aber die Beweise verdichten sich, dass einige meiner Kollegen bestechlich sind.»

Sören entgegnete nichts, und auch Völsch schwieg eine Weile. «Es hat mir keine Ruhe gelassen», meinte er schließlich. «Es war ja eine Tatsache, dass es dieser Levi geschafft hatte, das Gelände zu verlassen. Also habe ich ein wenig Nachforschungen betrieben. Zuerst gab es nichts Auffälliges zu entdecken, aber es hat mich stutzig gemacht, dass bestimmte Kollegen immer wieder um die Versetzung in eine andere Schicht nachfragten. Es waren stets die gleichen Kollegen, und es handelte sich ausnahmslos um die Spätschichten. Dann habe ich mir den Dienstplan vorgenommen und festgestellt, dass es regelmäßig die Tage sind, an denen ich selbst Frühschicht habe. So wie heute ... so wie auch letzten Sonntag. Da habe ich mich auf die Lauer gelegt.

Es war nicht einfach, unentdeckt zu bleiben, denn ich musste ja den Eingang im Auge behalten, und an der Außenanlage patrouillieren immer Beamte der Hapag. Schließlich habe ich aber doch ein gutes Versteck in einer Hütte der Gleisbauarbeiter gefunden, die am Wochenende nicht besetzt war und von wo aus ich alles im Blick hatte. Fast wäre ich dann auch noch eingeschlafen, denn es dauerte bis zum Sonnenuntergang, bis tatsächlich das geschah, was ich insgeheim vermutet hatte. Eine sechsköpfige Gruppe Männer verließ kurz nach acht das Gelände und ging zu Fuß in Richtung Anlegestelle. Dem Äußeren nach waren es Aussiedler, aber ob sie eventuell begleitet wurden, konnte ich wegen der Dunkelheit nicht genau erkennen. Jedenfalls gingen sie ohne Laterne. Ich war zu perplex, um schnell zu reagieren, und so kam ich zu spät zum Anleger. Ich konnte gerade noch sehen, dass die Gruppe eine dort wartende Pinasse bestiegen hatte, die in Richtung Vedelkanal davontuckerte. Und wenn ich mit meiner Vermutung richtig liege, dann wird heute das gleiche Schauspiel stattfinden.»

Völsch hatte die Droschke nahe der Veddeler Station abgestellt, und gemeinsam machten sie sich auf den Weg zu besagter Baracke. Der direkte Weg hätte zu dicht an der Auswandererstadt vorbeigeführt, also schlichen sie in einem großen Bogen über das Gelände der Gleisbauer. Der schwache Schein einer Petroleumlaterne, die Völsch dicht über dem Boden führte, leuchtete ihnen den Weg zwischen gestapelten Bohlen, Kies- und Geröllhaufen. Schließlich tauchte die schiefe Baracke vor ihnen auf, ein hölzerner Verschlag mit den Ausmaßen einer kleinen Remise. Die Tür war nur mit einem eingesteckten Nagel gesichert. Als sie eintraten, löschte der Polizeileutnant die Laterne. Vorsichtig tasteten sie sich durch das Dunkel der Hütte bis an ein kleines Fenster, durch das man die von Lampen beleuchteten Palisaden der Auswandererstadt erkennen konnte. Der Haupteingang mit der kleinen Wachstation lag etwas über fünfzig Meter von ihnen entfernt.

Völsch entzündete ein Streichholz und warf einen Blick auf seine Taschenuhr. «In einer halben Stunde ist Wachwechsel», sagte er und feuerte den Stumpen an, den er nach wie vor zwischen den Zähnen stecken hatte. «Auch eine?», fragte er und zog ein längliches Etui aus dem Mantel. Sören lehnte dankend ab. Der Geruch von Rauch und Tabak breitete sich schnell in der kleinen Hütte aus und überdeckte nach kurzer Zeit die faulig moderigen Ausdünstungen, die vom unbefestigten Boden der Baracke aufstiegen.

Nachdem sich seine Augen an die Dunkelheit gewöhnt hatten, konnte Sören erkennen, dass der Fußboden der Hütte nur aus ein paar ausgelegten Latten und Brettern bestand, die man in den Morast gelegt hatte. Er fragte sich schon, warum der Boden in dieser Jahreszeit so durchtränkt sein mochte, da entdeckte er über zwei ausgedienten Teereimern in der Ecke der Hütte einen langen Balken. Wie es aussah, war die unverschlossene Hütte in letzter Zeit auch als Abort genutzt worden. Angewidert wendete er sich ab und versuchte, sich auf die Auswandererstadt zu konzentrieren. Die Scheibe war zwar staubig und verschmiert, aber das brachliegende Gelände rings um die festungsgleiche Anlage konnte man trotzdem gut überblicken.

Völsch hatte ein Fernrohr am Auge und blickte konzentriert in Richtung Wachstube. Von Zeit zu Zeit tauchten ein oder zwei Gestalten im Schein der Laternen auf, die um die Anlage patrouillierten, Beamte der Hapag, wie an ihren langen Uniformmänteln und der einheitlichen Kopfbedeckung unschwer zu erkennen war. In der Dunkelheit wirkte die von gelb schimmernden Bogenlampen beleuchtete Anlage wie ein Gefängnis. Nach einer Viertelstunde kam Sören auf Völschs Angebot zurück und zündete sich auch eine Zigarre an. Der bittere Geschmack des Tabaks war allemal besser als der Gestank in der Hütte.

Die Zeit verging, und Sören hoffte, dass sie nicht mehr allzu lang ausharren mussten, denn langsam wurde es empfindlich kalt. Im gleichen Moment wurde er von Völsch angestupst. Es tat sich etwas. Von Norden her kamen zwei Männer auf die Auswandererstadt zu. Jeder von ihnen trug eine Laterne, und sie hielten schnurstracks auf das Wachhäuschen zu. Von den patrouillierenden Beamten der Hapag war weit und breit nichts zu sehen.

«Ich möchte mal wissen, wer da jetzt sitzt», flüsterte

Völsch. «Und wie viel derjenige einsteckt. Wenn ich doch nur näher rankönnte.»

Nach kurzer Zeit, es mochten höchstens zehn Minuten vergangen sein, verließ tatsächlich eine Gruppe von zehn Personen die Anlage, ausschließlich Männer, wie man an der Kleidung erkennen konnte. Von den Beamten der Hamburg-Amerika Linie war immer noch nichts zu sehen. «Und jetzt?», fragte Sören.

Der Polizeileutnant war schon an der Tür. «Hinterher», flüsterte er im Befehlston. «Die dürfen keinen Vorsprung bekommen.»

«Sie wollen doch nicht ...»

«Keine Angst, Doktor Bischop.» Völsch schüttelte den Kopf. «Ich will nur näher ran, sehen, ob es das gleiche Boot ist wie vorgestern. Vielleicht kann ich jemanden erkennen.»

Sie verließen die Hütte und stolperten in die Nacht. Es war stockdunkel, weder Mond noch Sterne waren zu sehen, über ihnen schwebte ein dichter Vorhang aus grauen Wolken. Nur die tänzelnden Lichtpunkte der Laternen, welche die Männer vor ihnen trugen, dienten ihnen als Orientierung. Sie hielten sich, so gut es eben ging, im Verborgenen und achteten vor allem darauf, nicht über irgendwelche Hindernisse auf dem Boden zu stolpern. Die Dunkelheit bot ihnen zwar genug Schutz davor, von der Gruppe vor ihnen gesehen zu werden, aber Lärm hätte sie unweigerlich verraten. Es waren etwa vierhundert Meter bis zum Anleger, und zum Schluss hatten sie sich den Männern bis auf fast zwanzig Meter genähert. Von der Vorsetze des Anlegers konnte man bereits das Tuckern des wartenden Bootes vernehmen. Die Gruppe vor ihnen beschleunigte ihre Schritte. Stimmen waren zu hören. Was genau gesprochen wurde, konnten sie aber nicht verstehen. Am Anleger selbst wurde es hektisch. Sören und Völsch kauerten sich hinter ein Wartehäuschen und beobachteten das Geschehen. Dunkle Rauchschwaden quollen aus dem Schornstein der Pinasse. Die Männer kletterten nacheinander auf das wartende Schiff. Von Bord aus wurde ihnen immer wieder etwas zugerufen. Völsch blickte unbeirrt durch sein Fernrohr, aber seinem stillen Fluchen konnte Sören entnehmen, dass es wohl zu dunkel war, um etwas zu erkennen. Nach wenigen Minuten war der Spuk vorbei. Der Motor des Schiffes dröhnte auf, und langsam setzte sich die Pinasse in Bewegung. Es war niemand zurückgeblieben.

«Die steuern in Richtung Altona oder zu den St. Pauli Landungsbrücken», mutmaßte Völsch. Er schob das Fernrohr zusammen und steckte es in die Manteltasche.

«Woher wissen Sie das?»

Völsch deutete in Richtung des sich entfernenden Schiffes. «Ansonsten wären sie in Richtung Schumacherwärder getuckert. Sind sie aber nicht. Außerdem ahne ich bereits, wo die Reise hingeht: St. Pauli, wahrscheinlich Reeperbahn. Ein wenig Amüsement für die betuchteren Auswanderer, die bei uns untergebracht sind. Ist natürlich strengstens verboten. Aber für einen kleinen Nebenverdienst drückt man schon mal ein Auge zu. – Die Pinasse gehört übrigens zu den Hafenversetzbooten der Hapag.»

«Sind Sie sicher?»

Völsch nickte. «Haben Sie vergessen, dass ich viele Jahre bei der Hafenpolizei war? Da hat man einen Überblick.» Er stöhnte kurz auf und machte einen schweren Atemzug. Dann zündete sich der Polizeileutnant eine neue Zigarre an. «Ein ganz schön mieses Ding, was da läuft. Es würde mich nicht wundern, wenn auch die

Reederei hintenrum an der Sache noch verdient. Entweder es kassiert jemand eine dicke Provision, oder man hat extra dafür eigene Lokalitäten angemietet. Wir werden ja sehen, wohin die Reise geht.»

«Und wie wollen wir das herausfinden? Mit dem Wagen schaffen wir es nie rechtzeitig dorthin. Das Schiff wird viel schneller sein.»

Völsch lächelte ihn ruhig an und paffte einige Rauchschwaden aus. Dann entzündete er seine Laterne. «An den Landungsbrücken wartet mein Schwager. Sein Bruder steht am Anleger der Altonaer Fischhalle.» Er zwinkerte Sören verschwörerisch zu. «Auf meine Familie kann ich mich verlassen. Solange ich nicht genau weiß, wer alles in die Sache verwickelt ist, muss ich vorsichtig sein.» Er machte sich auf in Richtung Droschke, und Sören folgte ihm. «Erst wenn wir den genauen Zielort kennen, können wir zuschlagen.»

«Wir?» Sören blickte ihn fragend an.

«Natürlich habe ich Vorsorge getroffen», erläuterte Völsch. «Wenn man den Rang eines Leutnants hat, dann kann man schon mal selbständig bei einer anderen Abteilung um Amtshilfe bitten, ohne dass das gleich an die große Glocke gehängt wird. Ich habe den Kollegen vom Gewerbewesen nahegelegt, heute Nacht die Vorkehrungen für eine kleine Razzia zu treffen. Die Kollegen stehen also bereit. Und die Information, wo die Razzia genau stattfinden soll, erhalte ich eben erst kurzfristig. Man wartet nur auf meine Nachricht. Anfangs war ich nicht sicher, ob das so klappen wird, wie ich es mir vorstelle, aber nachdem die Pinasse auch heute gekommen ist, kann ich wohl davon ausgehen, dass es keine undichte Stelle gibt. – Kommen Sie, mein Schwager erwartet mich an den Landungsbrücken. Bis wir dort sind, wird entweder er oder sein Bruder wissen, wohin man die Männer gebracht hat. Der Rest ist ein Kinderspiel.»

«Es war alles umsonst», stöhnte Sören. Tilda hatte voller Ungeduld auf ihn gewartet. Nun stand sie hinter ihm und massierte zärtlich seine Schultern. «Und dabei hat es so vielversprechend angefangen. Genau wie Egon Völsch vermutet hatte, sind die Männer an den Landungsbrücken von Bord gegangen. Der Schwager von Völsch ist ihnen heimlich gefolgt und erwartete uns mit der Adresse an der verabredeten Stelle, und auch die Beamten von der Gewerbepolizei waren, wie von Völsch geplant, einsatzbereit. Der Bezirkskommissar, ein guter Freund von Völsch, wie sich hinterher herausstellte, hatte zusätzlich zu den eigenen Leuten sogar noch einige Revierwachtmeister von der Davidwache akquiriert. Alles war eigentlich perfekt vorbereitet, und keiner von uns kann sich erklären, was schief gelaufen ist. Jedenfalls muss der Schwager von Völsch von den Männern getäuscht worden sein. Wahrscheinlich haben sie bemerkt, dass sie verfolgt wurden. Bei der Adresse handelte es sich nämlich nicht um eine Lokalität, wo man verbotenem Hasardspiel oder Ähnlichem nachgehen konnte, sondern um ein gewöhnliches Mietwohnhaus. Entsprechend schnell war die geplante Razzia auch beendet. Die Polizisten haben die Wohnungen zwar durchsucht, aber von den Männern hat man niemanden finden können.

Du machst dir keine Vorstellung davon, was hinterher auf der Wache los war. Der Bezirkskommissar ist wie eine Furie auf Völsch los und hat ihn vor versammelter Mannschaft zur Schnecke gemacht. Von mir hat er überhaupt keine Notiz genommen, und so habe ich mich dann auch schnell verdrücken können. Aber in Völschs Haut möchte ich jetzt nicht stecken. Wegen seines Alleingangs droht ihm natürlich eine Menge Ärger. Es war ein idiotischer Fehler, sich auf die Angaben seines Schwagers zu verlassen. Und dabei waren wir genau auf der richtigen Spur. Jetzt muss man natürlich davon ausgehen, dass die nächtlichen Exkursionen erst einmal eingestellt werden, bis sich die Wogen geglättet haben und man sich wieder sicher fühlt. Eine Riesenschweinerei bleibt das Ganze trotzdem. Offiziell will man die Auswanderer davor schützen, dass sie vor Fahrtantritt in der Stadt ausgenommen und um ihre Ersparnisse gebracht werden, unter anderem deshalb sperrt man sie unter Quarantäne in eine entfernt gelegene Einrichtung, und dann schleppt man sie hintenrum wahrscheinlich gezielt in genau solche Etablissements. Jedenfalls weiß ich jetzt, wie Simon Levi nach St. Pauli gekommen ist.»

«Und was willst du tun?»

Sören lehnte seinen Kopf an Tildas Brust. «Keine Ahnung. Die Beweislage liegt annähernd bei null. Alle werden alles abstreiten.»

Tilda streichelte Sören über die Wange. «Du hast ja schon wieder Bartstoppeln.»

«Du brauchst keine Angst zu haben. Ich lasse mir keinen neuen Bart wachsen.» Sören griff nach ihren Händen. «Bist du gar nicht müde?»

«Ich bin viel zu aufgeregt, um müde zu sein», antwortete sie. «Die Sache nimmt mich mehr mit, als du denkst. Übrigens hat sich dieser Schmidlein gemeldet ...»

Sören drehte sich abrupt zu ihr um. «Und?»

«Du sollst ihn ...» Sie blickte zur Standuhr, um sich zu vergewissern, wie spät es inzwischen war. Mitternacht war längst vorüber. «Du sollst ihn um vier Uhr im Haus deiner Mutter abholen. Er meinte, du wüsstest Bescheid.»

Sören stutzte einen Moment, dann griff er erneut nach ihren Händen und zog sie zu sich heran. «Dann bleiben uns ja noch zwei Stunden Schlaf.»

«Ich bin aber gar nicht müde», entgegnete Tilda irritiert.

Sören lächelte. «Ich auch nicht.»

―― *Kaiserwetter* ――

*D*er Rumpf des Schiffes ragte trotz Hochwasser nur wenige Zentimeter über die steinerne Vorsetze der Werft. Vor der stählernen Wand des dahinter liegenden Docks wirkten die Aufbauten des Linienschiffes fast zierlich. Sören warf einen Blick über die Kaimauer. Die gedrungene Form des Schiffes zeichnete sich nur schemenhaft in der Dunkelheit ab. Die dünnen Rauchfahnen aus den beiden mächtigen Schornsteinen signalisierten, dass das Schiff bereits unter Dampf stand, aber bis auf die Positionslaternen in den Masten und ein schummriges Flackern hinter den winzigen Scheiben gab es keine weiteren Anzeichen dafür, dass bereits jemand an Bord war. An Deck war niemand zu sehen. Auch die offene Kommandobrücke über dem Gefechtsstand war nicht besetzt. Ganz entfernt war ein sanftes Brummen aus dem Inneren des Schiffsrumpfes zu vernehmen. Es klang fast beruhigend, aber je genauer Sören die Silhouette des Linienschiffes in Augenschein nahm, desto mehr wirkte es, als blickte ihn das Schiff grimmig an. Die Kasemattengeschütze schienen in alle Richtungen zu zielen, und die Rohre des riesigen Geschützturmes, die bedrohlich über dem Vordeck schwebten, kamen Sören wie die Beißwerkzeuge eines Insekts vor.

Der Wind hatte aufgefrischt und blies mit mindestens sechs Beaufort aus West. Sören war noch nie auf einem vergleichbaren Schiff gewesen, und da Kriegsschiffe nicht unbedingt für einen gehobenen Reisekomfort konstruiert wurden, war ihm klar, dass die Ausfahrt alles andere als eine Spazierfahrt werden würde. Er neigte zwar nicht zur Seekrankheit, aber angesichts der Tatsache, dass er den Großteil der Fahrt unter Deck würde verbringen müssen, war Sören etwas mulmig zumute. Für ein Zurück war es freilich zu spät.

Der Proviantmeister hatte ihn nur kurz gemustert und dann zustimmend genickt. Schmidlein hatte dem Parteigenossen schwören müssen, dass Sören kein Anarchist war, der einen Anschlag plante, denn mit der Prüfungskommission kamen nicht nur ranghohe Offiziere der Marine an Bord des Schiffes, sondern mit von Tirpitz auch hohe Würdenträger des Reichs. Ob Seine Majestät persönlich an der Fahrt teilnehmen würde, war indes immer noch unklar. Allerdings hatte man bereits entsprechende Vorbereitungen getroffen. Es hieß, Marinestab, Kommission und Gäste würden mit der Bahn anreisen und direkt auf das Betriebsgelände der Werft geleitet werden. Die personelle Besetzung der Kommission war zwar bekannt, doch die meisten Namen kannte Sören allenfalls vom Hörensagen. Die Wahrscheinlichkeit, dass ihn jemand erkennen könnte, war damit so gut wie ausgeschlossen.

Proviantmeister Müller hatte Sören kurz über Protokoll und Benimmregeln aufgeklärt, da er als Aufdecker mit zwei weiteren Stewards für die Versorgung der Gäste in der Deckoffiziersmesse zuständig war. Lars und Otto machten einen sympathischen Eindruck, waren jedoch weitaus jünger als Sören. Überraschend, aber zugleich beruhigend fand Sören den Umstand, dass auch Schmidlein während der Fahrt an Bord sein würde. Fast die ganze Abteilung für Wissenschaftliches Versuchswesen nahm daran teil, denn Schmidleins Chef, ein gewisser Hermann

Frahm, der Leiter der Abteilung, wollte während der Fahrt irgendwelche Schwingungen messen. Mehr Details kannte Schmidlein noch nicht, da er ja erst wenige Tage dabei war, aber Frahm hatte anscheinend ein besonderes Auge auf den Neuen geworfen, nicht nur weil er an der gleichen Hochschule in Hannover studiert hatte, sondern wohl auch weil Schmidlein seine bisherigen wissenschaftlichen Veröffentlichungen über Resonanzen und Schwingungen gelesen hatte. Sören musste an Martin und dessen fragwürdige medizinische Behandlung denken. Schwingungstheorien waren zurzeit offenbar nicht nur bei Medizinern en vogue.

Bereits nach wenigen Schritten an Bord bemerkte Sören das leichte Vibrieren, das durch das ganze Schiff ging. Er musterte die massiven Stahlplatten der Aufbauten, deren Dimension beeindruckend war. Man konnte sich kaum vorstellen, dass es Geschosse gab, welche diesen Stahl durchschlagen konnten. Dann fielen ihm Schmidleins Worte über die weitere Entwicklung bei der Aufrüstung ein, über den stetigen Wettlauf zwischen Dicke der Panzerung und Größe der Geschütze, und das Sicherheitsgefühl schwand innerhalb kürzester Zeit. Sören empfand die Enge auf den Fluren und Gängen als bedrückend. Die niedrigen Decken, die einem ausgewachsenen Menschen gerade eben erlaubten, aufrecht stehen zu können, ohne mit dem Kopf an irgendwelche Rohre oder Leitungen zu stoßen, machten ihm anfangs am meisten zu schaffen; erst nachdem er sich mit den Örtlichkeiten zwischen den Decks vertraut gemacht hatte, schwand das Gefühl der Beklemmung.

Die Kombüse war überraschend geräumig, was auch verständlich war, wenn man sich die Größe der späteren Mannschaft des Schiffes vor Augen führte. Aber heute fuhr das Schiff mit minimaler Besatzung. Sören und die anderen Stewards erhielten ihre Instruktionen. Dem Plan nach sollte es erst einen kleinen Empfang an Bord des Schiffes geben, dazu sollten Sekt, Kaffee und Gebäck sowie Schorle gereicht werden. Anschließend würde das Schiff unter Führung von Werftkapitän Heinrich Wahlen ablegen und in Richtung Elbmündung dampfen. Bei der Fahrt sollte zunächst die Maschinenleistung getestet werden, dann würde der zukünftige Kommandant, Kapitän zur See von Heeringen, das Schiff übernehmen und weitere Tests durchführen. In den Pausen zwischen den unterschiedlichen Manövern standen Erbsensuppe, Aal grün und später Bratäpfel auf dem Programm.

Zuerst jedoch ging es in den Besprechungsraum, wo die Meister für den Bau Seiner Majestät Schiffe bei Blohm + Voss, Wroost, Stössel und Kaufmann sowie Untermeister Masur, Oberingenieur Dreyer vom Kriegschiffbaubüro der Werft und Oberingenieur Winter vom Kriegschiff-Maschinenbau-Büro zusammengekommen waren. Diese Herren sollten der Prüfungskommission der Marine Rede und Antwort stehen.

Das Balancieren der Tabletts mit den Kaffeebechern war gewöhnungsbedürftig, doch nach ein paar Runden hatte Sören den Dreh raus. Er beeilte sich beim Gehen, denn er befürchtete stets, irgendwelche wichtigen Informationen zu verpassen. Die übrige Zeit stand er gemeinsam mit Lars und Otto am Rande des langen Tisches und wartete, die Ohren gespitzt wie ein Luchs, auf Bestellungen. Schmidleins Idee war wirklich ausgezeichnet gewesen. Wenn man nachher in der Deckoffiziersmesse und auf der Brücke zur Sache kommen sollte, konnte ihm nichts entgehen. Aber hier im Besprechungsraum, der eigentlich die Messe der Seekadetten war, erfuhr er nichts Spannendes. Die Gespräche kreisten um Planung und Ablauf der zu erwartenden Manöver und dienten der Absprache, wer zu welchen Fragen der Kommission Stellung nehmen würde.

Die heutige Mannschaft bestand größtenteils aus Maschinisten und werkseigenem Personal, da das Schiff erst in Wilhelmshaven vollständig von der Marine ausgerüstet werden sollte. Danach würde der Großteil der zukünftigen Mannschaft, die Matrosen und Seekadetten sowie die Deckoffiziere, an Bord kommen. Aus diesem Grund und weil die Marine das Schiff noch nicht abgenommen hatte, absolvierte man die Probefahrt auch unter Handelsflagge. Ein kleiner Teil der zukünftigen Mannschaft befand sich dennoch bereits an Bord, was Sören aus den mit blauen Kurzjacken und Schirmmützen bekleideten Männern schloss, denen er immer wieder auf den Gängen begegnete. Das Läuten einer Schiffsglocke kündigte schließlich das Eintreffen der erwarteten Gäste an.

Auf Wunsch der Kommission hatte man von einer offiziellen Begrüßungszeremonie im Freien Abstand genommen, es gab weder eine Kapelle noch in Reih und Glied stehende Militärs oder das sonst übliche Brimborium eines Festakts. Nacheinander kamen die Gäste an Bord, und innerhalb kürzester Zeit wimmelte es auf den Gängen von zweireihigen Röcken mit goldenen Knöpfen, Moirébändern, Goldtressen, Kokarden, goldenen Litzen und geschmückten Achselklappen. Wenn man sich, was die militärischen Ehren betraf, bei der Marine auch noch so zurückhaltend gab, auf den exakten Sitz der dekorativen Kleidung sowie die damit verbundene Geheimsprache unterschiedlichster Rangabzeichen mochte niemand verzichten.

Das verabredete Begrüßungsprozedere vor der Mannschaftsmesse fiel überraschend knapp aus. Ein paar freundliche Handschläge, hier und dort ein kurzer militärischer Gruß, keine großen Reden oder Ansprachen. So, wie es aussah, kannte man sich und wollte so schnell wie möglich zur Sache kommen und in See stechen. Sören und die anderen Bediensteten waren angehalten, sich unauffällig im Hintergrund zu halten. Auf schlichten Tabletts hielt man Sektgläser bereit. Der Raum war erfüllt vom Lärm abgehackter, unvollständiger Sätze.

Von den anwesenden Personen war Sören kaum jemand bekannt. Unter den Zivil tragenden Gästen war Wiegand, der Chef des Norddeutschen Lloyds, kaum zu übersehen, da er aufgrund seiner Größe ständig den Kopf einziehen musste. Schließlich erkannte Sören auch Admiral von Tirpitz, eine eher kleine, unscheinbare Person, aber durch den mächtigen grauweißen Doppelspitzbart eindeutig zu identifizieren. Ganz im Gegensatz zum Heer trugen die Herren Offiziere zur See vorrangig Koteletten, Backen- und Vollbart. Gezwirbelte Schnauzer, wie man sie aus Hochachtung vor Seiner Majestät zu tragen pflegte, sah man hier nur vereinzelt. Das Gros der Anwesenden war mit einem knielangen dunkelblauen Rock gekleidet, darunter trug man weiße Hemden mit Eckkragen und schwarzem Querbinder, nur wenige trugen Kurzjacken und weiße Querbinder.

Nach und nach bekam Sören die Namen der Anwesenden mit. Neben dem Stab vom Reichsmarineamt waren das Generalinspekteur Admiral von Koester und Kapitän zur See von Heeringen, der zukünftige Kommandant des Schiffes, um die sich die meisten gruppiert hatten. Unter ihnen befand sich Kommandant Hans Zenker und Flottillenchef Hipper von der Torpedoboot-Division, Kapitänleutnant Strasser von der zweiten Werftdivision Wilhelmshaven, Korvettenkapitän Scheer sowie Oberleutnant Raeder. Und dann entdeckte Sören tatsächlich ihn, Seine Majestät Wilhelm II., in bescheidener Aufmachung, mit einer Hand lässig die ihm von allen Seiten offenbarten Wertschätzungen und Schmeicheleien abweisend. Ein süffisantes Grinsen umspielte seine Mundwinkel: «Lassen Sie ... meine Herren ..., wir sind doch unter uns.»

Um halb neun wurden die Leinen losgeschmissen, und das Schiff legte ab. Pünktlich auf die Minute. Der Boden unter Sörens Füßen vibrierte etwas stärker, das Schiff neigte sich kaum, aber das würde sich in absehbarer Zeit ändern. Glaubte man der Wettervorhersage, dann sollte der Wind über den Tag nochmals auffrischen. Spätestens wenn das Linienschiff die offene See erreicht hatte, würden alle durch die Gänge schwanken und abwechselnd mit den Händen nach den eisernen Haltegriffen und Geländern fassen, die überall auf den Gängen und Fluren angebracht waren.

Während Sören überlegte, ob bei entsprechendem Seegang überhaupt noch Speisen außerhalb der dafür vorgesehenen Räumlichkeiten serviert werden konnten, teilten sich die Anwesenden in die unterschiedlichen Sektionen des Schiffes auf. Kommandanten und Kapitäne folgten dem Ruf des Steuermanns auf die Brücke, die anderen Offiziere sowie der Stab des Reichsmarineamtes, Seine Majestät und die verbleibenden Zivilisten quartierten sich in der Deckoffiziersmesse ein, wo Kaffee und Gebäck gereicht wurden. Nur die Werftbaumeister und führende Techniker zogen sich ins Besprechungszimmer zurück, um die konstruktiven Details des Schiffes erörtern zu können. Schmidlein hatte Sören bislang noch nicht entdeckt.

Nachdem sie Schweinesand hinter sich gelassen hatten, gab Kapitän Wahlen das Kommando, die Maschinenleistung zu erhöhen. Das Echo aus dem Maschinenraum kam ohne Verzögerung, und man merkte sofort den erhöhten Schub, mit dem der stählerne Koloss durch die Wellen stampfte.

«Zehn Knoten ... und wir sind noch ein gutes Stück von Halber Kraft entfernt», kommentierte Wahlen zufrieden und blickte stolz auf den Telegraphen.

Die Anwesenden machten ernste Gesichter. «Werden wir bei dem Seegang die volle Leistung testen können?», fragte Korvettenkapitän Scheer. Er wirkte etwas beunruhigt.

Kapitän Wahlen schaute ihn amüsiert an. «Das ist hier noch gar nix. Warten wir mal ab, wie sich der Pott verhält, wenn wir Brunsbüttel passiert haben und sich die See aufbaut.» Mit einem knappen Kommando ließ er die Maschinenleistung abermals erhöhen, dann konzentrierte er sich auf die Fahrrinne. «Steuert sich wie ein Dingi, das Schiff. Wollen Sie mal kurz übernehmen?», fragte er von Heeringen, der direkt neben ihm stand.

Von Heeringen winkte ab. «Machen Sie mal, bis wir aus der Enge sind. Auf Höhe Cuxhaven übernehme ich dann gerne.»

Zwischenzeitlich waren auch die anderen aus der Offiziersmesse auf die Brücke gekommen und nahmen mit erstauntem Gesicht zur Kenntnis, wie Wahlen das Schiff mit mehr als zehn Knoten Fahrt durch die Fahrrinne zirkelte. «Phänomenal», meinte Kommandant Zenker. «Man könnte meinen, auf einem Torpedoboot zu sein, so leichtfüßig wirkt es.»

«In der Tat.» Admiral von Koester saugte aufgeregt an seiner Pfeife. «Können Sie Auskunft darüber geben, welche Leistung jetzt anliegt?»

«Schätzungsweise 15 000 PS», warf Oberingenieur Winter ein. «Das Problem ist, dass wir bislang keine geeignete Methode gefunden haben, die uns über die effektive Leistung der Turbinen Auskunft gibt. Was bei Expansionsmaschinen kein Problem darstellt, ist bei Turbinen nicht so ohne weiteres möglich. Aber wir arbeiten dran.»

Sören horchte auf. Das also war das große Geheimnis, welches das Schiff umgab: Es fuhr mit Turbinenantrieb. Sören wusste von dieser neuen Antriebsart nur, dass man Wasserdampf entlang der Antriebswelle strömen ließ, der die Welle über kreisförmig angeordnete Schaufeln zum Drehen brachte. Ein Antrieb, der ganz anders als die bisherigen Expansionsmaschinen funktionierte. Die einzelnen Vor- und Nachteile waren ihm hingegen nicht geläufig. Aber wenn man für den Antrieb dieses Linienschiffes bereits funktionierende Dampfturbinen verwendete, was hatte es dann mit der Anfrage von Waldemar Otte auf sich gehabt? Sören brauchte nicht lange zu überlegen, bis er die Lösung parat hatte. Es war ein militärisches Geheimnis. Niemand sollte davon Kenntnis haben, und Otte hatte sich mit seiner Anfrage ausgerechnet an eine Werft gewandt, auf der englische Kriegsschiffe gebaut wurden.

So langsam dämmerte ihm, worum es gehen musste. Allerdings beruhte die Turbinentechnik auf der Erfindung eines Engländers, von daher war es kaum nachzuvollziehen, dass man die Einführung von Reichsseite als militärisches Geheimnis einstufte, denn wahrscheinlich waren die Engländer in der Entwicklung bereits viel weiter. Außerdem maß dieses Linienschiff nie und nimmer 160 Meter. Eine Geschwindigkeit von 24 Knoten sollte es dagegen ohne Mühe schaffen, wenn bei zehn Knoten Fahrt noch nicht einmal die Hälfte der möglichen Turbinenleistung abgerufen wurde. Aber war das Schiff nicht längst in Bau gewesen, als Otte sich an die Werft Harland & Wolff gewendet hatte? Demnach plante man wohl den Bau eines noch größeren Schiffes. Sören war gespannt, was er darüber noch erfahren würde.

Als sie Glückstadt passierten, war die Morgendämmerung bereits so weit fortgeschritten, dass man Häuser und Höfe hinter dem Deichvorland erkennen konnte. Die Aussicht war allerdings durch die relativ kleinen Scheiben der Brücke begrenzt. Einige der Anwesenden hatten sich auf die offene Kommandobrücke gewagt. Der Wind pfiff Sören entgegen, als er nach draußen trat. Admiral von Koester und Oberleutnant Raeder standen mit hochgeschlagenem Kragen neben von Tirpitz, der die Hände in den Rocktaschen hielt.

«Noch etwas Kaffee zum Aufwärmen?», fragte Sören und schenkte von Koester, der ihm bereitwillig seinen Becher hinhielt, aus der stählernen Kanne nach.

«Ein Grog wäre mir bei diesen Temperaturen lieber», entgegnete von Tirpitz, und Sören machte sofort Anstalten, dem Wunsch nachzukommen. Doch der Admiral winkte ab. «Sehr aufmerksam, vielleicht komme ich später darauf zurück.» Dann wendete er sich wieder dem Generalinspekteur zu. «Werden wir in Brunsbüttel auf das Schiff warten müssen?»

Von Koester nippte an seinem Becher und schüttelte den Kopf. «So, wie es geplant ist, wird das Schiff bereits dort sein. Wer von den Anwesenden ist überhaupt eingeweiht?»

«Von Heeringen und Zenker natürlich, Kapitänleutnant Strasser und Kommandant Hipper sind auch involviert.

Außerdem die Männer von der Germania-Werft sowie mein Stab. Ich habe Seiner Majestät vorhin zu verstehen gegeben, dass die Rückfahrt nicht, wie ursprünglich vorgesehen, von Wilhelmshaven aus in Angriff genommen wird, aber er hat sich nicht wirklich dafür interessiert. Vielleicht ist ihm die Notwendigkeit der Geheimhaltung noch nicht ganz klar. Er denkt nach wie vor in der Größenordnung der bisherigen Geschwader und Divisionen. Ich hoffe, er hat meine kleine Schummelei ...»

Von Koester unterbrach den Admiral mit einem lauten Räuspern, als Seine Majestät auf den Brückenstand trat. Der Kaiser nickte wohlwollend, dann griff er mit einer Hand an die Reling und streckte die Nase in den Wind. «Ein wirklich ausgezeichnetes Schiff, wie ich finde, nicht wahr, meine Herren?»

«So, wie wir es erhofft haben, Eure Majestät», antwortete von Tirpitz. «Natürlich wird sich die Stärke des Schiffes erst zeigen, wenn wir auf dem offenen Meer sind, aber wie bisher zu sehen war, entspricht die Arbeit der Werft exakt unseren Vorgaben ... Ihren Vorgaben», verbesserte er sich.

Der Monarch machte eine beiläufige Handbewegung, ohne den Blick vom Bug des Schiffes abzuwenden. «Nun, es waren ja nur ein paar Skizzen und Ideen meinerseits ... Über die genauen technischen Details erwarte ich dann zu entsprechender Zeit einen Bericht Ihres Ministeriums. Aber es ist schon beruhigend zu wissen, dass wir nun auch mit meinen Schiffen gegenüber anderen Mächten nicht mehr hintanstehen werden, sondern die uns zustehende Führung übernommen haben.»

«Was die Gesamtstärke Ihrer Flotte betrifft, haben wir das Ziel noch vor Augen, Eure Majestät.» Von Tirpitz lächelte gequält. «Aber ich bin guter Dinge, dass wir in drei bis vier Jahren gleichauf sind. Die neueste Schiffsgeneration ist hinsichtlich unserer Schlagkraft auf jeden Fall sehr vielversprechend.»

Seine Majestät nickte anerkennend. Sören war dem Kaiser bisher noch nie so nah gekommen. Bislang hatte er alle offiziellen Anlässe, zu denen sich Wilhelm II. in der Stadt aufgehalten hatte, gemieden, oder er hatte nur als unbeteiligter Zuschauer aus großer Distanz teilgenommen, wie etwa bei den Feierlichkeiten zum Zollanschluss der Stadt.

Nun, als Lakai verkleidet, musste er Ehrerbietung heucheln, wo im wahren Leben doch nur wenig Demut vorhanden war. Aber diese Selbstverleugnung war Zweck der Sache, anderenfalls wäre er kaum in der Lage gewesen, an die vertraulichen Informationen zu gelangen, deren es bedurfte, um ein wenig Licht ins Dunkel zu bringen. Dennoch tauchten immer mehr Fragen auf. Was hatte es mit diesem Schiff auf sich, das angeblich in Brunsbüttel auf sie wartete? Und welches Ziel steuerten sie an? Und warum waren nur wenige an Bord über die wahren Hintergründe informiert? Es schien sogar so, dass selbst Seine Majestät nicht eingeweiht war. Sören fragte sich, ob er das Ruder überhaupt noch in der Hand hatte. Was er aus dem Gespräch zwischen von Tirpitz und von Koester hatte heraushören können, hatte bei Sören sofort die Alarmglocken schrillen lassen. War es wirklich so, dass von Tirpitz und sein Stab vom Marineministerium inzwischen freie Hand hatten, was die Aufrüstung der Reichsflotte betraf, oder wurden dort sogar Entscheidungen hinter dem Rücken Seiner Majestät getroffen?

Sören konnte sich des Eindrucks nicht erwehren, dass zumindest von Tirpitz und von Koester die fachliche Kompetenz Seiner Majestät in Sachen Marine nur bedingt ernst nahmen. Und der Kaiser selbst? Anscheinend gefiel er sich in der Rolle des gönnerhaften Monarchen, der im jovialen Umgang mit seinem Marinestab und den Schiffskommandanten aufging, als zählte er selbst zu den schlachterprobten Seebären. Die Feldherrnpose, mit der er nach wie vor an der eisernen Balustrade verweilte, den Blick in weite Ferne gerichtet, ließ so etwas vermuten.

Die anderen waren inzwischen in den Steuerstand zurückgekehrt, und Sören übte sich in Regungslosigkeit hinter Seiner Majestät Rücken. Je länger er den Monarchen betrachtete, der nach wie vor unerschütterlich die Nase in den Wind hielt, nur hin und wieder mit der Hand den korrekten Sitz seines Bartes kontrollierte, als säße er für ein Bildnis Modell, desto mehr wirkte es, als kämpfte er vielleicht doch nur krampfhaft gegen eine Laune der Natur. Das Schiff machte aufgrund der hohen Fahrt deutliche Rollbewegungen durch die Wellen. Da kam es schon mal vor, dass sich ein flaues Gefühl im Magen breitmachen konnte. Sören hielt es daher für angemessen, sich ebenfalls zurückzuziehen.

Nachdem das Schiff die letzte Flussbiegung vor Brunsbüttel hinter sich gelassen hatte, nahm Kapitän Wahlen auf Anweisung Admirals von Koester die Maschinenleistung zurück. Etwa eine halbe Meile vor der Schleusenanlage ließ er die Maschinen schließlich stoppen. Auf die Distanz war mit bloßem Auge zu erkennen, dass dort tatsächlich ein weiteres Kriegsschiff auf Reede lag. Wie es aussah, handelte es sich ebenfalls um ein Linienschiff, wahrscheinlich war es sogar ein Schwesterschiff. Das schloss Sören zumindest aus der Silhouette – Aufbauten und Geschütztürme waren genauso wie bei diesem Schiff angeordnet.

Die Kommandanten beobachteten das Schiff durch

ihre Gläser. Zu gerne hätte Sören die weiteren Gespräche auf der Brücke mitbekommen, aber der Proviantmeister gab Anweisung zum Aufdecken.

Die Erbsensuppe, die Sören mit den anderen Stewards in der Offiziersmesse servierte, fand wider Erwarten reißenden Absatz. Während des Essens klärte Admiral Tirpitz die anderen Herren darüber auf, dass man im Folgenden eine kurze Begleitfahrt mit dem anderen Schiff eingehen werde. Es handelte sich tatsächlich um ein Schwesterschiff, den Kaiser Barbarossa, der über den Kaiser-Wilhelm-Kanal aus der Ostsee hierhergekommen war. Da die Kaiser-Klasse mit Fertigstellung dieses Schiffes nun vollständig sei, so von Tirpitz weiter, erhoffe man sich durch die Begleitfahrt Erkenntnisse bezüglich der unterschiedlichen Antriebe sowie gewisser anderer konstruktiver Besonderheiten beider Schiffe, die dann zu einem späteren Zeitpunkt genauer erörtert würden.

Die folgenden Gespräche der Anwesenden waren durchdrungen von allen möglichen Spekulationen, was einem auf der weiteren Fahrt noch bevorstand. Die Kapitäne tauschten sich über ihre ersten Eindrücke der Fahr- und Manövrierfähigkeiten des Schiffes aus, die Ingenieure diskutierten die konstruktiven Details, und Kapitänleutnant Strasser hielt einen kurzen Monolog über die Schiffe der zweiten Division des ersten Flottengeschwaders. Nur von Tirpitz und Admiral von Koester warfen sich beizeiten einen verschwörerischen Blick zu. Schmidlein und die Leute aus der Abteilung für Wissenschaftliches Versuchswesen hatten sich immer noch nicht blicken lassen. Langsam bezweifelte Sören, dass sie überhaupt mit an Bord waren.

Mit kleiner Fahrt schloss der Kaiser Karl der Große zu seinem Schwesterschiff auf. Man verständigte sich per

Blinkzeichen von Brücke zu Brücke, dann signalisierten schwarze Wolken aus den Schornsteinen des anderen Schiffes, dass es losging. Kapitän Wahlen steuerte das Schiff in die Heckwelle des Kaisers Barbarossa. Ihr Abstand betrug ungefähr zwei Schiffslängen. Als sich die Fahrrinne verbreiterte, schwenkte der Steuermann aus dem Kielwasser des vorderen Schiffes. Die Wellen wuchsen an, und das Schiff begann zu stampfen. Die durchbrochenen Wellenkämme quittierte das Schiff mit einem Zittern, wenn eine Welle auf voller Länge durchschnitten wurde, folgte ein grollendes Krachen. Auf den Gesichtern der Anwesenden ließ sich deutlich ablesen, wer auf dem Meer zu Hause war und wer nicht. Kapitän Wahlen grinste voller Zufriedenheit, und der zukünftige Kommandant von Heeringen stand ihm in nichts nach.

«18 Knoten», verkündete Kommandant Zenker mit einem Blick auf den Geschwindigkeitsmesser. «Aber nicht über Grund.»

«Schneller kann der Barbarossa nicht», entgegnete Kapitänleutnant Strasser. «Der fährt bereits Volllast.»

«Dann wollen wir mal zum Überholen ansetzen», sagte Wahlen und forderte volle Leistung aus dem Maschinenraum.

Der Lärm wuchs ins Ohrenbetäubende. Nicht nur die Maschine ließ sich mit einem martialischen Kreischen vernehmen, sondern auch vom Rumpf des Schiffes war nun ein permanentes Stöhnen und Ächzen zu hören.

«Gleichauf mit 22 Knoten, Geschwindigkeit zunehmend.»

«Phantastisch», lobte Oberleutnant Raeder, und auch die anderen auf der Brücke schlossen sich dem mit ähnlichen Kommentaren an.

Das Schiff pflügte nur so durch die Wellen, deren

Höhe Sören auf mindestens drei Meter schätzte. Wenn sie hier schon derart durchgeschaukelt wurden, wagte er nicht daran zu denken, was auf dem offenen Meer auf sie zukommen würde. Sie zogen unbeeindruckt an dem anderen Schiff vorbei.

«24 Knoten, Geschwindigkeit weiter zunehmend.»

Das Staunen auf den Gesichtern wich Beunruhigung. Einige schauten ungläubig auf Kommandant Zenker, der wie gebannt auf den Geschwindigkeitsmesser starrte. «Immer noch steigend.»

Bei 26 Knoten war Schluss. Der Vorsprung auf den Kaiser Barbarossa betrug mindestens zwei Seemeilen. Auf Höhe Cuxhaven gab Kapitän Wahlen Befehl, die Maschinenleistung langsam abzusenken, bis das andere Schiff wieder auf gleicher Höhe war, dann übergab er das Kommando mit einem Handschlag an von Heeringen. Die Umstehenden applaudierten.

In gemächlicherem Tempo ging es weiter in Richtung Helgoland. Die Wellenberge wuchsen zunehmend an, ihre Höhe betrug inzwischen bestimmt über fünf Meter. In den Wellentälern riss der Blickkontakt zwischen den Schiffen immer häufiger ab. Auf Höhe Scharhörn drosselte man schließlich das Tempo, und beide Schiffe gingen längsseits, um sich erneut per Blinkzeichen zu verständigen. Sören hatte keine Gelegenheit, das Morsefeuer zu entziffern. Er registrierte nur, dass der Kaiser Barbarossa nach diesem Stopp in Richtung Süden abdrehte, sie selbst jedoch weiter auf Kurs Helgoland blieben.

Als er dem sich entfernenden Schiff nachblickte, bemerkte Sören erst, dass an dessen Heck kein Name stand. Genau wie bei diesem Schiff. Das hatte er bereits am Morgen festgestellt, dem aber keine weitere Bedeutung beigemessen, da das Schiff ja in Wilhelmshaven seine endgültige Ausrüstung erhalten sollte. Er hatte angenommen, man würde erst dann den Schiffsnamen auf Heck und Bordwände malen. Ein Trugschluss, wie er sich jetzt eingestehen musste, denn der Barbarossa war ebenfalls namenlos, und beide Schiffe glichen sich wie ein Ei dem anderen. Das war ganz offensichtlich kein Zufall, zumal der Barbarossa die Route eingeschlagen hatte, die ursprünglich für dieses Schiff vorgesehen gewesen war: Wilhelmshaven. Dem Gespräch zwischen von Tirpitz und Admiral von Koester hatte er ja bereits entnehmen können, dass sie ein anderes Ziel als das geplante ansteuern würden. Was führte man im Schilde, und wohin fuhr das Schiff? Sören brauchte nicht lange zu rätseln.

«Meine Herren», begann von Tirpitz kurz darauf, «ich möchte Ihnen genauer darlegen, was wir im weiteren Verlauf der Fahrt zu tun beabsichtigen und warum wir das Schiff nicht, wie ursprünglich geplant, in den kaiserlichen Marinehafen von Wilhelmshaven überführen werden.»

Auf den Gesichtern der Anwesenden zeichnete sich Überraschung und auch ein wenig Beunruhigung ab. «Sie brauchen keine Bedenken zu haben, was Ihren Rücktransport betrifft», ergänzte er. «Dafür haben wir bereits Sorge getragen. Sie werden Hamburg wie geplant mit einem Zug erreichen, nur eben nicht von Wilhelmshaven aus.»

Er wartete einen Augenblick, aber niemand machte Anstalten, Einwände zu erheben. «Wie Sie ja inzwischen mitbekommen haben, handelt es sich bei dem hiesigen Schiff um kein gewöhnliches Linienschiff. Es wurde auf unseren Wunsch mit einigen Besonderheiten ausgestattet. Darauf werde ich gleich noch im Einzelnen zurückkommen. Auf jeden Fall ist es nicht in unserem Sinn, dass die Neuerungen und technischen Details an die Öffentlichkeit gelangen. Wie Sie sicher wissen, wird unsere Flottenrüstung von fremden Nationen scharf beäugt. Insbesondere England hat großes Interesse daran, über jedwede Entwicklung und die technischen Details unserer Schiffe auf dem Laufenden zu sein. Wir müssen inzwischen davon ausgehen, dass unsere militärischen Häfen auch von fremden Augen sehr genau beobachtet werden, und unsere Linienschiffe lassen sich allein aufgrund ihrer Größe kaum vor diesen Blicken verbergen. Das Schiff, das am späten Nachmittag bei einsetzender Dämmerung vor Wilhelmshaven auf Reede gehen wird und erst bei Dunkelheit in den Hafen überführt werden soll, wird sich diesen fremden Blicken als der neue Kaiser Karl der Große zu erkennen geben.»

Ein sanftes Raunen machte sich unter den Männern auf der Brücke breit.

«Da wir davon ausgehen müssen, dass nicht nur die militärischen Anlagen in Wilhelmshaven, sondern alle Marinehäfen und deren Werften unter genauester Beobachtung stehen, hat sich der Marinestab dazu entschlossen, einen großen Teil des Marinebauprogramms an private Werften abzugeben – zusätzlich zum bisherigen Programm, versteht sich. Durch diese Maßnahme werden wir die Flottenstärke in den nächsten fünf bis sechs Jahren um schätzungsweise zehn Prozent gegenüber dem offiziellen Bauprogramm steigern können.

Sie werden sich jetzt sicherlich fragen, wie das zu finanzieren ist, aber ich kann Sie beruhigen. Für die Finanzierung ist natürlich gesorgt, die nötigen Gelder werden dem Reich als Darlehen von führenden Institutionen aus Wirtschaft und Industrie zur Verfügung gestellt, die, wie jeder im Reich, von unserem Flottenbauprogramm profitieren.»

Dem nun einsetzenden Gemurmel zollte von Tirpitz mit einer kurzen, rhetorischen Pause Tribut, dann setzte er seinen Vortrag fort.

«Um das zusätzliche Bauprogramm der Marine so lange wie möglich vor fremden Augen zu verbergen, wurde uns vonseiten der beiden größten deutschen Handelsreedereien Unterstützung in der Form zugesagt, dass die Neubauten offiziell als deren Kiellegungen von in Auftrag gegebenen Handelsschiffen deklariert werden können. Zusätzlich zu dieser Maßnahme werden wir die Einführung neuester technischer Entwicklungen, wie sie erstmals an diesem Schiff durchgeführt wurden, in Zukunft vorrangig beim Bau Seiner Majestät Schiffe auf Privatwerften vornehmen lassen.»

Sören stockte der Atem. Das, was er gerade gehört hatte, übertraf nicht nur seine Erwartungen, nein, es erklärte auch fast alles, worüber er sich gemeinsam mit Martin den Kopf zerbrochen hatte. Plötzlich bekam alles einen Sinn, die geheimen Konten, die Rolle von Ballin und seine Geheimniskrämerei, als er ihn auf die Schichau-Werft angesprochen hatte, Ottes Unterlagen, die vielleicht brisante Informationen enthielten, die nur ein Eingeweihter zu deuten in der Lage war. Sehr wahrscheinlich lag darin auch der Grund, warum man Waldemar Otte ermordet hatte.

«Ich darf nun das Wort an Admiral Hans von Koester weitergeben, der so freundlich sein wird, Sie über einige weitere Details dieses neuen Schiffes aufzuklären.»

Von Koester trat vor und dankte von Tirpitz für seine Erklärung, dann wandte er sich zunächst an den Schiffsführer und gab ihm Anweisung, einen bestimmten Kurs in Richtung Nordfriesische Inseln einzuschlagen. Nachdem Kapitän von Heeringen dem Wunsch nachgekommen war und die Geschwindigkeit auf 20 Knoten Fahrt erhöht hatte, taumelte das Schiff nur so durch die Wellen, und alle auf der Brücke griffen unwillkürlich nach einem sicheren Halt.

«Keine Angst, meine Herren», begann von Koester, der selbst ebenfalls bemüht war, die rollende Schiffsbewegung mit Ausfallschritten abzufangen, «genau um dieses Phänomen geht es uns. Wenn alles nach Plan verläuft, und daran hege ich ehrlich gesagt keinen Zweifel, dann wird sich das Fahrverhalten des Schiffes in absehbarer Zeit stabilisieren, und zwar durch eine konstruktive Neuerung. Wir haben die kleine Havarie auf der Elbe, welche die geplante Übergabe des Schiffes letztes Jahr verhinderte und umfangreiche Reparaturarbeiten notwendig werden ließ, zum Anlass genommen, den Rumpf des Schiffes mit einer besonderen, von der Werft entwickelten Einrichtung zu versehen.

Ich darf Ihnen nun Herrn Frahm, den Leiter der Abteilung für Wissenschaftliches Versuchswesen bei Blohm + Voss, vorstellen, auf dessen Idee die Konstruktion zurückzuführen ist und der uns jetzt von der Effektivität seiner Erfindung überzeugen wird.»

Der Angesprochene betrat im selben Moment die Brücke, und in seinem Gefolge entdeckte Sören endlich auch Willi Schmidlein, der sich Mühe gab, nicht in seine Richtung zu schauen. Frahm besprach sich kurz mit Oberingenieur Dreyer vom Kriegschiffbaubüro der Werft, dann ergriff er das Wort und erläuterte den Anwesenden, was im Folgenden geschehen würde. Zuerst wolle man sich von der Funktion und den tatsächlichen Auswirkungen der Konstruktion überzeugen, und erst dann werde er die technischen Details erläutern.

Frahm stellte sich neben den Kommandostand und

gab mit dem Umlegen eines Hebels auf dem Steuerpult anscheinend einem seiner Mitarbeiter im Maschinenraum oder sonst wo im Schiff ein Signal. Zuerst passierte überhaupt nichts, aber nach einigen Minuten hatte man den Eindruck, dass sich die Lage des Schiffes irgendwie veränderte. Es machte den Eindruck, als wollte sich das Schiff den mächtigen Wellen, die den Rumpf bislang ununterbrochen hin und her pendeln ließen, entgegenstemmen. Ganz langsam wurde man gewahr, dass sich die Neigung des Schiffes zu verringern schien. Dabei hatten weder Kraft noch Höhe der Wellen abgenommen. Ganz im Gegenteil, immer mehr Brecher schwappten über das Vorschiff bis zu den Aufbauten, und selbst die Basis des großen Geschützturmes wurde teilweise von Wasser umspült. Dennoch war nicht von der Hand zu weisen, dass das Schiff in den Wellentälern weniger Krängung hatte als zuvor. Frahm nickte zufrieden. Anscheinend funktionierte alles so, wie es geplant war. Wenige Minuten später war dann für jeden offensichtlich, dass von der Rollbewegung des Schiffes nur ein träges Stampfen übrig geblieben war. Die raue See schien sich am Rumpf des Schiffes selbst aufzureiben. Von einer wirklich ruhigen Fahrt konnte zwar immer noch keine Rede sein, aber ein Blick auf die herandonnernden Wellenberge ließ so etwas auch nicht wirklich erwarten.

«Wir nennen es Schlingertanks», erklärte Frahm seiner erstaunten Zuhörerschaft, «und mit Genugtuung stelle ich fest, dass es noch besser funktioniert, als ich dachte.»

«Sie haben etwas in dieses Schiff eingebaut, dessen Auswirkung vorher nicht bekannt war?», fragte einer der Herren entgeistert.

Erst dachte Sören, das selbstsichere Lächeln sei alles, was Frahm dem Einwand entgegenzusetzen hatte, aber nach einer Weile, in der sich das Schiff anscheinend noch mehr zu stabilisieren schien, erklärte er: «Schlimmstenfalls hätte man keinen Unterschied gemerkt. Jedenfalls nichts Nachteiliges. Ich will Ihnen das Prinzip der Schlingertanks kurz erläutern. Es handelt sich dabei um große Ballasttanks, die wir auf der Innenseite der Bordwände angebracht haben. Über mehrere Steigleitungen sind die Ballasttanks miteinander verbunden, und das Wasser kann ab einer bestimmten Neigung des Schiffes von der einen zur anderen Seite überlaufen. Die Verzögerung der Ballastverschiebung und das vorhandene Trägheitsmoment sorgen dafür, dass der Ballastanteil in dem Moment genau an der Seite am größten ist, wo er gebraucht wird, um der Wellenkraft entgegenzuwirken. Die Fließgeschwindigkeit zwischen den gegenüberliegenden Ballasttanks kann über mehrere Ventile und Stauklappen gesteuert werden. Um Ihnen die Wirkung noch einmal zu demonstrieren, erlaube ich mir nun, die Ventile erneut schließen zu lassen.»

Frahm betätigte abermals den Hebel auf der Schalttafel, und es dauerte wieder einen Moment, bis sich eine Veränderung einstellte. Nach wenigen Minuten begann das Schiff mit seiner ursprünglichen Rollbewegung durch die Wellentäler zu taumeln, wobei man nun den Eindruck hatte, dass sich die Krängung deutlich verstärkt hatte.

Admiral von Tirpitz ergriff das Wort. «Vielen Dank für diese sehr anschauliche Demonstration, Herr Frahm. Meine Gratulation. Wenn Sie so freundlich wären, nun die Verbindung zwischen den Tanks wieder zu öffnen ...» Die meisten Anwesenden nickten zustimmend.

«Meine Herren, wir waren soeben Zeugen der ersten Erprobung einer technischen Errungenschaft, deren Auswirkung den Schiffbau zwar nicht revolutionieren wird, aber dessen Vorteile doch wohl klar auf der Hand liegen. Abgesehen davon, dass die Verwendung dieser Tanks das Wohlbefinden sowohl von Besatzung als auch von Passagieren auf Schiffen in schwerer See steigert, versprechen wir uns durch die Einführung auf Seiner Majestät Schiffe vor allem Vorteile hinsichtlich der Zielerfassung und Ausrichtung der Geschützplattformen.

Nun verstehen Sie vielleicht den Grund unserer Geheimniskrämerei, denn wir haben durchaus die Absicht, zukünftig alle Neubauten der Flotte mit dieser Technik auszurüsten, was uns eine deutliche Überlegenheit gegenüber herkömmlichen Kreuzern und Linienschiffen sichern wird. In Verbindung mit der Turbinentechnologie sowie der neuesten Generation der Kruppschen Geschütze werden die Schiffe Seiner Majestät Flotte nicht nur schneller und manövrierfähiger als jedes vergleichbare Schiff einer fremden Nation sein, sondern dazu noch über eine größere Geschossreichweite und eine bessere Zielgenauigkeit verfügen.» Die Anwesenden spendeten Tirpitz' Worten spontanen Applaus.

Während der weiteren Fahrt konzentrierte man sich auf die Manövrierfähigkeit des Schiffes, das mit aktiven Schlingertanks auf allen Kursen tatsächlich erstaunlich ruhig lag. Bis auf die Kommandanten und einige Ingenieure hatten fast alle die Brücke verlassen und sich in unterschiedliche Bereiche zurückgezogen. In der Mannschaftsmesse wurde Aal grün aufgetischt, aber der Appetit der meisten Anwesenden hielt sich in Grenzen. Nur die gestandenen Seebären griffen herzhaft zu und ließen es sich schmecken.

Eine knappe Stunde später wurde die Rückfahrt eingeleitet, und das Schiff drehte wieder in Richtung Elbmündung ab. Sören hatte inzwischen heraushören können, dass man den Kaiser Karl der Große nach Einbruch der Dunkelheit über den Kaiser-Wilhelm-Kanal in die Ostsee überführen wollte. Den genauen Zielhafen kannte er zwar nicht, aber er hatte erfahren, dass zumindest Teile des Marinestabes sowie Seine Majestät mit einem Sonderzug von Kiel aus via Hamburg nach Berlin zurückreisen würden. Was mit der Werftbelegschaft geschah, war noch offen.

Bislang hatte sich für Sören keine Gelegenheit ergeben, mit Schmidlein ins Gespräch zu kommen. Worüber hätte er sich mit ihm auch austauschen sollen. Bei allem, was er erfahren hatte, konnte ihm Schmidlein keine Hilfe sein. Und je länger er darüber nachdachte, desto mehr bezweifelte Sören, dass ihm überhaupt jemand helfen oder zur Seite stehen konnte. Wobei auch? Letztendlich war die Flottenrüstung Sache der Reichspolitik und damit jedem Einfluss von außen entzogen. Ganz ohne Frage war es gefährlich, was von Tirpitz und sein Stab vorhatten. Zudem belog man die Öffentlichkeit. Auch wenn man manches mit dem Argument der militärischen Geheimhaltung begründen konnte, streng genommen war ihr Handeln nicht legitim. Aber Sören sah keine Möglichkeit, dem entgegenwirken zu können, der Gang an die Öffentlichkeit würde aller Wahrscheinlichkeit nach den Tatbestand des Landesverrats erfüllen.

Sören fühlte sich niedergeschlagen und ohnmächtig. Vielleicht hatte Martin eine Idee, was man tun konnte. So lange blieb ihm wohl nichts anderes übrig, als gute Miene zu bösem Spiel zu machen und sich nichts anmerken zu lassen.

Während er darüber nachdachte, ob und wann sie heute Abend nach Hamburg zurückkommen würden, forderte das Schlagen der stählernen Tür zum Seitendeck

Sörens Aufmerksamkeit. Als er die Tür schließen wollte, stand er plötzlich Wilhelm II. gegenüber, der ihn verlegen anblickte. Es war nicht zu übersehen, was geschehen war, denn Aufschläge und Bart Seiner Majestät wiesen einige Verunreinigungen auf. Sören konnte sich ein Grinsen nur mühsam verkneifen, nicht deswegen, weil sich der Kaiser über die Bordwand erleichtert hatte, sondern weil er die falsche Seite gewählt hatte. Kotzen nach Luv war ein kapitaler Anfängerfehler. Sören ließ sich nichts anmerken, zog ein Taschentuch hervor und tupfte wortlos den Rock Seiner Majestät sauber.

«Mich quält schon seit Tagen einer dieser widerlichen Infekte», erklärte Wilhelm II. und nahm das Taschentuch entgegen, um sich die Essensreste aus dem Gesicht zu wischen. «Am besten werde ich mich für den Rest der Fahrt in meine Kabine zurückziehen.»

Sören begleitete ihn bis in den Gang, von dem aus die zukünftigen Offizierskabinen abgingen. Die Frage, ob er ihm noch etwas bringen könne, verneinte Seine Majestät, dankte Sören für dessen Aufmerksamkeit und Diskretion und schloss die Kabinentür.

Während Sören den Gang zurück zur Offiziersmesse ging, merkte er, dass sich anscheinend mehrere der Gäste hierher zurückgezogen hatten, zumindest waren hinter einigen Türen Stimmen zu vernehmen. Eine davon gehörte zu Admiral von Koester. Sein sonorer Bariton war sofort herauszuhören. Als Sören den Namen Otte zu verstehen glaubte, schnellte sein Herzschlag in die Höhe. Er verlangsamte seinen Schritt und blieb vor der entsprechenden Tür stehen. Die zweite Stimme gehörte von Tirpitz, zudem war noch eine weitere Person im Raum, deren Stimme Sören nicht zuordnen konnte. Vorsichtig blickte er sich um, außer ihm war niemand auf dem Gang. Es war ein Risiko, aber wenn man ihn entdeckte, dann konnte er immer noch anklopfen und sich nach dem Wohlbefinden der Männer erkundigen. Sören presste sein Ohr gegen die Tür.

«*Haben wir inzwischen eine Rückmeldung von der Schichau-Werft?*»

«*Ja, zuerst gab man sich wortkarg, aber nachdem ich den Herren die Ernsthaftigkeit der Situation erläutert habe, zeigte man erwartungsgemäß Gesprächsbereitschaft. Ich habe ihnen deutlich zu verstehen gegeben, dass sich die zukünftige Auftragsvergabe an die Werft durchaus ändern könnte, wenn man nicht einlenken würde.*»

«*Und falls sich so etwas in Zukunft wiederholen sollte?*»

«*Genau. Man gibt sich dort natürlich unschuldig. Angeblich wurden die Unterlagen gestohlen. Letzten Endes bleibt unklar, ob der Mann mit Wissen der Werftleitung agierte oder ob es ein Alleingang war. Offiziell hat dieser Otte nichts mit dem Rüstungsbetrieb der Werft zu tun. Gleichwohl war er beauftragt, mit der Hapag über ein Entgegenkommen bezüglich dieses Passagierdampfers in Verhandlungen zu treten. Dass der Mann in diesem Zusammenhang unterschwellig versucht hat, Ballin zu erpressen, davon will man natürlich keine Kenntnis gehabt haben.*»

«*Wir wissen, dass dieser Otte das Material an die Engländer verkaufen wollte.*»

«*Ja, aber wir haben es nur einem Zufall zu verdanken, dass der geplante Handel aufgeflogen ist und wir Schlimmeres verhindern konnten. Der Mann wusste nämlich nicht, dass der Besitzer der englischen Werft, dem er das Material angeboten hat, gut mit Ballin bekannt ist. Natürlich hat der sofort mit Ballin Kontakt aufgenommen, um die Hintergründe zu ermitteln, schließlich liegen die Rechte des Turbinenantriebs bei einer englischen Firma.*»

«*Von den Versuchen mit den Ballasttanks hatte er demnach keine Kenntnis?*»

«Soviel wir bislang wissen, wohl nicht. Ballin wird uns aber auf dem Laufenden halten. Der Besuch des Engländers bei ihm ist auch der Grund, warum er bei der heutigen Fahrt nicht anwesend sein kann. Er ist natürlich untröstlich ...»

«Dann ist ja zu hoffen, dass sich das Blatt noch zum Guten wendet.»

«Ja. Bleibt nur die Frage, wie wir an den restlichen Teil der Unterlagen von diesem Otte herankommen. Auch wenn wir nicht genau wissen, was er alles mit sich geführt hat, dürfen wir kein Risiko eingehen. Es wäre fatal, wenn das Material in falsche Hände gelangen würde. Von Bachtingen, wie weit sind Sie in der Sache?»

«Sie können sich ganz auf mich verlassen, Admiral. Wie Sie wissen, habe ich einen zuverlässigen Mann vor Ort, und der kümmert sich. Die Angelegenheit mit diesem Waldemar Otte hat er ja auch zu unserer Zufriedenheit gelöst. Dass ihm dieser Hamburger Advokat dazwischengekommen ist, nun, das können wir ihm nicht anlasten. Er hält sich jedenfalls an die Abmachung, so wenig Staub wie möglich aufzuwirbeln, und er hat mir zugesagt, dass er entsprechende Maßnahmen in die Wege leiten wird, sodass wir das Material spätestens zum Ende der Woche in den Händen haben.»

«Sehr gut, Herr Feldwebel, sehr gut. Ich weiß, dass ich mich auf Sie verlassen kann. Wenn Sie uns nun kurz entschuldigen würden, aber ich habe mit von Koester ...»

Sören wich von der Tür zurück und schlich sich auf leisen Sohlen so schnell wie möglich davon. Sekunden später wurde hinter ihm die Tür geöffnet. Den Mann mit den silbernen Knöpfen am Rock, die ihn als Marineoffizier einer Landdivision zu erkennen gaben, hatte er zuvor noch nicht gesehen. Sören verhielt sich so unauffällig wie möglich, aber der Feldwebel schien so oder so keine Notiz von ihm zu nehmen.

Durch die Dinge, die er soeben erfahren hatte, lag alles eigentlich offen zutage, aber in seinem Kopf tobte das Chaos. Über allem schwebte Angst – die Angst davor, was ihn in Hamburg erwartete. Der Feldwebel hatte von *entsprechenden Maßnahmen* gesprochen. Egal, was darunter zu verstehen war, Martin schwebte in höchster Gefahr. Der Mann vor Ort, der scheinbar für die Schmutzarbeit dieser Herren zuständig war, hatte schon einen Menschen getötet. Sören brauchte nicht lange zu überlegen, wie er am schnellsten von diesem Schiff kam. In wenigen Minuten würde man die Schleusenanlage von Brunsbüttel erreichen. Egal wie, er musste so schnell wie möglich nach Hamburg. Vielleicht war es noch nicht zu spät.

―― «Entsprechende Maßnahmen» ――

Die ganze Bahnfahrt über versuchte Sören, sich die bisherigen Geschehnisse noch einmal vor Augen zu führen. Was das Reichsmarineamt vorhatte, lag jetzt klar auf der Hand. Man wollte die weitere Aufrüstung der Flotte geheim halten und sich dafür der List bedienen, die zukünftigen Kiellegungen als Neubauten von Handelsschiffen zu tarnen. Damit dies möglichst unbeobachtet geschehen konnte, sollten diese Schiffe vorrangig in den nicht kaiserlichen Marinewerften gebaut werden. Aus den Unterlagen, die Waldemar Otte bei sich geführt hatte, ging hervor, dass die geplanten Schiffe noch einmal weitaus größer und leistungsfähiger als die bisherigen Linienschiffe der Marine sein würden. Wie Otte an die Unterlagen gekommen war, entzog sich Sörens Kenntnis. Auf jeden Fall unterlagen die Pläne der Geheimhaltung. Weder die baulichen Details noch die Existenz dieser ominösen Konten durften publik werden. Ottes eigentlicher Auftrag hatte wahrscheinlich darin bestanden, mit der Hapag über die Nutzung eines für den Norddeutschen Lloyd gebauten Passagierdampfers zu verhandeln. Hatte er diese Gelegenheit tatsächlich genutzt, um Ballin mit der Kenntnis des geheimen Vorhabens zu erpressen, oder ging es bei seinem Auftrag doch um mehr? Etwa um die Planung und Ausschreibungsbedingungen der zukünftigen Schiffe? Schließlich hatte er Kontakt zu dieser englischen Werft aufgenommen und wollte Informationen über die

Fähigkeiten und Erfahrungen bezüglich des Turbinenantriebs sammeln. Natürlich hatte er nicht wissen können, dass Pirrie mit Ballin befreundet war, aber aus dem Brief, den Sören ja kannte, ging nicht hervor, ob er sein Wissen tatsächlich an die Engländer verkaufen wollte.

Wie auch immer, nachdem Ballin von Pirrie erfahren hatte, dass Otte mit seinem Wissen an die englische Werft herangetreten war, musste er das Reichsmarineamt oder eine Kontaktperson davon in Kenntnis gesetzt haben, und dort hatte man dann veranlasst, Waldemar Otte zum Schweigen zu bringen. Und genau in dem Augenblick war er selbst dem Täter in die Quere gekommen. So musste es sich abgespielt haben. Das erklärte auch, warum man ihm nachgestellt hatte. Alles nur, um an die Papiere zu gelangen. Inzwischen bezweifelte Sören, dass es irgendeinen Zusammenhang zu den Geschehnissen gab, die sich in der Silvesternacht auf St. Pauli abgespielt hatten. Im Gegenteil – eigentlich entlastete Otte, was den Vorwurf des Geheimnisverrats betraf, sein eigenes Verhalten, denn er hatte sich offiziell als Zeuge zur Verfügung gestellt. So etwas tat man nicht, wenn man Kriminelles im Schilde führte. Offen blieb eigentlich nur noch die Frage, was sich in besagter Nacht wirklich abgespielt hatte und warum Simon Levi hatte sterben müssen. Diese Frage beschäftigte Sören noch, als er Stunden später bei sich zu Hause in der Feldbrunnenstraße ankam.

Als Martin ihm die Tür öffnete, fiel Sören ein Stein vom Herzen. Es war also noch nicht zu spät. Erst dann registrierte er Martins sorgenvollen Blick, der nur bedeuten konnte, dass etwas vorgefallen war. Was machte er überhaupt hier? Mit einer unheilvollen Vorahnung stürzte Sören in den Salon.

«Was ist hier los! Wo ist Tilda?»

Agnes saß schluchzend auf dem Sofa und bekam keinen Ton heraus. Sie sah völlig verheult aus.

«Wo ist Tilda? Wo ist Ilka?» Ein schrecklicher Verdacht keimte in ihm auf.

«Ilka ist oben in ihrem Zimmer. Sie schläft.» Martin wollte ihm beruhigend die Hand auf die Schulter legen, aber Sören drehte sich weg.

«Was ist geschehen? Wo ist Tilda?»

Martin deutete auf die Anrichte und den offenen Geigenkasten. Darin lag Mathildas Guarneri – jemand hatte das Griffbrett des kostbaren Instruments zerbrochen. Der Wirbelkasten baumelte nur von den Saiten gehalten herunter. Sören schossen unweigerlich Tränen in die Augen. «Nein», stammelte er. Dann bemerkte er den Zettel im Deckel des Kastens.

«Sie wissen, woran wir interessiert sind. Wir schicken morgen Mittag einen Boten, der die Dokumente abholen wird. Anderenfalls ergeht es Ihrer Gemahlin wie diesem Instrument.»

Sören wich jede Farbe aus dem Gesicht. Das also waren sie, die *entsprechenden Maßnahmen*, von denen auf dem Schiff die Rede gewesen war.

«Ich habe die Papiere schon geholt», sagte Martin. «Meinst du, es ist sinnvoll, die Polizei zu verständigen?»

Sören brauchte einen Moment, bevor er einen klaren Gedanken fassen konnte. «Nein», antwortete er schließlich. «Wir dürfen auf gar keinen Fall ein Risiko eingehen.» Er mochte gar nicht daran denken, was sonst mit Tilda geschehen würde. Dann erzählte er Martin, was er auf dem Schiff erfahren hatte.

Verstört blätterte Sören immer wieder durch die Dokumente, die Martin auf den Tisch im Salon gelegt hatte. Ein Haufen Papiere, der es eigentlich nicht wert sein sollte, ein Menschenleben dafür aufs Spiel zu setzen. Nur gab es jemanden, der das anders sah und der bereit war, für diese Dokumente zu töten.

«Sollen wir eine Abschrift anfertigen?», fragte Martin.

«Nein», entgegnete Sören, ohne den Blick zu heben. «Das ist nicht nötig. Alle wichtigen Informationen habe ich längst im Kopf.»

«Ich habe mir natürlich die Kontodaten notiert.»

«Soweit ich weiß, kennen sie den genauen Umfang des Materials überhaupt nicht. Man will nur jedes Risiko ausschließen.» Sören schüttelte fassungslos den Kopf. «Ich hätte nie gedacht, dass man so weit gehen würde ... Es ist eine solche Schweinerei ...»

Er musste an Tilda denken. An ihr letztes Gespräch, an ihre Umarmung, ihren Duft. Wo hielt man sie gefangen? «Wir dürfen kein Risiko eingehen. Sie sollen alles bekommen.»

Sören betrachtete die Pläne und Zeichnungen. Wenn man wusste, um welche Details es ging, konnte man die eingezeichneten Schlingertanks erkennen. Auch die Maße und Leistungsangaben stellten für ihn nun kein Rätsel mehr dar. Alles war plötzlich verständlich. Ein letztes Mal nahm er sich die persönlichen Briefe von Otte vor, aber er fand immer noch keinen Hinweis darauf, ob er tatsächlich geplant hatte, sein Wissen zu verkaufen. Abermals versuchte Sören, den Zettel mit Ottes handschriftlichen Notizen und die flüchtige Skizze zu entziffern. Es konnte sich nur um eine Wegbeschreibung handeln, ein Geflecht unterschiedlicher Straßen, angedeutet mit Abkürzungen, in Eile notiert. Die Worte konnten alles Mögliche bedeuten, nur der Name Friedrich stach ihm ins Auge, und plötzlich ging Sören ein Licht auf. Auf einmal wusste er, was ihn die ganze Zeit gestört hatte, was er übersehen hatte.

«Die Friedrichstraße ... Altona ...» Sören stand auf und suchte fieberhaft nach einem Stadtplan, den er schließlich in einer der Schubladen der Anrichte fand.

«Was ist? Was hast du?», fragte Martin und stellte sich neben Sören, der mit dem Finger die Straßenzüge auf dem Plan nachzeichnete.

«Ich Idiot», sagte Sören nur, und schlug sich mehrfach mit der flachen Hand gegen die Stirn. «Ich verdammter Idiot.» Auf einmal wurden die Schriftzeichen von Otte verständlich. Es waren Straßennamen, die Sören auf dem Plan ablesen konnte. Und es waren genau die Straßen aufgeführt, die rund um den Hof lagen, in dem Simon Levi erschlagen worden war. Eine Gegend, wo ein Straßenzug immer noch mehrere Namen haben konnte, einen auf der Hamburger und einen anderen auf der Altonaer Seite. Das war es gewesen, was Sören gestört hatte, als er mit Schmidlein vor Ort gewesen war, als er die Schmuckstraße in Richtung Große Freiheit entlanggeschaut hatte. Ab der ehemaligen Grenze hieß die Schmuckstraße Friedrichstraße. Langsam fügten sich die Puzzlesteine zusammen.

«Ich muss dringend mit Völsch sprechen. Diese vermaledeite Razzia ... Das Haus, das man durchsucht hat ... Wenn es in der Friedrichstraße liegt, dann wird mir einiges klar.»

«Und ich verstehe überhaupt nichts mehr», erklärte Martin und schüttelte verständnislos den Kopf.

«Ich habe mich die ganze Zeit über gefragt, ob es einen Zusammenhang gibt, einen Zusammenhang zwischen dem, was David widerfahren ist, also dem Verbrechen, das in der Silvesternacht auf St. Pauli geschah, und den Umständen, die zum Mord an Waldemar Otte geführt haben. Die Verbindung der Geschehnisse war bislang nur darin zu sehen, dass Otte der Zeuge war, aufgrund dessen

Aussage David verhaftet wurde. Wir haben aber der Frage, was Otte dort gesucht hat und was Simon Levi dort verloren hatte, bislang zu wenig Aufmerksamkeit geschenkt. Es gibt nämlich ein weiteres verbindendes Glied. Und wenn ich mich nicht täusche, dann laufen dort alle Fäden zusammen: in der Friedrichstraße oder, besser gesagt, in der Schmuckstraße.»

«Ich kann dir immer noch nicht folgen.»

«Ganz einfach. Levi gehörte wahrscheinlich zu einer ganzen Gruppe von Männern, die man aus der Auswandererstadt herausgeschleust hat, damit sie sich auf St. Pauli amüsieren können. Für das Gelingen hat man einige Kollegen von Völsch bestochen. Entscheidend ist aber, dass zudem auch Beamte der Hamburg-Amerika Linie eingeweiht gewesen sein müssen. Ich nehme sogar an, dass unter ihnen die Drahtzieher zu finden sind und dass man die Auswanderer gezielt in ein bestimmtes Etablissement gebracht hat. Wenn es so ist, wie ich vermute, betreibt man vielleicht sogar selbst eine solche Lokalität, speziell für Personen aus dem geschäftlichen Umfeld der Reederei. Auch Waldemar Otte, der ebenfalls in geschäftlichem Kontakt mit der Hapag stand, hatte eine Wegbeschreibung bei sich, die in genau diese Gegend führt. Ob es sich um die gleiche Straße handelt, werde ich in wenigen Minuten wissen.»

Sören ging zum Fernsprecher und ließ sich mit der Polizeistation in der Auswandererstadt verbinden. Er hatte Glück. Nach wenigen Minuten hatte er Polizeileutnant Völsch am Apparat, und sein Gesichtsausdruck erhellte sich, als er die Adresse erfuhr, wo die Razzia stattgefunden hatte. «Ja, wir waren auf der richtigen Spur», bestätigte Sören, während er weiter in die Sprechmuschel lauschte.

«Nein, ich denke, ich habe des Rätsels Lösung. In dem Haus konnte die Polizei gar nichts finden, es erfüllt eine ganz andere Funktion ... Ja, ich halte Sie auf dem Laufenden. Vielen Dank.»

Sören hängte den Hörer auf die Gabel und wandte sich Martin zu. «Es ist genau so, wie ich angenommen habe. Das Haus, das man durchsucht hat, steht in der Friedrichstraße. Direkt an der Grenze zwischen Hamburg und Altona.»

«Aber man hat dort bei der Razzia nichts finden können.»

Sören nickte. «Ja, weil man nach der falschen Sache gesucht hat, nach einer Gruppe von Personen, die sich verbotenen Dingen hingibt, Hasardspiel, Prostitution, was weiß ich. Das dortige Haus ist ein ganz gewöhnliches Mietshaus. Nun, ganz gewöhnlich nicht. Zumindest einige der dortigen Bewohner müssen Kenntnis davon haben, welchen Zweck es erfüllt.»

«Du sprichst immer noch in Rätseln.» Martin verzog hilflos das Gesicht.

«Als ich mit Willi Schmidlein vor Ort war», erklärte Sören, «sind uns ein paar Ungereimtheiten aufgefallen. Auf dem Hof an der Schmuckstraße, also auf der Hamburger Seite der Friedrichstraße, befindet sich ein großes, scheinbar verlassenes Gebäude, dessen Fenster vernagelt sind. Nach allem, was ich inzwischen weiß, sind sowohl diese ominöse Frau, von der David und Willi Schmidlein berichteten, sowie Simon Levi in dieses Haus geflüchtet. Ich habe sogar eine Tür gefunden, die allerdings von innen verriegelt war. Außerdem hatte man jede Menge Unrat vor dieser Tür aufgestapelt, so, als wenn man den Eingang verbergen wollte. Der Eingang des Hauses zur Straßenseite ist bestimmt seit mehreren Jahren nicht mehr benutzt worden, und einen anderen Zugang konnten wir nicht finden. Wir haben alle Seiten abgesucht. Von außen sieht alles so aus, als wenn das Haus seit vielen Jahren leer steht. Und genau das ist meines Erachtens auch gewollt.»

«Und der Zugang …»

«Befindet sich in besagtem Haus an der Friedrichstraße. Richtig.» Sören machte eine abtauchende Handbewegung. «Die Häuser sind nur durch den ehemaligen Grenzgang getrennt. Es ist gut denkbar, dass es einen geheimen Tunnel gibt, vielleicht einen ehemaligen Schmugglerweg, der die Keller beider Gebäude miteinander verbindet. Wir werden ja sehen …»

«Du willst da jetzt hin?», fragte Martin völlig entgeistert. «Was glaubst du dort zu finden? Nachdem entdeckt wurde, dass man verbotenerweise Männer aus der Auswandererstadt geschleust hat, dürfte das dortige Treiben vorerst eingestellt worden sein. Oder denkst du, dass man Tilda …?»

Sören zuckte mit den Schultern. «Es ist nur so ein Gefühl.»

«Wenn es wirklich so ist, wie du sagst, dann wäre es freilich ein idealer Ort, um jemanden zu verstecken.»

Sören merkte, dass Martin ihm den Strohhalm nicht nehmen wollte, an den er sich in diesem Augenblick klammerte. «Wir können hier doch nicht bis morgen Mittag tatenlos herumsitzen und Löcher in die Wand starren. Ich werde noch verrückt, wenn ich daran denke, was sie Tilda womöglich antun.»

«Gut, aber wie willst du vorgehen? Du kannst da nicht so mir nichts, dir nichts reinmarschieren und auf Verdacht den Keller des Hauses auf den Kopf stellen. Vor allem kannst du das nicht alleine tun. Wenn Tilda dort wirklich gefangen gehalten wird, dann gibt es mit ziemlicher Sicherheit auch ein paar Ganoven, die sie bewachen.»

«Was schlägst du vor?»

«Wir brauchen zumindest Rückendeckung. Wenn tatsächlich jemand von der Polizei in die ganze Sache verwickelt ist, dann kannst du nicht ausschließen, dass er es ebenso erfährt, wenn wir uns jetzt an die Polizei wenden.»

«Zumal wir davon ausgehen müssen, dass die betreffende Person über einen gewissen Einfluss innerhalb der Polizeibehörde verfügen muss. Sonst hätte man den Tod von Waldemar Otte nie so schnell als Unfall ad acta gelegt. Sehr wahrscheinlich wurde in diesem Fall von höchster Stelle interveniert. Das würde bedeuten, dass unser Mann zumindest an einer Schaltstelle sitzt und einen gewissen Einfluss hat.»

«Selbst wenn eine Anweisung von Reichsseite vorliegt, keine Hamburger Behörde wird es sich leisten können, einen Verbrecher zu decken, einen Mörder.»

«Und was ist mit Menschenraub?»

«Das kommt noch hinzu. Es ist alles schlimmer als wir dachten.»

Sören erwiderte nichts.

«Wir werden also ein entsprechendes Geschütz auffahren», erklärte Martin. «Ich werde Senator Sthamer verständigen. Als Präses der Polizeibehörde stellt er in der Stadt für uns die größte Autorität dar. Und ich habe noch etwas gut bei ihm.» Martin blickte zur Uhr. «Es ist zwar schon spät, aber angesichts der Dringlichkeit in dieser Sache wird er Verständnis dafür haben, dass ich ihn in seinem Privathaus aufsuche.»

Martin griff nach seinem Mantel. «Ich melde mich bei dir.»

Sören wollte sich zur Beruhigung seiner Nerven gerade einen Cognac einschenken, als es an der Tür klopfte. Martin konnte noch nicht zurück sein, und jemand anders erwartete er nicht, also nahm er vorsichtshalber seinen Revolver von der Hutablage der Garderobe, den er dort immer zur Sicherheit deponiert hatte. Tilda wusste von dem Versteck, aber wahrscheinlich hatte man sie sofort angegriffen. Außerdem war sie nicht groß genug, um einfach so auf die Hutablage greifen zu können. Sören steckte die Waffe in den Hosenbund und öffnete die Tür.

«Du hättest etwas sagen können», meinte Schmidlein vorwurfsvoll. Er war völlig außer Atem. «Alle gehen davon aus, dass du über Bord gefallen bist.»

«Das ist vielleicht gar nicht schlecht», entgegnete Sören. «Komm rein, ich muss mit dir sprechen. Es ist etwas vorgefallen.»

«So eine Schweinerei!» Schmidlein schlug wütend mit der Faust auf den Tisch, nachdem Sören ihn in kurzen Zügen über alles informiert hatte. «Auf jeden Fall benötigen wir ein paar Männer. Lass das meine Sorge sein. Ich trommele die Genossen zusammen. Wo treffen wir uns?»

«In dem Hofdurchgang an der Schmuckstraße.»

«Gut, gib mir eine Stunde Zeit.»

―― *Der Tunnel* ――

Sören wartete noch eine Weile, blickte ungeduldig zur Uhr, aber als Martin nichts von sich hören ließ, beauftragte er schließlich Agnes, Martin auszurichten, wo er ihn finden könne, und machte sich alleine auf den Weg nach St. Pauli.

Es waren allesamt riesige Kerle, die Willi Schmidlein zusammengetrommelt hatte, jeder von ihnen mindestens einen Kopf größer als der schmächtige Rotschopf, der sie mit Sören bekannt machte. August, Edgar, Heinrich, Jupp, Leute von der Werft. Da es Freunde des roten Peters waren, waren sie bestimmt alle Sozialdemokraten, vermutete Sören. Es waren mehr als zehn. Einige hatten eine kurze Eisenstange oder einen Knüppel bei sich, Jupp schlug rhythmisch mit einem Totschläger in die eigene Hand. Sie sahen verwegen aus und blickten grimmig und wütend drein. Man hätte sie für Mitglieder einer gefürchteten Räuberbande halten können, und Sören zweifelte keinen Augenblick daran, dass so mancher von ihnen bereits mit dem Gesetz in Konflikt gekommen war. Für einen kurzen Moment war er unsicher, ob dies der richtige Weg war, dann schob er seine Zweifel beiseite.

«Wenn eine Genossin in Not ist, dann fackeln wir nicht lange», erklärte August, ein Bulle von einem Kerl. Die anderen pflichteten seinen Worten entschlossen bei.

Sören klärte sie darüber auf, was er vorhatte. Zwei Männer blieben zur Sicherheit im Hof, falls jemand versuchen sollte, durch die verbarrikadierte Tür des Hinterhauses zu fliehen, mit den anderen machte er sich in Richtung Grenzgang auf. Im Parterre des Hauses brannte Licht.

«Und wenn keiner öffnet?», fragte Jupp.

«Das lass dann mal meine Sorge sein», erklärte August und reckte die Schultern.

An der Haustür waren zwei Schellen angebracht, und Sören überlegte, welche davon zu betätigen war und ob es ein geheimes Klingelzeichen gab. Bestimmt musste es eins geben.

«Nimm beide», meinte Edgar schließlich – und dann im Befehlston: «Die anderen, ab hinter die nächste Ecke. Willi, leg dich auf den Boden. Gesicht nach unten.» Die Männer taten, was Edgar sagte. Anscheinend war er auch sonst ihr Anführer. Sören spürte, dass sie so etwas nicht das erste Mal machten. Dann klingelte Edgar Sturm.

Nach einer Weile öffnete sich ein Fensterflügel, und eine dumpfe Männerstimme war zu hören: «Sach ma, bist du bescheuert, Mann! Weissu, wie spät das is?»

«Hier liegt einer auf dem Boden», antwortete Edgar. «Der blutet. Ich brauch mal Hilfe.»

«Schon gut. Ich komm ja schon runter.» Der Fensterflügel wurde geschlossen, und im gleichen Augenblick schlichen August und ein weiterer, ebenso kräftiger Kerl aus ihrem Versteck und postierten sich zu beiden Seiten der Eingangstür. Als sie geöffnet wurde, ging alles ganz schnell und lautlos. Der Mann, der die Tür öffnete, war beileibe nicht klein, aber er hatte nicht mit dem gerechnet, was nun geschah. August presste ihm eine seiner mächtigen Pranken auf den Mund und riss seinen Kopf nach hinten. Mit der anderen Hand griff er gleichzeitig nach dem rechten Arm des Mannes und bog ihn zur Seite. Der Kerl taumelte, von beiden Seiten bedrängt, rückwärts zurück durch die Tür, die wieder ins Schloss fiel. Was dahinter geschah, konnte man nur erahnen. Kurz darauf wurde sie erneut geöffnet, und das Gesicht von August war zu erkennen. «So. Fertig. Luft ist rein. Und 'ne Kellertür gibt's hier auch.» Er grinste.

Die hölzerne Kellerstiege knarrte unter den Schritten der Männer. Bis auf den Umstand, dass es hier elektrische Beleuchtung gab, war nichts Außergewöhnliches zu sehen. Vor ihnen lag das typische Kellergewölbe eines Zinsmietshauses aus der Mitte des letzten Jahrhunderts. Die meisten der Männer mussten darin den Kopf einziehen. Sören brauchte einen Augenblick, um sich zu orientieren. Auf der Linken lag ein großer Haufen Koks, darüber war die Luke des Kohlenschachts zu sehen. Er ging an der großen Rutsche vorbei in östliche Richtung. Die Männer folgten ihm. Keiner sagte ein Wort. Schließlich gelangten sie in einen Kellerraum, an dessen Ende ein Bretterverschlag zu sehen war. Auch hier gab es elektrisches Licht. Hinter dem hölzernen Gatter stand nur ein voluminöser Schrank, dessen eine Tür offen stand. Man sah, dass er leer war.

«Raffiniert durchdacht», flüsterte Sören und öffnete den Verschlag. Als er vor sich auf den Boden blickte, wusste er, dass sie richtig waren. Es war eine hellbraune, schlammige Brühe, durch die man gehen musste. Wahrscheinlich verursacht durch Grundwasser oder einen unterirdischen Flusslauf, dessen Feuchtigkeit durch das Fundament oder die Mauern den Weg in das Gewölbe gefunden hatten. Sören dachte an die mit Schlamm verschmierten, feuchten Schuhe von Simon Levi, über die er sich gewundert hatte, weil die restlichen Kleidungsstücke des Toten völlig trocken gewesen waren. Nun wusste er, warum. Vielleicht wurde der schlammige Untergrund sogar absichtlich nass gehalten, damit sich keine Fußabdrücke abzeichneten. Wenn er mit seiner Vermutung richtig lag, und nach all den Indizien zweifelte er keinen Augenblick mehr daran, dann musste hier unten manchmal ein ziemlicher Verkehr herrschen.

Er brauchte nicht lange, um den Mechanismus zu finden, mit dem man die Rückwand des Schrankes öffnen konnte. Wie von Geisterhand bewegt klappte die Wand beiseite. Vor ihnen lag ein finsterer, knapp mannshoher Tunnel, an dessen Seiten ein paar Grubenlampen spärliches Licht spendeten. Alle paar Meter waren Stützhölzer eingeschlagen. Zwischen den Ständern und Schalbrettern tropften kleine Rinnsale von den Wänden. Auf dem Boden lagen zwei Reihen Bretter.

«Na, dann woll'n wir mal», sagte Sören im Flüsterton und ging voran. Das Ende des Tunnels konnte man nicht erkennen. Er rechnete jeden Augenblick damit, dass ihnen Fledermäuse entgegenflattern müssten, aber nichts dergleichen geschah. Es herrschte Totenstille. Vorsichtig tasteten sich die Männer vor. Der Tunnel machte eine leichte Kurve. Sören erinnerte sich, dass die Häuser an der Straße nicht in einer Flucht standen. Als sie die Biegung hinter sich hatten, konnte man Licht am Ende des Tunnels erkennen. Der ausgeschachtete Stollen musste eine Länge von knapp dreißig Metern haben.

Der unterirdische Gang mündete in einen hellen, frisch getünchten Kellerraum, von dem aus eine breite, geschwungene Treppe in die oberen Stockwerke führte. Entfernt konnte man Stimmen vernehmen. Sören presste den Zeigefinger an die Lippen und gab den anderen zu verstehen, ruhig zu bleiben. Behutsam stiegen sie nach oben. Mit jedem Schritt stieg die Gefahr, entdeckt zu werden. Die Stimmen wurden lauter, aber man konnte nicht heraushören, wie viele Männer es waren, geschweige denn, worüber sie sprachen.

Sören reckte den Hals. Soweit er erkennen konnte, glich der Raum über ihnen einer großen Halle. Die Wände waren getäfelt, und an der Decke hingen mehrere elektrisch betriebene Kristallleuchter. Ganz im Gegensatz zum äußeren Erscheinungsbild war das Innere des Gebäudes mit vornehmer Staffage dekoriert. Keine Frage, sie betraten den gediegen eingerichteten Salon eines geheimen Etablissements. Dunkle Samtvorhänge verwehrten von innen den Blick auf die vernagelten Fenster. An der einen Seite des Raumes konnte Sören einen langen Tresen und eine Bar erkennen, davor standen zwei Billardtische.

Von den Männern war immer noch nichts zu sehen. Sören spekulierte, ob sie bewaffnet sein könnten, und tastete im gleichen Augenblick nach seinem Revolver. Er hatte noch nie auf einen Menschen geschossen, aber er war sich sicher: Wenn es sein musste, würde er es tun. Das Geländer des Treppenaufstiegs ging in eine hölzerne Balustrade über, die ihnen Schutz gewährte.

Endlich konnte er die Männer erkennen. Es waren nur drei, und sie saßen in einer Nische im hinteren Bereich des Raumes. Anscheinend spielten sie Karten. Mehrere kleine Paravents boten einen Sichtschutz, dennoch war die Entfernung zu groß, als dass sie die Männer von ihrem Standpunkt aus überraschend hätten überwältigen können. Sören gab den anderen ein Zeichen und zog seinen Revolver. Edgar hatte ebenfalls eine Schusswaffe dabei und tat es Sören gleich.

Die letzten drei Stufen sprang Sören mit einem Satz hinauf, dann richtete er seine Waffe auf die Männer und rief: «Ganz ruhig, Leute. Hände hoch! Nicht bewegen!»

Im gleichen Augenblick hasteten Schmidlein und Jupp

zu den Kerlen, blieben allerdings wenige Meter vor ihnen stehen. «Auf den Boden mit euch! Wo ist die Frau?»

Die Männer zögerten einen Moment, dann kamen sie der Aufforderung nach. Jupp tastete die Kerle nach versteckten Waffen ab, schließlich schüttelte er den Kopf. «Die sind sauber!», rief er den anderen zu.

August griff sich einen der Männer und zog ihn am Ohrläppchen hoch. «Wie viele Männer sind hier noch im Haus?»

«Nur wir ...» August machte eine drohende Geste mit der anderen Hand. «Ehrlich ...»

Er stieß den Mann in einen der Sessel. «Schweinebande! Los! Raus mit der Sprache! Wo habt ihr die Frau versteckt?»

Die Männer warfen sich ängstliche Blicke zu. «Die Mädchen sind oben auf ihren Zimmern», antwortete schließlich einer von ihnen und zeigte auf einen Treppenaufgang, der mit roten Samtkordeln verziert war.

«Die Mädchen?», wiederholte Sören. Im gleichen Augenblick wurde ihm klar, was der Mann meinte. Sie waren in einem Bordell gelandet. Gemeinsam mit Heinrich, Edgar und drei weiteren Männern stürmte Sören die Treppe hinauf. Nach wenigen Metern befanden sie sich in einem Gewirr von Gängen und Türen. An den Wänden hingen Tüllbänder und Darstellungen von leicht bekleideten Frauen, nackte, orientalische Tänzerinnen, obszöne Bilder und ebensolche Stiche von Paaren in eindeutigen Stellungen.

«Es geht noch weiter nach oben», meinte Edgar. Hinter ihm erschienen Schmidlein und zwei weitere Männer.

«Tilda!», rief Sören verzweifelt in den Flur, der sich vor ihnen erstreckte. Hinter einer der Türen konnte Sören eine Frauenstimme vernehmen, aber sie gehörte nicht

Tilda. Er rüttelte an der Tür, dann sah er, dass der Schlüssel von außen im Schloss steckte. Aus dem Nebenraum war ebenfalls eine Frauenstimme zu hören.

«Sie sind eingesperrt», sagte Edgar und schloss die Tür auf.

Die Frau blickte sie völlig verstört und ängstlich an. Ein Mädchen von höchstens fünfzehn Jahren.

«Was ist mit dir?», fragte Sören. Sie antwortete etwas in einer fremden Sprache, wandte sich ab und schlug die Hände vors Gesicht.

«Um Himmels willen.» Sören sah plötzlich klar. «Sie werden hier gefangen gehalten und zur Prostitution gezwungen. Ich mag gar nicht daran denken, dass ...» Er lief aus dem Zimmer in den Gang zurück. «Tilda!», schrie er immer lauter. «Tilda! Bist du hier irgendwo? So antworte doch, wenn du mich hören kannst!»

«Wir müssen die Polizei verständigen», sagte Schmidlein und schloss eine weitere Tür auf. In dem Zimmer saß eine junge Frau auf dem Bett, älter als das Mädchen im Zimmer gegenüber, vielleicht zwanzig. «Verstehst du mich?», fragte er sie.

Die Frau nickte stumm.

«Was macht ihr hier? Was ist mit euch geschehen?»

Sie zögerte und musterte Sören und Schmidlein. Erst als sie merkte, dass ihr keine Gefahr drohte, antwortete sie. «Man hat uns die Papiere abgenommen und gedroht, wir müssten uns die Rückfahrt erarbeiten ...» Sie schluchzte. «Es bleibt uns doch nichts anderes übrig. Wenn wir nach Hause wollen, müssen wir ...» Sie begann zu weinen.

«Wie viele seid ihr?», fragte Sören.

Die Frau zuckte die Achseln. «Ich weiß es nicht. Ich möchte nach Hause ... Aber ich habe kein Zuhause mehr. Alle sind weg von dort. Nach Amerika. Nur ich durfte nicht einreisen. Sie haben gesagt, ich muss zurückfahren. Aber wohin soll ich?»

Sören schluckte. «Wir werden dich zu jemandem bringen, der sich um dich kümmert. Um dich und um die anderen Mädchen. Ihr müsst das hier nicht tun.»

Schmidlein blickte ihn fragend an. «Ich kann's nicht glauben.»

«Ich auch nicht», entgegnete Sören. Eine ungeheure Wut stieg in ihm auf. «Das sind abgewiesene Auswanderinnen, die man hier einsperrt. Meine Güte, wer mag so etwas tun? Wer steckt nur dahinter?»

«Sie geben uns zu essen, sie behandeln uns gut.»

«Blödsinn!», entfuhr es Sören. «Ihr seid für den Rücktransport nichts schuldig. Man hat euch angelogen.»

Edgar kam ins Zimmer. Dem riesigen Kerl standen die Tränen in den Augen. «Ich habe so etwas noch nicht erlebt», stammelte er. «Ich weiß nur, wenn ich den Verantwortlichen für diese Schweinerei erwische, dann … dann kann ich für nichts garantieren. Wir haben bislang fünf Frauen gefunden. Vielleicht sind in den oberen Stockwerken noch mehr.» Er blickte Sören hilfesuchend an. «Was sollen wir denn jetzt bloß machen?»

Vom Flur her waren aufgebrachte Stimmen zu vernehmen. Nach kurzer Zeit herrschte ein völliges Durcheinander. Einige der Frauen schienen nicht zu begreifen, dass ihr Martyrium nun beendet war. Sie waren völlig eingeschüchtert und verstanden nicht, was die Männer ihnen zu erklären versuchten. Sie hatten Angst, dass ihnen jetzt noch größeres Unheil drohte.

«Das ist sie!», rief Schmidlein und zeigte auf eine Frau mit auffallend heller Hautfarbe, die neben den anderen Mädchen auf dem Korridor stand. «Die Frau, die dabei war … in besagter Nacht.»

Sören ging langsam auf die Frau zu. Im ersten Augenblick glaubte er, sie würde weinen, aber ihre rot unterlaufenen Augen waren nicht feucht, und ein Schluchzen war auch nicht zu hören. Es sah aus, als hätte sie Puder und kräftiges Wangenrouge um ihre Augenlider geschmiert. Sie musterte ihn skeptisch, machte aber keine Anstalten, zurückzuweichen.

«Sprichst du unsere Sprache?», fragte Sören leise. «Kannst du mich verstehen?»

Sie nickte. Bis auf ihre Augen, die offenbar von einer Krankheit entstellt waren, war die junge Frau bildschön.

«Woher kommst du?»

«Vom Schiff. Wie die anderen auch.» Ihre schneidende Stimme, die irgendwie heiser klang, passte nicht zu ihrer grazilen und sanften Erscheinung. «Man hat mir die Einreise verweigert», sagte sie und deutete auf ihre Augen. «Sie sagten, ich sei krank und dürfe nicht nach Amerika.»

«Trachoma.»

Sie schüttelte den Kopf. «Ich habe es seit meiner Kindheit, aber man glaubte mir nicht. Ich wurde zurückgewiesen.»

«Und dann? Wie kamst du hierher?»

«Die Männer auf dem Schiff sagten mir, ich müsse für die Rückreise aufkommen. Aber ich hatte kein Geld. Man bot mir eine Stelle an ... Ich wusste nicht, um was für eine Arbeit es sich handelte.»

«Warum bist du nicht fortgelaufen?»

Die Frau lächelte bitter. «Ich habe es einmal versucht.» Sie schlug den Saum ihres Rockes hoch und deutete auf zwei hässliche Narben. «Danach nicht wieder. Ich habe getan, was man von mir verlangte. Seit einem Jahr nun schon.»

«Du meine Güte.»

«Sie nehmen eine Reitgerte», erklärte sie. «So oft, bis man sich fügt.»

«Was ist hier in der Silvesternacht geschehen?», fragte Sören. «Jemand hat versucht, dich von hier wegzubringen.»

Sie schlug die Augen nieder und blickte auf den Boden. «Simon.»

«Ja, Simon Levi.»

«Wir sind im gleichen Dorf aufgewachsen», erklärte die Frau. «Als er mich hier erkannte ... Er dachte ja, ich sei längst in Amerika ... Ich habe ihm gesagt, man würde mich nicht ohne weiteres gehen lassen. Aber er hat mir nicht geglaubt, er hat versucht, mich über das hintere Treppenhaus aus dem Haus zu bringen. Aber man hat ihn gleich entdeckt. Was ist mit ihm geschehen?»

Sören schüttelte den Kopf. Das also war die Erklärung. Man hatte ihr Simon Levi als Freier aufs Zimmer geschickt, jemanden, der sie kannte und natürlich sofort ahnen musste, dass hier etwas nicht mit rechten Dingen zuging. Er hatte versucht, mit ihr zu fliehen, wahrscheinlich wollte er zur Polizei, und sie hatte aus Angst vor Repressalien und erneuten Schlägen versucht, ihn von seinem Vorhaben abzubringen, was von David und seinen Kumpanen falsch interpretiert worden war. Natürlich hatte sie geglaubt, dass die Männer in der Hofeinfahrt zu den Schurken hier im Haus gehörten ... Dann war er wieder hierher zurückgekommen, um sie zu befreien, und sehr wahrscheinlich war er bei diesem erneuten Versuch seinen Mördern direkt in die Arme gelaufen. Auf einmal passte alles zusammen. In diesem Moment vernahm Sören hinter sich Schritte.

«Ich glaube, ich habe hier etwas für den Herrn Bischop.»

Sören drehte sich abrupt um und verspürte ein Gefühl,

als hätte man ihm einen Dolch direkt ins Herz gestochen. Er versuchte, ein Wort herauszubringen, aber es verschnürte ihm die Kehle. Zugleich schossen ihm Freudentränen in die Augen. Die Zeit schien für einen Moment stillzustehen, und er war hin und her gerissen zwischen Verzweiflung und Freude. So schlimm das Schicksal der Frauen hier auch sein mochte, in diesem Augenblick ging es ihm nur um seine Situation. Tilda fiel ihm wortlos in die Arme. Er hielt sie umklammert und schloss die Augen. Keiner von ihnen sagte etwas.

Als die anderen längst in den Salon hinuntergegangen waren, um auf das Eintreffen der Polizei zu warten, standen sie immer noch eng umschlungen auf dem Flur und genossen den innigen Moment, tief berührt von dem Schmerz ihrer Trennung und dem Glück, sich wiederzuhaben.

«Was genau ist passiert?», flüsterte Sören schließlich. «Hat man dir etwas angetan?»

Tilda schüttelte den Kopf. «Ich kann mich nicht erinnern, was genau geschehen ist ... Es klopfte an der Tür, und ich habe geöffnet. Da stand ein Mann mit einer Melone auf dem Treppenabsatz, blickte mich scharf an und fragte, ob ich die Gattin von Herrn Bischop sei. Ich bekam einen riesigen Schreck, weil der Mann so offiziell wirkte, und ich dachte, dir sei vielleicht etwas geschehen. Als ich seine Frage bejahte, drückte er mir mit Gewalt einen Wattebausch vor das Gesicht und drängte mich in den Windfang. An mehr kann ich mich nicht erinnern, er muss mich mit irgendetwas betäubt haben. Aufgewacht bin ich in dem Zimmer, aus dem mich August gerade befreit hat. Was ist denn hier überhaupt los? Wo sind wir, und was machen August, Edgar, Jupp und die anderen Genossen hier?»

Sören machte einen tiefen Atemzug. «Später, Tilda. Das erkläre ich dir alles später.» Er streichelte ihr zärtlich über die Wange und küsste sie auf die Stirn. «Ich bin so froh, dich unversehrt wiederzuhaben.»

«Woher wusstest du überhaupt, wo ich war?»

Sören lächelte sie an. «Es muss Eingebung gewesen sein.»

Die Geräusche, die von unten zu ihnen hinaufdrangen, signalisierten, dass die Polizei inzwischen eingetroffen sein musste. Arm in Arm gingen sie die Treppe in den großen Salon hinunter. Sören erkannte mehrere uniformierte Wachtmeister, zwei von ihnen hielten ein Gewehr im Anschlag, was ihm unangemessen erschien, schließlich waren die drei Männer längst überwältigt. Er registrierte zu langsam, dass hier etwas nicht stimmen konnte. Erst als er den Mann erkannte, der mit gezogener Pistole vor den Uniformierten stand und in diesem Augenblick in seine Richtung blickte, erkannte er den Ernst der Lage. Es war der Kerl, der Waldemar Otte aus dem Hotelfenster geworfen hatte, der Kerl, der ihn verfolgt und sehr wahrscheinlich auch Tilda entführt hatte. Sören versuchte, an seinen Revolver zu gelangen. Im gleichen Augenblick begriff er, dass es zu spät war. Der Kerl richtete die Waffe auf ihn. Schmidlein und die anderen Männer standen mit erhobenen Händen an der Wand, und zwei weitere Polizisten waren dabei, die drei Schurken von ihren Fesseln und Knebeln zu befreien.

Der Mann blickte Sören gehässig grinsend an. «Sieh da, der Herr Doktor persönlich ... Das hätte ich mir denken können, dass Sie hinter dem Ganzen stecken. Nun, dann müssen wir unseren Plan eben ändern. – Schafft die Frauen hier weg!», rief er den Uniformierten zu. Die drei

Schurken hatten sich inzwischen zu ihm gestellt. «Wir kümmern uns um den Rest der Bagage. – Und Sie, Doktor Bischop ... Ich hätte nicht gedacht, dass Sie so unvernünftig sind ...»

Sören hatte Tildas Hand ergriffen und wagte nicht, sich zu rühren. Niemand war mehr in dem Haus, auf dessen Hilfe er hätte hoffen können. Er überlegte verzweifelt, wie sie sich aus dieser Situation befreien konnten, kam aber zu keinem vernünftigen Ergebnis. Sie waren völlig auf sich allein gestellt. Die Männer, die die Polizei verständigt hatten, mussten in eine Falle getappt sein. So, wie es aussah, musste der Kerl einen ziemlich hohen Rang haben, denn er trug Zivil und hatte doch Befehlsgewalt über die Polizisten. Dazu passte auch sein selbstsicheres Auftreten.

«Mich würde durchaus interessieren, mit wem ich die Ehre habe. Wir hatten ja bereits mehrfach das Vergnügen ...»

Der Mann lächelte Sören spöttisch an. «Hauptmann Beck, Politische Polizei.»

Sören versuchte, das Lächeln zu erwidern. «Also einer von Rosalowskys Leuten.»

«Und im Dienst Seiner Majestät des Kaisers, für besondere Aufgaben im Interesse des Reichs.»

«Sie Mörder!»

Hauptmann Beck lachte kurz auf. «Ich wüsste nicht, welche Beweise Sie für diese unverschämte Behauptung vorbringen könnten. Aber das ist auch nebensächlich – Sie glauben doch nicht, dass Sie noch Gelegenheit dazu haben werden ...»

«Was haben Sie sich dabei gedacht?»

«Sie wissen, dass es um Höheres geht. Meine Auftraggeber ...»

«Die wissen doch nichts von Ihren miesen Geschäften hier», fiel ihm Sören ins Wort.

«Das sind nicht *meine* Geschäfte. Ich habe den Betreibern nur ein wenig zur Seite gestanden. Eine gute Idee, finden Sie nicht?»

«Wer steckt dahinter?»

«Das möchten Sie wohl gerne wissen.»

«Also ein kleiner Nebenverdienst für Sie und Ihre kleinen Gauner bei der Polizei!»

Einer der Uniformierten fuchtelte nervös mit dem Gewehr in Sörens Richtung.

Sören ließ sich nicht beeindrucken. «Und die Razzia von Leutnant Völsch haben Ihre Leute auch vereitelt.»

«Ja, das ist gerade noch mal gut gegangen. Ich erfuhr nur zufällig davon – aber wirklich eingreifen mussten wir nicht. Man kann ja auch nichts finden, wenn man nicht weiß, wonach man sucht.»

«Sie Schwein. Wer steckt hinter diesem Geschäft?»

«Jetzt ist es genug!» Der Gesichtsausdruck von Hauptmann Beck veränderte sich schlagartig. Hass und Niedertracht verzerrten seine Züge. Beck hob seine Pistole und richtete den Lauf auf Sören.

Sören spürte, wie sich Tildas Griff um seine Hand verstärkte. Tue etwas, schien sie zu flehen.

«Sie dürfen Ihrer Gemahlin gerne noch etwas Nettes sagen, bevor wir die Sache zu Ende bringen.»

«Tun Sie ihr nichts.»

Beck lächelte hämisch. Dann machte er einen Schritt in seine Richtung, den Lauf der Pistole auf Sörens Stirn gerichtet. «Nun? Ich höre nichts.»

Sören hörte nur den Schuss. Er kam zu früh. Er hatte Tilda noch einmal anschauen wollen, aber nun war es zu spät. Das also war das Ende. Sören fühlte keinen Schmerz.

Hatte er nicht getroffen? Nichts, nichts geschah. Gleich würde ein zweiter Schuss zu hören sein. Diesmal zielte Hauptmann Beck auf Sörens Herz. Immer noch kein Schuss. Nein, er schien die Waffe nicht richtig unter Kontrolle zu haben. Sein Arm senkte sich immer weiter. Sören schaute Beck in die Augen, die ihn verständnislos anstarrten. Dann konnte Sören erkennen, wie sich das ganze Gesicht des Mannes merkwürdig verzerrte. Seine Mundwinkel verkrampften sich. Er kam auf ihn zu, nein, Beck schien ihm entgegenzuschwanken, dann fiel sein Körper steif wie ein Brett vorne über und landete genau vor Sörens Füßen. Auf seinem Rücken klaffte eine blutende Wunde.

Sören schaute zu Tilda. Sie hatte die Augen geschlossen. Dann war eine laute Stimme zu hören: «Alle die Hände hoch! Alle! Waffen runter!» An der Treppe erschienen mehrere uniformierte Polizisten und stürmten in den Salon.

Sören legte Tilda schützend den Arm um die Schultern. Am Sockel der Treppe erkannte er Martin, der ihn erschrocken anblickte. Neben ihm erschien das Gesicht von Senator Sthamer, dahinter konnte er Polizeidirektor Roscher erkennen.

«Verhaften!», schrie ein Polizeileutnant. «Alle verhaften!»

Roscher starrte auf die uniformierten Wachtmeister, die ihre Gewehre fallen gelassen hatten. «Was ist hier los?»

«Du kommst spät», meinte Sören zu Martin gewandt.

«Ich weiß», entgegnete Martin. «Aber nun bin ich ja da.»

―― *Neue Aussichten* ――

Sören und Tilda standen an der Pier der Landungsbrücken und hatten ihre Taschentücher gezückt. Wie viele andere Menschen winkten sie dem Schiff hinterher, das gerade abgelegt hatte. Ein Dampfer der Hapag, auf dem Weg nach Amerika.

«Und Ballin hat wirklich von alldem nichts gewusst?», fragte Tilda.

«Seine anfängliche Verblüffung wich einer Empörung, die unmöglich gespielt sein konnte», erwiderte Sören. «Er hat sich auch sofort kooperativ gezeigt, die Angelegenheit restlos aufzuklären. Soweit wir wissen, waren das Etablissement und die Zuführung der Vergnügungssüchtigen die Idee eines gewissen Georg Willich. Willich arbeitete in der sozialpolitischen Abteilung der Hapag. Er war nicht nur zuständig für die kulturellen Veranstaltungen, welche die Hapag für ihre Belegschaft organisiert, um sie von den Einflüssen der Sozialdemokraten fernzuhalten, sondern er war auch verantwortlich für den Rücktransport der abgewiesenen Auswanderer in ihre ehemaligen Heimatorte. Irgendwann im letzten Jahr muss er dann auf die Idee gekommen sein, die beiden Dinge auf diese fürchterliche Weise miteinander zu verknüpfen. Für die Umsetzung holte er sich mehrere bestechliche Beamte der Hapag mit ins Boot und bediente sich einiger korrupter Polizisten – an erster Stelle Polizeihauptmann Beck, der ihm die nötige Rückendeckung für sein Vorhaben gab und aufgrund seines Ranges dafür sorgen konnte, dass das geheime Bordell unentdeckt blieb. Man kann sich ja ungefähr vorstellen, was da für Gelder erwirtschaftet wurden.»

«Es ist geradezu widerlich.»

«Ja, was die Frauen zu Protokoll gegeben haben, ist wirklich erschreckend. Man kann nur hoffen, dass sie das Erlebte irgendwann vergessen können.»

«In einer neuen Welt.» Tilda deutete auf den Dampfer. Am Achterdeck waren die Menschen nur noch als kleine Punkte zu erkennen.

«Ballin hat dafür gesorgt, dass es diesmal bei der Einreise keine Schwierigkeiten geben wird. Nicht nur, dass alle ein kostenloses Billett für die Erste Klasse ausgestellt bekamen, er hat zusätzlich auch medizinische Gutachten eingeholt, falls erneut der Verdacht von Trachoma aufkommen sollte. Nur zwei der Mädchen konnten nicht mit auf die Reise gehen, weil die medizinische Behandlung noch nicht abgeschlossen ist. Man will natürlich auf Nummer sicher gehen, auch wenn die Passagiere der Ersten Klasse kaum kontrolliert werden. Das Geld, das die Frauen von der Hapag bekommen haben, entschädigt sie zwar nicht für ihre Leiden, aber es wird ihnen den Start in ein neues Leben erleichtern. Die Reederei hat jeder von ihnen 1000 Mark gezahlt.»

«Und was geschieht mit diesem Willich und den anderen Verbrechern?»

«Die meisten von ihnen sind geständig», fuhr Sören fort. «Sie werden ihre gerechte Strafe bekommen. Dafür wird die Staatsanwaltschaft schon Sorge tragen – und ich schwöre dir, ich werde keinen von ihnen verteidigen. Doktor Göhle hat sich übrigens persönlich bei mir für die Umstände der Inhaftierung von David entschuldigt. Das ist bislang auch noch nicht vorgekommen. Selbst

Polizeirat Schön war in der Angelegenheit hinterher ganz kleinlaut. Eine über Davids Rehabilitierung und sofortige Entlassung aus der Untersuchungshaft hinausgehende Entschädigung ist ihrer Meinung nach jedoch nicht begründet. Nun, ich werde sehen, was sich da noch arrangieren lässt.»

«So, wie David sich nach seiner Freilassung gleich auf die Arbeit gestürzt hat, nehme ich an, er will möglichst nicht an die letzten Wochen erinnert werden. Die Arbeit in dem Architektenbüro scheint ihn jedenfalls völlig in Anspruch zu nehmen. Man hört kaum etwas von ihm. – Was wird denn nun eigentlich wegen des Mordes an diesem Otte geschehen? Es kann doch nicht sein, dass die Hintermänner ungeschoren davonkommen.»

«Tja, das ist so eine Sache.» Sören machte einen tiefen Atemzug. «Senator Sthamer zeigte sich zwar besorgt, als ich ihn über die Hintergründe des Mordes an Waldemar Otte aufgeklärt habe, aber er meinte, er sehe keine Möglichkeit, wie die städtischen Behörden in diesem Fall auf das Reich einwirken könnten. Der politische Druck ist natürlich immens, zumal es außer meiner Aussage keine weiteren Beweise dafür gibt, dass Polizeihauptmann Beck im Auftrag des Reichsmarineministeriums gehandelt hat. Polizeidirektor Roscher sagte zu mir, selbst wenn man davon ausgehe, dass es kein Unfall gewesen sei und Otte von Hauptmann Beck getötet worden sei, dann liege es immer noch näher, anzunehmen, Beck habe es getan, damit Otte seine Aussage im Fall des getöteten Simon Levi nicht hätte revidieren können. Was Otte in besagter Nacht wirklich alles gesehen habe, sei schließlich nicht mehr eindeutig zu klären.»

«Das ist allerdings schwer zu akzeptieren. Da helfen die Dokumente von Otte auch nicht weiter, darin geht es ja nur um technische Details, soweit ich es verstanden habe.»

«Genau. Das Einzige, was von Belang sein könnte, ist die Existenz dieser Konten, über welche die Pläne abgewickelt werden sollen. Martin hat gesagt, er werde sich darum kümmern. Er meint, wenn man diese Informationen bestimmten Zeitungen in die Hände spielen würde ...»

«Eine sehr gute Idee. Trotzdem betrübt es mich, wenn ich sehe, was da für ein falsches Spiel gespielt wird. Es bereitet mir Sorge.»

«Was die Zukunft angeht?»

Tilda nickte.

«Da bereitet mir noch etwas ganz anderes Sorgen», sagte Sören und schaute sie ernst an. «Im nächsten Monat willst du nach Berlin, wir werden eine ziemlich lange Zeit voneinander getrennt sein, und ich weiß noch nicht, wie ich das überstehen werde.»

«Ich habe mir darüber auch schon Gedanken gemacht.» Tilda griff nach Sörens Hand. «Es ist zwar sehr wichtig für mich, aber ich werde wohl nicht fahren können.»

Sören schaute sie irritiert an. «Und wieso nicht?»

«Man muss Prioritäten setzen. Und ich habe gerade erfahren, dass ich mich wohl erst einmal mit einem politischen Auftrag beschäftigen muss.»

«Ein politischer Auftrag?»

«Ja, unter anderem betrifft es auch die Zukunft ... Unsere Zukunft und die Zukunft unseres Landes. Es gibt nicht viel, wofür ich meine beruflichen Interessen zurückstelle, aber in diesem Fall habe ich keine andere Wahl.»

«Ich verstehe gar nichts mehr.» Sören seufzte. «Was will die verdammte Partei von dir?»

Tilda lächelte. «Nun, die Partei hat damit ausnahmsweise nichts zu tun, wenn man davon absieht, dass man natürlich über jeden weiteren Genossen erfreut sein wird.» Sie legte Sörens Hand auf ihren Bauch. «Vielleicht wird es auch wieder eine Genossin.»

Sören schloss die Augen und zog Tilda an sich. «Seit wann weißt du es?»

«Ich bin seit drei Wochen überfällig.»

Sören wusste nicht, worüber er sich mehr freuen sollte, über ein weiteres Kind oder über den Umstand, dass Tilda nicht nach Berlin gehen würde. Er wusste in diesem Moment nur eins, aber er kam gar nicht dazu, es auszusprechen, weil er das noch dringlichere Bedürfnis hatte, Tilda hier vor allen Leuten zu küssen.

—Epilog—

«Die Personen und die Ereignisse sind unauflöslich miteinander verbunden; davon abzuweichen, etwas zusammenzufassen oder zu unterdrücken, würde beim Leser den Eindruck von einem ausgekochten Schwindel erwecken. Tatsächlich betrat ich noch gewagteren Boden, indem ich darauf bestand, dass die Geschichte so ausführlich und eingehend wie möglich sein müsse, freimütig und ehrlich, um zu unterhalten und so einen großen Leserkreis anzuziehen. Selbst Anonymität sei unerwünscht. Dennoch seien gewisse Vorsichtsmaßnahmen zwingend notwendig ...»

Erskine Childers, The Riddles of the Sands,
Vorwort 1903

Wie bereits in meinen vorangegangenen historischen Romanen sind auch in der «Schattenflotte» Dichtung und Wahrheit eng miteinander verwoben. Es ist eine Gratwanderung zwischen historischer Realität und Fiktion, wobei das Jahr der Handlung bisher jeweils durch jene historischen Eckdaten bestimmt wurde, die für die Entwicklung Hamburgs eine besondere Bedeutung gehabt haben. Im vorliegenden Roman, dessen Handlung am Neujahrstag 1902 beginnt, ist dieser Sachverhalt anders.

Die Vorgänge, um die sich meine Geschichte rankt, sind von nationaler wie internationaler Bedeutung. Aber die Fortsetzung der Geschehnisse, die schließlich in die

Katastrophe des Ersten Weltkriegs mündet, liegt für meine Protagonisten, fiktive wie auch reale Personen, noch in weiter Ferne und ist – sosehr sie auch von Gefahren und Risiken sprechen – zum Zeitpunkt der Handlung noch nicht vorhersehbar; sie erscheint erst aus heutiger Sicht plausibel.

Unbestritten ist, dass die Hochrüstung der Reichsmarine unter Wilhelm II. als Drohgebärde gegenüber England entscheidend zur Konfrontation zwischen beiden Ländern und zum Ausbruch des Weltkriegs beigetragen hat. Auch wenn die Beweggründe Wilhelms eine gewisse Interpretationsvielfalt zulassen, so hatte er den Weg, den Deutschland beschreiten sollte, seit 1900 (Hunnenrede in Bremerhaven), spätestens jedoch mit den Worten eindeutig vorgegeben, die er anlässlich einer Unterelbe-Regatta 1901 formulierte: «Wir haben uns einen Platz an der Sonne erkämpft (...), unsere Zukunft liegt auf dem Wasser.» In Admiral Tirpitz fand Wilhelm II. schließlich denjenigen, der seine Allmachtsphantasien propagandistisch zu vermarkten und unter dem «Deckmantel» *Risikoflotte* auch politisch zu legitimieren wusste. Nicht nur bei den Unternehmen des Reichs, die wirtschaftlich von der Aufrüstung zur See profitierten (Krupp, Borsig, AEG), sondern auch in den weltweit führenden Reedereien (Lloyd und Hapag) fanden Wilhelm II. und Tirpitz willige Kooperationspartner, denen eine Flotte zum Schutz ihrer wirtschaftlichen Interessen gelegen kam.

Schon vor 1900 wurden vor allem in England Stimmen laut, die behaupteten, Unternehmen wie die Hapag seien in Wirklichkeit Werkzeuge des Deutschen Reichs und deren Schnelldampfer seien unter der Vorgabe konstruiert worden, sie im Kriegsfall schnell in Hilfskreuzer umwandeln zu können. Auch wenn diese Behauptung stets abgestritten wurde, verifizieren lässt es sich kaum, da die Hapag stets penibel darauf geachtet hat, die Namen ihrer Aktionäre nicht an die Öffentlichkeit gelangen zu lassen. Es sei mir also verziehen, wenn ich mir diesen Umstand zunutze gemacht habe, die Verstrickungen von Handels- und Kriegsmarine als Erklärungsmuster der Geschehnisse in einem Kriminalroman zu verwenden. Gerade Hamburg bietet sich nicht nur aufgrund seiner topographischen Lage als Ort für eine solche Verdichtung an, sondern vor allem dank seiner wirtschaftlichen Infrastruktur. Die Werft Blohm + Voss entwickelte sich in den Folgejahren zu einem Rüstungsbetrieb par excellence, und der Leitspruch der Hamburg-Amerika Linie (Hapag) lautete ganz unbescheiden: Unser Feld ist die Welt.

Generalsekretär der Hapag war Albert Ballin (1857–1918), der das Unternehmen wie kein Zweiter verkörperte und durch seine bilateralen Beziehungen gleichwohl zur tragischen Figur wurde. Der Frage, inwieweit es Naivität oder wirtschaftliche Interessen waren, weshalb sich Ballin so lange hatte blenden lassen, soll hier nicht nachgegangen werden. Festzustellen bleibt, dass er Wilhelm II. und Admiral Tirpitz sowie die Flottenrüstung lange Zeit mit vollem persönlichem Einsatz unterstützte. Nach 1908, als die Fakten und der eigentliche Zweck der Hochrüstung für jedermann erkennbar waren, versuchte Ballin noch zu schlichten und bis zum Ausbruch des Weltkriegs zu vermitteln, aber die Fäden waren ihm längst entglitten. Dem Untergang des Reichs folgte der Zusammenbruch des Unternehmens – einem Kapitän gleich blieb Ballin auf dem sinkenden Schiff: Einen Tag nachdem Mitglieder des revolutionären Arbeiter- und Soldatenrates auch das Verwaltungsgebäude der Hapag am Alsterdamm besetzt hatten, starb Ballin, angeblich durch eine unabsichtliche Falschdosierung seiner Medikamente.

Von 1884 bis 1885 hatte Albert Ballin an der Moorweidenstraße gewohnt, danach zog er in die Heimhuderstraße. 1902 bezog er mit seiner Familie ein Haus in der Badestraße, bis er sich 1908 eine große Villa in der Feldbrunnenstraße bauen ließ, in der auch Wilhelm II. bei seinen Besuchen in Hamburg häufig zu Gast war. Trotz der freundschaftlichen Beziehungen zum Monarchen (zusammen mit James Simon, Fritz von Friedländer-Fuld u.a. gehörte Ballin zum Kreis der sogenannten Kaiserjuden) blieb Ballin auf dem gesellschaftlichen Parkett der Stadt stets ein Außenseiter. Obwohl man den Erfolg seiner Arbeit entsprechend zu würdigen wusste, war Ballin zu keinem Zeitpunkt Mitglied in einem Gremium der Stadt. Er stand lediglich für kurze Zeit an der Spitze einiger Handels- und Seefahrtvereinigungen, so des Hamburgischen Vereins Seefahrt, der Kolonialgesellschaft sowie des Vereins Hamburger Reeder. Deutlich mehr Aktivitäten zeigte Ballin als Vorsitzender der Hamburger Sektion des Flottenvereins.

Der Flottenverein war am 30. April 1898 durch Wilhelm Fürst zu Wied und Alfred Tirpitz gegründet worden, um die Flottenbaupläne Wilhelms II. im Reich populär zu machen. Bis zum Ausbruch des Ersten Weltkriegs hatte der Verein mehr als eine Million Mitglieder, und vor allem in bürgerlichen Kreisen entwickelte sich über die Jahre fast eine Flottenmanie, die darin gipfelte, kleine Kinder mit Matrosenanzügen und ebensolchen Kleidern auszustaffieren. Der mit der Flottenrüstung einhergehende wirtschaftliche Aufschwung und die damit verbundene Schaffung neuer Arbeitsplätze erklären die euphorische Stimmung und die breite Unterstützung des Flottenprogramms, hinzu kamen die Aufstiegschancen in Form der höheren militärischen Laufbahn, die den bürgerlichen Kreisen zumindest im Heer bislang verwehrt geblieben war. Die Schiffe Seiner Majestät mussten nicht nur gebaut, sondern auch besetzt werden. Schon nach wenigen Jahren begann durch das Bauprogramm ein kaum mehr zu kontrollierender Wettlauf um immer stärkere, größere und effizientere schwimmende Festungen.

Das in diesem Roman fiktiv mit Turbinenantrieb und Schlingertanks ausgestattete *Superschiff* Kaiser Karl der Große wurde wenige Jahre später in England Realität: die 1906 in Portsmouth fertiggestellte Dreadnought war 160 Meter lang, hatte 22 800 BRT, eine bis zu 30 Zentimeter starke Armierung, Geschütze mit einem Durchmesser von 30,5 Zentimeter und war dank eines Antriebs mittels Parsons-Turbinen über 21 Knoten schnell. Quasi über Nacht waren dadurch alle Schiffe des Reichs veraltet. Aber die Antwort ließ nicht lange auf sich warten, und die Dimensionen wuchsen weiter. Der 1913 bei Blohm + Voss gebaute Panzerkreuzer Derfflinger war schließlich über 200 Meter lang und 29 Meter breit und erreichte mit einer Maschinenleistung von 63 000 PS eine Geschwindigkeit von 26,5 Knoten. Nach Kriegsbeginn wurden 1915 auf derselben Werft über 30 Meter breite Linienschiffe mit Geschützen von 38,1 Zentimeter Durchmesser gebaut. In weiser Voraussicht der zukünftigen baulichen Dimensionen hatte man bereits 1907 den Kaiser-Wilhelm-Kanal, der vorher nur für Schiffe von maximal 135 Meter Länge, 20 Meter Breite und einem Tiefgang von 8 Metern passierbar war, den Bedürfnissen angepasst, damit die nun mehr als 50 Millionen Goldmark teuren Linienschiffe der Marine den strategischen Verkehrsweg nutzen konnten. Gegenüber diesen Kosten wirkten die von Tirpitz 1898 vom Reichstag eingeforderten 409 Millionen Reichsmark, um den Bau von 65 Schiffen in sechs Jahren zu finanzieren, fast wie eine Kleinigkeit.

Alfred Tirpitz (1849–1930) war 1892 zum Stabschef der Marine ernannt worden. 1897 bis 1916 war er Staatssekretär im Reichsmarineamt (ab 1898 Marineminister), wurde 1900 geadelt und 1911 zum Großadmiral befördert. Die Hochrüstung der deutschen (Angriffs-)Flotte «verpackte» er geschickt als Notwendigkeit, England vom Risiko einer militärischen Intervention abzuhalten (Risikoflotte). Dabei verstand er es nicht nur, mit einer entsprechenden Propagandamaschine (Reichsnachrichtenbüro des Reichsmarineamts, Flottenverein) die Massen für die Flottenpolitik des Reichs zu begeistern, sondern ebenfalls namhafte Großindustrielle wie Friedrich Alfred Krupp als Investoren zur Finanzierung der Flotte zu mobilisieren. Ob es dazu – wie in diesem Roman geschildert – geheime Konten gegeben hat und ob dabei alles mit rechten Dingen zugegangen ist, darüber gibt es keine verlässlichen Quellen. Der hier dargestellte Sachverhalt ist zwar eine denkbare Variante, bleibt allerdings Spekulation. Auch die in diesem Zusammenhang erwähnte Verstrickung der Bankhäuser und Wirtschaftsunternehmen ist von mir frei erfunden, wobei ich es mir herausgenommen habe, die damaligen Geschäftsführer dieser Institute bei ihrem richtigen Namen zu nennen, um die im Roman geschilderten historischen Bezüge glaubwürdig darstellen zu können. Es gibt allerdings keine Beweise dafür, dass Max Schinckel (Norddeutsche Bank), Max Warburg (Bankhaus Warburg), Carl Fürstenberg (Berliner Handelsgesellschaft), Salomonsohn (Diskontogesellschaft), Arthur von Gwinner sowie Karl Hellferich (Deutsche Bank Berlin), Adolf von Hansemann (Diskontobank), Paul von Schwabach,

James Simon oder Fritz von Friedländer-Fuld in irgendeiner Weise in derartige Geschäfte oder Transaktionen verwickelt waren.

Ähnlich verhält es sich mit allen historisch verbürgten Personen, die natürlich nicht mit einer von mir frei erfundenen Handlung in Verbindung gestanden haben können. So etwa die Angestellten der Werft Blohm + Voss, Wroost, Stössel, Kaufmann, Masur, Dreyer und Winter, deren Namen tatsächlich überliefert sind, sowie die auf der Überführungsfahrt des Kaisers Karl des Großen anwesenden Militärs von Heeringen, von Koester, Hans Zenker, Hipper, Strasser, Scheer und Raeder, wobei die Person des Feldwebels von Bachtingen allein meiner Phantasie entsprungen ist. Die Überführungsfahrt des Kaisers Karl des Großen hat hingegen tatsächlich am Morgen des 9. Januar 1902 stattgefunden – nachdem Werftkapitän Wahlen das Schiff bei der ersten Überführungsfahrt 1901 vor Neumühlen so auf Grund gesetzt hatte, dass es teilweise demontiert und in die Werft zurückgeschleppt werden musste. Die Zeit der Überholung wird hier zum Anlass genommen, den «geheimen» Umbau des Schiffes zu erklären, der natürlich in der dargestellten Form nie stattgefunden hat, obwohl dies technisch durchaus denkbar gewesen wäre.

Zu dieser Zeit gab es in Deutschland bereits Versuche, den Turbinenantrieb bei kleineren Schiffen einzusetzen. Die auf der Krupp-Germania-Werft und bei AEG entwickelten Anlagen schafften es hingegen nie zur Serienreife, und auch die Experimente der Schichau-Werft in Danzig, Torpedoboote mit eigens entwickeltem Turbinenantrieb zu realisieren, scheiterten. Erst Jahre später wurden Parsons-Turbinen unter Lizenz von der Turbinia AG Mannheim, später Turbinia-Deutsche Parsons Marine AG

Berlin sowie Brown Boveri & Cie in deutschen Schiffen verbaut. Für alle Privatwerften, die Verträge zum Bau von Schiffen der Marine unterzeichneten, so etwa die Vulcan-Werft in Stettin, die Schichau-Werft in Danzig, Blohm + Voss in Hamburg oder die Seebeckwerft in Geestemünde, gab es Geheimhaltungsklauseln, deren Einhaltung von der Marine scharf kontrolliert wurde.

Der Arbeitsablauf der Nieterkolonnen auf den Werften entsprach der hier geschilderten Methode, wobei die einzelnen Gangs örtlich unterschiedlich zusammengesetzt gewesen sein mögen. Ab 1887 gab es vereinzelte Versuche mit hydraulischen Niethämmern auf Wasserdruckbasis, der Einsatz von Presslufthämmern setzte sich jedoch erst nach 1902 durch. Die Schlingertanks, welche die Neigung «rollender» Schiffe in schwerer See von üblichen 16 Grad auf bis zu 5 Grad reduzierten, waren eine Erfindung von Hermann Frahm, einem Neffen des Werftgründers Ernst Voss, der an der Technischen Hochschule Hannover Allgemeinen Maschinenbau und Schiffbau studiert hatte und seit 1898 bei Blohm + Voss in der Abteilung für Wissenschaftliches Versuchswesen arbeitete. Aufgrund seiner Entwicklungen wurde Frahm 1904 zum Technischen Direktor der Werft ernannt. Die Frahm'schen Schlingertanks wurden offiziell erst 1908 der Öffentlichkeit vorgestellt, aber es gibt Hinweise, die darauf schließen lassen, dass erste Experimente mit den Tanks – insbesondere auf Wunsch der Marine – deutlich früher zu datieren sind.

Die Hamburg-Amerikanische Packetfahrt-Actien-Gesellschaft (Hapag) war zu Beginn des 20. Jahrhunderts die größte Schifffahrtsgesellschaft der Welt. Bereits vor der Jahrhundertwende hatte man gemeinsam mit dem Norddeutschen Lloyd die traditionelle britische Vorherrschaft zur See im Bereich der Handelsmarine gebrochen. Die größten, schnellsten und luxuriösesten Dampfer auf den Weltmeeren trugen am Heck die Flagge Schwarz-Weiß-Rot. Einen Großteil des Umsatzes erwirtschafteten Hapag und Lloyd dabei mit dem Transport von Auswanderern nach Amerika. Eigens zu deren Unterbringung hatte die Hapag 1892 Logierhäuser (Baracken) am Amerika-Kai eingerichtet, aber aufgrund der Choleraepidemie verhängte der Hamburger Senat gegenüber dem Unternehmen rigide Restriktionen, da man einen Zusammenhang zwischen dem Ausbruch der Seuche und den vornehmlich aus Russland stammenden Emigranten befürchtete. Erst nachdem Albert Ballin damit drohte, das Unternehmen notfalls nach Bremen zu verlegen, lenkte der Senat ein und überließ der Gesellschaft zum Bau einer in sich abgeschlossenen Anlage für Auswanderer ein Areal auf der Veddel. In diesem Zusammenhang wurde das Unternehmen in «Hamburg-Amerika Linie» umbenannt. Die Auswandererstadt wurde im Dezember 1901 eingeweiht und bis 1907 mehrfach erweitert. Trotz der vorbildlichen hygienischen Bedingungen und einer eingehenden medizinischen Untersuchung, welcher die Emigranten während ihrer zweiwöchigen Quarantäne gleich mehrfach unterzogen wurden, kam es dennoch immer wieder dazu, dass Auswanderern an den amerikanischen Kontrollstationen aufgrund vermuteter Krankheiten die Einreise verwehrt wurde. Vor allem eine ansteckende Bindehautentzündung (Trachoma) galt den amerikanischen Behörden dabei als Ausschlussgrund.

Seit 1880 hatten die Dampfer der Hapag ihren Liegeplatz am Amerika-Kai. Der Ausbau der Handelsflotte zog allerdings einen schnell wachsenden Platzbedarf nach sich, sodass der Großteil der Dampfer von 1893 bis 1903 am Petersenquai im Baakenhafen abgefertigt wurde.

1897 nahm das Unternehmen zudem den benachbarten O'Swaldkai im Hansahafen in Beschlag, und nachdem 1903 die seit 1898 im Ausbau befindliche Hafenanlage auf Kuhwärder fertiggestellt worden war, besetzte die Hapag fast ein Viertel der gesamten Hamburger Hafenanlage. Dem stetigen Wachstum des Unternehmens wurde auch durch den Bau immer größerer Verwaltungsbauten Rechnung getragen. Bis 1890 hatte die Reederei in der Deichstraße residiert, danach bezog man das seit 1887 geplante Gebäude Dovenfleet 18–20 zur Ecke Lemkentwiete, das genau wie der spätere Firmensitz am Alsterdamm (1903 fertiggestellt), dem heutigen Ballindamm, von Martin Haller entworfen wurde.

Der hier im Roman erwähnte Übernahmeversuch der Hapag durch den amerikanischen Großunternehmer und Bankier John Piermont Morgan (Spitzname Jupiter) konnte 1902 durch geschicktes Taktieren von Ballin abgewendet werden. Zuvor hatte die von Morgan eigens zu diesem Zweck gegründete International Mercantile Marine Co. (IMMC) bereits diverse europäische Reedereien aufgekauft. So auch die britische White-Star-Linie, die unter anderem im Besitz von William Pirrie war, dem Chef der nordirischen Werft Harland & Wolff, bei der auch die Hapag seit 1897 ihre ersten P-Dampfer bauen ließ. Tatsächlich waren Pirrie und Ballin, der fließend englisch sprach, miteinander befreundet. Eine Verbindung dieser Freundschaft zu den Geschehnissen in diesem Roman ist hingegen von mir erfunden. Nicht erfunden ist die Geschichte des von der Danziger Schichau-Werft 1898 gebauten Schnelldampfers Kaiser Friedrich. Das Schiff, das aufgrund mangelnder Geschwindigkeit vom Norddeutschen Lloyd nicht abgenommen wurde, war von der Hapag 1899 für zehn Fahrten gechartert worden und lag danach elf Jahre unbenutzt in Bremerhaven, Danzig und Hamburg.

Die Strukturierung und personelle Besetzung der Hamburger Polizeibehörde entsprach dem in diesem Roman geschilderten Zustand. Leiter der Behörde war seit 1893 Dr. Gustav Roscher (1852–1915). Roscher war ausgebildeter Jurist, und unter seiner Führung war das bisherige Konstablerkorps zur militärisch ausgerichteten Schutzmannschaft umstrukturiert worden. Die Polizeiräte Schön und Rosalowsky standen an der Spitze der Kriminal- und Politischen Polizei. Die antropometrische Kartei wurde unter Roscher eingeführt, sie bildete das Herzstück der polizeilichen Fahndung jener Jahre. Die in diesem Roman am Rande erwähnten Fälle und gerichtlichen Verfahren sowie die Namen der Staatsanwälte am Landgericht sind Berichten der damaligen Tagespresse entnommen. Oberwachtmeister Völsch, Leutnant Rosskopf, Hauptmann Beck und Georg Willich sind Produkte meiner Phantasie.

Ebenso von mir erfunden sind natürlich Sören Bischop und dessen familiäres und persönliches Umfeld, Martin Hellwege sowie die namentlich genannten Sozialdemokraten um Willi Schmidlein. Auch einen Simon Levi oder Waldemar Otte hat es in diesem Zusammenhang niemals gegeben. Genauso kann die Beteiligung aller namentlich genannten Persönlichkeiten aus dem öffentlichen Leben der Stadt mit meiner fiktiven Geschichte nicht stattgefunden haben. Aus diesem Grund ist auch die Freundschaft zwischen Sören Bischop und Adolph (Adi) Woermann (1847–1911) sowie deren gemeinsame frühere Schulzeit fiktiv. Als erfolgreicher Hamburger Kaufmann und Reeder galt Woermann bereits in den achtziger Jahren des 19. Jahrhunderts als «King of Hamburg». Er war Mitglied der

Bürgerschaft, Reichstagsabgeordneter, Präses der Handelskammer und einige Jahre stellvertretender Vorsitzender im Aufsichtsrat bei Blohm + Voss. Durch den Afrika-Handel seiner Firma waren seine politischen Interessen stark durch den Kolonialisierungsgedanken geprägt, weshalb er auch die Interessen des Reichs und die nationale Begeisterung für Kolonien tatkräftig unterstützte. Den Firmensitz an der Großen Reichenstraße (Afrika-Haus) ließ sich Woermann 1899/1900 nach einem Entwurf der Architekten Martin Haller und Herrmann Geißler erbauen. Frisch renoviert, präsentiert sich das Gebäude heute noch eindrucksvoll dem Betrachter.

Auch der ehemalige Grenzgang zwischen Altona und St. Pauli ist in Rudimenten noch erhalten. Die Namensgebung der Straßenzüge wurde mit dem Groß-Hamburg-Gesetz von 1937/38 vereinheitlicht. Die Gerüchte, dass es im späteren *Chinesenviertel* rund um die heutige Schmuckstraße geheime Keller und Tunnel zwischen den Häusern gegeben haben soll, halten sich bis heute. Gefunden werden konnte bislang keiner von ihnen …

Leenders/Bay/Leenders
Die Burg

Eine englische Historiengruppe stellt in Kleve eine Schlacht aus dem 80-jährigen Krieg nach. Unter Kanonendonner wird die Schwanenburg gestürmt. Hunderte von Zuschauern verfolgen begeistert das Spektakel – bis unter der Tribüne eine echte Bombe detoniert. Die Soko vom Klever KK 11 steht vor einem Rätsel ... rororo 24199

Tödliches
aus der Provinz

Madeleine Giese
Die Antiquitätenhändlerin

Von Möbeln und Mördern versteht Marie Weller, Antiquitätenhändlerin, gezwungenermaßen einiges. Denn ihr Freund ist vor einer saarländischen Schlossruine tot aufgefunden worden. Auf der Suche nach Antworten stochert Marie in der blutigen Geschichte des alten Gemäuers ... rororo 24243

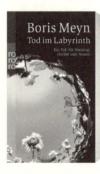

Boris Meyn
Tod im Labyrinth

Eine Leiche schwimmt im Elbe-Lübeck-Kanal. Und Landwirt Thor Hansen, der in seinem Dorf als Versager gilt, meldet das Verschwinden seiner Frau. Kurze Zeit später findet sich ein weiterer Toter im Sonnenblumenlabyrinth von Fredeburg. rororo 24351

Weitere Informationen in der Rowohlt Revue *oder unter* www.rororo.de